아이와 함께여서 더 행복한

Bali 두 달 살기

여는 글

두 달 살기를 위해 발리를 선택한 것이 아니다.
발리에 살아보고 싶어서 두 달 살기를 선택한 것이다.

코로나가 이렇게 세계인의 발목을 잡을 줄은 상상도 하지 못했던 2019년, 나는 13년 동안의 직장 생활을 접고 프리랜서의 길로 들어서었다. 탄탄한 직장에서 꼬박꼬박 입금해주는 안정적인 월급을 포기할 수 있었던 건 아마도 '시간과 공간에서 자유로운 엄마'를 갈망하던 나의 로망 때문이었을 것이다. 하지만 아이와 여행하며 자유롭게 일하고 싶었던 나의 로망과는 다르게, 발리 여행을 마지막으로 코로나가 터졌다. 그 시간 동안 가장 그리웠던 곳은 단연 마지막 여행지인 발리였다.

발리에 처음 간 것은 2011년 1월이었다. 학창 시절에 매혹적인 포스터에 끌려 보게 된 '비치(Beach)'라는 영화를 기억한다. 파라다이스를 찾아 몰려든 히피들의 이야기였는데, 크리스털처럼 맑은 바다보다도 자유롭고 환희에 가득 찬 그들만의 공기에 흠뻑 취했던 영화였다. 처음 만난 발리는 그런 곳이었다. 쿠따 거리에는 정처 없는 청춘들이 낮에는 바다에서 서핑을 즐기고 밤에는 클럽을 즐기며 주체하기 힘든 젊음을 뿜어내고 있었고, 그보다 세련된 스미냑에는 자유로운 중년들이 세련되고 고급스러운 비치클럽에서 우아하게 인생을 즐기고 있었다. 그리고 우연히 가게 된 우붓에서 나는 그 웅장하고 신비로운 기운에 압도당했다. 오래되고 신비로우며 나를 미물로 만들어버릴 것만 같은 기운, 과거와 현재를 관통해서 미래까지도 연결되고 있는 듯한 설명할 수 없는 오묘함이 바로 그것이었다.

그 후로도 인생에서 중요한 시점마다 발리에 가서 치열하게 고민하고, 때로는 답을 얻기도 하면서 힐링하고 돌아왔다. 발리는 나에게 오랜 시간 동안 고됨을 놓을 수 있는 힐링처였다.

 하지만 아이와 함께하는 발리는 내가 아는 그 발리가 아니었다. 내 마음의 쉼터였던 스미냑은 유모차는커녕 사람이 안전하게 걸을만 한 인도조차 없었고, 도로는 항상 오토바이와 매연으로 가득 차 있었다. 또한 갈 때마다 에너지를 가득 채워오던 우붓은 안전하게 걸을 도보는커녕 아이가 놀 만한 놀이터조차 찾아볼 수 없었다. 결국 우리 가족은 누사두아 지역에 가서야 평온을 찾을 수 있었다. 그곳은 신혼 여행객들이 묵는 고급 리조트와 값비싼 레스토랑이 즐비한 바닷가였는데, 여길 올 바에야 동남아 여기저기에 흔하게 널려 있는 리조트에 가는 편이 낫다고 생각했었다. 하지만 누사두아의 리조트에서 아이가 수영장과 바다와 키즈클럽을 오가며 세상 행복한 하루를 보냈을 때, 나름대로 여행에 짬밥 좀 있다고 생각했던 나의 모든 생각들이 달라지기 시작했다.
 아이가 있을 때와 없을 때의 여행은 정말 천지 차이다. 아이를 위한 여행을 해야 한다는 것이 아니다. 아이와 함께 즐길 수 있어야 부모가 편하다. 나 자신의 'Peace of mind'를 위해서라도 아이가 즐거워하는 일을 준비해 놓아야 여행이 즐거울 수 있다.

 이런 생각으로 아이를 위한 여행을 계획하다 보니 어느새 나는 '자유로운 여행자'가 아닌 '세상 꼼꼼한 여행자'가 되었다. 여행 중에 내가 예상하지 못한 일이 일어나면 안 된다는 생각으로 여행을 계획하니 준비하는 과정이 너무 피곤하긴하다. 그래도 현장에서 예상치 못한 일이 생겨 아이에게 불안감을 주는 일을 최소화하고 싶다. 이 책은 그런 마음으로 꼼꼼하게 기록한 정보가 가득한 책이다. 그리고 아이가 크면 들려주고 싶은 발리에서의 추억이기도 하다. 엄마와 아이의 용감한 도전에 있어 이 책이 당신에게 도움이 되길 바란다. ✐

2022. 12월 작가 송윤경

 여는 글

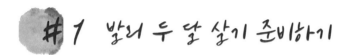
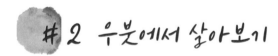

3 누사두아, 스미냑, 길리에서 여행자처럼

#4 사누르에서 살아보기

#1 발리 두 달 살기 준비하기

1. 거주 지역 정하기

　발리 한 달 이상 살기를 결정하고 가장 먼저 해야 할 일은 지역을 선택하는 일이다. 발리는 지역마다 마치 다른 나라처럼 분위기가 다르기 때문에 우리 가족이 더 중요하게 생각하는 가치에 따라 결정할 수 있을 것이다.

　예를 들어 숲을 좋아하는 사람이라면 지역을 우붓으로 정해 놓고 그 지역 내에서 학교를 고를 수 있다. 가성비 좋고 도보로 이동하고 싶은 사람이라면 사누르 지역을 선택하는 것이 좋다. 사누르 지역은 장기 체류자들이 선호하는 지역으로 가성비 좋은 숙소와 음식점들이 많은 편이고 발리에서 드물게 인도가 설치되어 있어 안전한 도보 이동이 가능하기 때문이다. 발리만의 세련된 분위기와 쇼핑, 바닷가에서 즐기는 휴양이 중요하다면 스미냑/창구 지역을 선택할 수 있을 것이다.

　하지만 아이 동반 가족의 경우 지역의 특성보다는 아이의 학교를 먼저 고려하게 될 것이다. 자연 친화적 교육을 중시하는 가족은 우붓에 있는 자연 친화적 대안 학교들(그린 스쿨, 쁠랑이 스쿨, 우드 스쿨)을 우선순위로 생각할 수 있고, 다양한 나라의 아이들이 모여 자유롭게 공부하는 분위기를 느끼게 해주고 싶다면 사누르의 학교(SIS, 리틀스타스)를 고려할 수도 있다. 그리고 한 학기(10주) 정도 체류한다면 창구 지역의 학교(CCS, 선라이즈)를 선택할 수도 있다. 이곳은 장기 체류자들이 많이 다니는 학교로 학기 단위로만 등록이 가능하기 때문이다. 발리는 다른 도시와 다르게 지역마다 교육의 방향성이 다르기 때문에 우리 아이의 성향과 부모가 한 달 살기에서 아이에게 주고 싶은 경험의 종류에 따라 학교를 선택해야 할 것이다.

발리 여행 카페에서 '아이를 사누르 학교에 보내고 싶은데 스미냑에 살면서 통학이 가능한가요?'라는 질문을 본 적이 있다. 이런 경우 발리의 출퇴근 시간 교통 체증이 한국만큼 심하다는 점을 고려해야 한다. 교통 체증을 감수하고 날마다 택시 또는 전용 자동차로 이동할 계획이라면 불가능한 계획은 아니지만, 시간과 안전, 교통 스트레스를 고려한다면 학교에서 가까운 지역에 거주하는 것이 바람직하다.

발리에서는 코로나 전에 최대 30일 무비자 제도가 있었지만, 코로나 이후에는 도착비자 (Visa of Arrival, $40)를 받아 최대 30일, 1회 연장 시 최대 60일까지 체류할 수 있다. 여행과 방문을 목적으로 6개월까지 체류할 수 있는 B211A 비자도 있지만, 1인당 35~50만원 정도로 비용이 비싸고 체류 기간도 길기 때문에 일반적인 옵션은 아니다. 그래서 여기에서는 도착 비자로 체류할 수 있는 1~2달 체류에 적합한 학교만을 소개하려 한다. 물론 1년 이상 장기 체류를 생각하고 있다면 학교를 선택하는 폭이 더 넓어질 수 있다. 발리는 지리적으로 호주에 가까워 발리에 체류하는 장, 단기 여행객의 80%가 호주인이다. 그래서 호주식 학제와 커리큘럼을 따르고 있는 국제학교가 비교적 많고 교육 과정이 우수하기로 유명한 학교도 있다. AIS와 BIS의 경우 호주 커리큘럼으로 교육하고 있고 교사도 현지 출신의 원어민이 많기 때문에 호주로 유학을 하러 간 것 같은 교육을 받을 수 있지만 1년 단위로만 입학을 허가하고 있다. 장기 체류를 고려 중이라면 원하는 학교에 직접 메일을 보내서 학교에 대한 정보를 문의하고 입학 상담을 받을 수 있다.

내가 발리의 국제학교들과 여러 차례 커뮤니케이션하면서 느꼈던 점은, 타 도시의 유명 국제학교처럼 입학에 있어 엄격하고 고압적이지 않다는 것이다. 일 처리가 빠르고 정확하지 않은 단점이 있지만 발리의 학교는 항상 오픈 마인드로 여행객을 반겨주고 정해진 규정이 있더라도 유연하게 협의해 주는 부분이 있으니, 홈페이지만 보고 가능성을 닫아 두지 말고 꼭 학교 입학 담당자에게 직접 문의해 보길 바란다.

2. 발리의 국제학교 단기 스쿨링

초등학생 자녀와 함께 한 달 살기에 도전한다면 학교를 선택하고 등록하는 일이 가장 힘든 과정일 것이다. 아이가 미취학 아동인 경우 일 단위, 주 단위로 데이케어 센터(Daycare Center)나 현지 유치원(Kindergarten)에 등록할 수 있어 오히려 선택과 수속이 수월할 것이다. 하지만 학기제로 운영되는 정규 국제학교의 경우, 입학금, 등록금 등 초기 비용이 발생하게 되어 정식으로 입학하여 단기만 다니는 것이 사실상 불가능하다. 그래서 한 달 살기에서 선택할 수 있는 옵션은 크게 두 가지로 볼 수 있다. 국제학교 단기 스쿨링(정규 학기 기간)과 국제학교 캠프(방학 기간)이다.

단기 스쿨링은 국제학교의 정규 등록 시에 지불해야 하는 초기 비용을 줄여주고 관광 비자로도 학교에 다닐 수 있게 마련된 특별 프로그램으로 발리의 일부 학교에서만 운영하고 있다. 방학 캠프가 예체능 중심의 액티비티 위주라면 단기 스쿨링은 국제학교의 정규 수업에 실제로 참여하기 때문에 학습적인 면이 더 강하다. 그리고 한국의 여름 방학이 보통 7월 중순에서 8월 말인 반면, 발리의 방학 기간은 6월 말에서 7월 말이기 때문에 방학 기간에 운영하는 캠프에 참여하는 것이 시기적으로 불가능한 경우가 많다. 그래서 선택의 폭을 넓히기 위해서라도 단기 스쿨링에 도전하는 것도 고려해야 할 것이다.

국제학교 관계자에 따르면 단기 스쿨링은 조기 유학을 희망하는 학생이 여러 학교를 Test 해보고 선택하라는 취지에서 만들어진 프로그램이라고 한다. 그래서 관광비자로 쉽게 체험할 수 있게 입학을 허가해 주고 있다. 하지만 최근 '한 달 살기'가 인기를 끌고 단기 스쿨링이 가능한 학교들이 입소문을 타게 되면서 당초 취지와는 다른 '여행지에서의 특별한 체험 프로그램'으로 자리를 잡게 되었다. 그래서 최근 단기 스쿨링 프로그램을 폐지한 학교도 생기게 되었고, 이와 반대로 재정 충당을 위해 더욱 적극적으로 단기 스쿨링을 홍보하는 학교도 생기게 되었다. 2022년 8월에 발리에서 단기 스쿨링이 가능한 곳은 사누르 지역의 SIS(Sanur Independent School)과 리틀스타스(Little Stars), 우붓의 뻘랑이 스쿨(Pelangi School)과 우드 스쿨(Wood School)로 일부 학교는 주 단위 등록도 가능했다. 하지만 내가 원하는 시기에 자리가 있는지는 문의를 통해 확인해 봐야 한다.

단기 스쿨링에 등록하는 방법은 생각보다 간단하다. 먼저 학교의 웹사이트에서 단기 스쿨링 프로그램 운영 여부를 확인하고 입학을 원하는 학교에 이메일을 통해 문의를 해보자. 대부분 입학 관련 상담을 전담하는 직원이 있어 친절하게 답변을 해줄 것이다. 혹시 웹사이트에 단기 스쿨링 프로그램에 대한 정보가 없더라도 학교 상황에 따라 유연하게 적용해주는 곳도 있으니 꼭 문의를 해보도록 하자.

원하는 기간에 등록이 가능하다고 답변을 받았다면 제출 서류와 학비 인보이스를 요청해야 한다. 의외로 많은 학교에서 해당 문의에 답변만 할 뿐 추후 프로세스에 대한 안내를 하지 않고 있어서 내가 직접 요청하지 않으면 진행이 매우 느려질 수 있다. 인보이스를 받았다면 전체 학비 중 어느 부분을 선납해야 하는지도 확실하게 문의해야 한다. 예를 들어 자리 확보가 힘든 경우에는 전체 학비 선납을 요청하는 경우도 있고, 자리가 충분한 경우에는 등록금만 내거나 모든 비용을 등교 첫날 현장에서 납부해도 된다는 답변을 듣기도 한다. 제출 서류는 일반적으로 입학지원서, 출생증명서, 접종 증명서, 증명사진과 여권 사본 등을 요청한다. 학교마다 추가로 요청하는 서류가 다를 수 있으니 꼼꼼하게 리스트를 살펴보고 시간 내 제출하도록 하자. 학비 납부와 서류 제출을 완료했다면 더 필요한 프로세스는 없는지 확인하고 영수증을 받으면 된다. 마지막으로 현지에 도착해서 첫날 준비물과 교복 구매, 점심 신청 등을 왓츠앱으로 문의한다면 더욱 철저하게 준비할 수 있을 것이다.

3. 방학 캠프 등록하기

발리에는 단기 스쿨링 프로그램을 운영하는 학교가 적어서 국제학교의 방학 캠프도 좋은 선택이 될 수 있다. 물론 캠프는 방학 기간에만 운영하기 때문에 이 기간에 맞춰 발리에 체류하는 기간을 정해야 할 것이다.

코로나 기간에는 국제학교의 방학 캠프가 운영되지 않았었는데 2022년 여름부터 다시 문을 열었다. 이번에 운영된 캠프는 우붓의 3대 친환경 학교 그린 스쿨(Green School), 뻘랑이 스쿨(Pelangi School), 우드 스쿨(Wood School)이고, 우붓 외 지역으로는 창구에서 가까운 선라이즈 스쿨(Sunrise School)이 있다.

우붓의 학교들은 모두 '자연 친화적 교육 철학'을 바탕으로 서구 국제학교의 시스템을 도입하여 로컬 교육과 혼합한 대안 학교이다. 그래서 이 학교들의 캠프 역시 자연 친화적인 액티비티로 가득하다. 요즘은 국내 여행사에서 우붓 학교들과 제휴하여 학생들을 모집하는 상품을 판매하고 있다. 일부 상품들은 캠프와 숙소, 셔틀 차량과 주말 액티비티까지 패키지로 구성되어 매우 편리하게 예약을 진행할 수 있지만 비용이 매우 비싸다. 하지만 직접 등록하는 방법도 어렵지 않으니 비용 절감을 원한다면 각 학교의 웹사이트에 들어가 직접 등록을 진행해 보자.

여기에서 소개하는 캠프 비용은 2022년 여름 기준이고 코로나 이후 발리의 모든 학교에서 학비를 매년 인상하고 있으니 학교 홈페이지를 통해 해당 연도의 학비를 다시 한번 확인해 보도록 하자.

그린 스쿨 (GREEN SCHOOL)

그린 스쿨은 세계에서 가장 유명한 친환경 대안학교 중 하나로 전 세계 친환경 단체와 운동가들이 관심을 갖는 곳이기도 하다. 우리나라에는 반기문 전 유엔총장이 다녀가면서 화제가 되어 알려지기 시작했고 TED를 비롯한 각종 다큐에 소개되면서 유명해졌다. 그래서인지 나처럼 우붓의 친환경 학교를 경험해보고 싶었던 사람이라면 가장 먼저 생각하는 곳이 바로 그린 스쿨일 것이다.

그린 스쿨의 캠프는 3~5일 정도 가족들과 함께 하는 패밀리 캠프, 10~20일 동안 진행되는 키즈&유스 캠프가 있고 영어, 스포츠, 캠핑, 자연 등 테마별/날짜별 나누어져 있어 자신의 일정과 관심사에 맞춰 신청할 수 있다. 가장 인기가 많은 초등학생 영어 캠프의 경우 2주 동안 참가 비용이 약 15,000k 정도로 우붓의 다른 학교와 비교했을 때 매우 비싼 편이다. 하지만 만4-6세의 미취학 아동이 신청할 수 있는 'Playgroup Summer Camp'가 4일(월~목)에 3,000k로 다른 프로그램 대비 가성비가 좋은 편이다. 학교 홈페이지를 통해 '그린 캠프(Green Camp)'에 들어가면 캠프 프로그램 소개, 신청부터 결제까지 쉽게 진행할 수 있다.

그린 스쿨 캠프에 참여하려면 가장 염두에 둬야 하는 부분이 숙소이다. 우붓 중심가에서 20-30분 정도의 거리에 위치해 있어 관광객을 위한 숙소가 드물기 때문에 학교나 학부모들의 추천을 받아 근처에 숙소를 잡거나, 우붓 중심가에 숙소를 잡고 등하교를 도와줄 기사를 고용해야 한다.

* 1000루피아를 k로 표시 (100k =100,000루피아)

뿔랑이 스쿨 (PELANGI SCHOOL)

뿔랑이 스쿨의 캠프는 한국 사람들에게 가장 많이 알려진 프로그램이기도 하다. 뿔랑이 스쿨의 참가 비용은 1일 520k, 1주 2,600k이며, 직접 신청하는 경우 학교 홈페이지를 통해 구글 폼에서 신청서를 작성하면 된다. 신청서를 제출하면 2~3일 후에 이메일을 통해 서류 제출을 요청하는데, 캠프 의무 준수 사항, 동의서, 개인 정보 등을 작성하고 캠프 비용을 납부하면 모든 신청이 완료된다.

뿔랑이 스쿨은 캠프 비용을 학교 계좌로 직접 입금해야 하는데 요즘은 시중 은행을 통하지 않고도 더욱 빠르고 저렴하게 이용할 수 있는 송금 서비스가 많으니 인도네시아(IDR) 화폐로 송금 가능한지 확인한 후 사용해 보도록 하자. 나의 경우 온라인 송금 서비스인 센트비(Sentbe)를 이용하여 시중 은행보다 저렴하고 빠르게 입금할 수 있었다.

그밖에 방과 후 수업이나 점심 등은 캠프 시작 전에 개별 메일로 안내가 되며 현지에서 납부하고 신청할 수 있다.

우드 스쿨 (WOOD SCHOOL)

우드 스쿨은 2013년에 설립되어 그린 스쿨이나 뽈랑이 스쿨에 비해 많이 알려지지 않았다. 다른 학교들과 비교해서 규모가 작은 편이지만 학교가 전달하고자 하는 교육 철학이 확고해서 자연주의를 추구하는 서양인들이 많이 다니는 곳이기도 하다. 우드 스쿨은 친환경 자연주의와 타인에 대한 존중, Mindfulness 등의 가치를 중시하여 모든 학생이 학교에서 채식과 요가, 명상을 한다. 그리고 자연에서 나온 재료나 재활용품을 활용하여 스스로 사용할 물건을 만드는 방법을 배우고 생명을 소중히 여기며 타인과 협동하는 점을 중시하고 있다. 우드 스쿨의 인스타그램에서 학생들의 활동을 살펴보면 모든 활동이 우드 스쿨이 추구하는 가치와 맞닿아 있다는 것을 느낄 수 있을 것이다.

우드 스쿨의 캠프에 참여하기 위해서는 홈페이지를 통해 캠프 날짜를 확인하고 담당자에게 이메일을 통해 서류를 받아야 한다. 캠프 비용은 만4-7세 기준 일주일에 1,500k, 만 8-14세 기준 2,000k로 다른 학교에 비해 저렴한 편이며, 뽈랑이 스쿨과 동일하게 필요 서류를 제출하고 학교 계좌로 송금을 해야 신청이 완료된다. 우드 스쿨 담당자는 답변이 매우 빠르며 학교 관련 문의에 적극적으로 대응해 주는 편이라 캠프나 단기 스쿨링에 대해 궁금하다면 이메일을 통해 문의해 보도록 하자. 하지만 이 학교 역시 주변에 홈스테이나 게스트 하우스를 제외한 숙박 시설이 없으니 다소 먼 곳에 숙소를 잡아 등하원 시 택시를 이용하는 방법을 고려해야 한다.

선라이즈 스쿨 (SUNRISE SCHOOL)

우붓 외 지역에서 운영하는 유일한 캠프로 지역적으로는 창구와 덴파사르 사이에 위치한다. 이번에 선라이즈 스쿨에서는 'KIDS CLUB'이라는 이름으로 위탁 교육 캠프를 진행한 적이 있다. 위탁 교육이란 선라이즈 스쿨의 교사진이 직접 개최하고 운영하는 형식이 아닌, 외부 업체에서 선라이즈 스쿨의 장소와 허가를 얻어 진행하는 형태이다. 하지만 프로그램을 보면 만3세~12세의 학생들을 대상으로 스포츠 게임, 과학 실험, 미술, 음악, 요리, 실외 자유 놀이 등을 진행하고 있어 다른 캠프 프로그램과 비슷하고, 비용도 일주일에 1,300k로 가장 저렴한 편이라 창구 지역에서 한 달 살기를 원한다면 좋은 선택이 될 수도 있다. 🍃

4. 숙소 예약하기

거주 지역과 아이가 다닐 학교를 정했다면 이제 그 지역 내에서 등하원이 편리한 숙소를 예약해야 한다. 숙소를 구하기에 앞서 두 달 동안 한 곳에서 지낼지, 아니면 여러 숙소에서 한 번씩 지내볼 것인지를 먼저 정해야 한다. 나는 발리에 두 달 동안 머물면서 처음 한 달은 일주일 단위로 숙소를 옮겨 다녔다. 하지만 아이를 데리고 짐을 옮기며 다니는 일이 매우 소모적이어서 결국 다음 한 달은 한 곳에 정착해서 생활하게 되었다. 두 방법을 모두 해보니 숙소를 일주일 단위로 옮겨 다니는 것보다 한 곳에서 머무는 것이 우리 가족에게 잘 맞았다. 발리에서 만난 한 달 살기 가족들 중에는 학교 근처의 가성비 좋은 숙소에 짐을 풀고 주말 여행으로 가볍게 다른 지역으로 놀러 가는 방법을 선호하는 사람들이 많았다. 사람마다 여행 스타일이 다르기 때문에 각각의 장단점을 파악하여 숙소를 예약하도록 하자.

2주 이하의 단기 숙소를 예약하려면 호텔 예약 사이트나 에어비엔비(Airbnb), 호텔 공식 웹사이트에서 예약을 진행할 수 있다. 글로벌 체인인 경우에는 호텔 예약 사이트보다 공식 웹사이트에서 예약을 진행하는 것이 더 유리하다. 대부분 BRG(Best Rate Guarantee) 프로그램을 운영하기 때문에 공식 웹사이트에서 예약한 후 더 저렴한 조건에 판매하는 사이트를 발견하면 BRG를 신청하여 차액을 보상받을 수 있기 때문이다.

이렇게 온라인으로 호텔 예약을 진행하는 경우에는 꼭 2022년 이후의 리뷰를 읽어봐야 한다. 코로나 이전과 상황이 많이 달라졌기 때문이다. 하지만 아무리 꼼꼼하게 리뷰를 살펴봤음에도 실제 숙소에서 생활할 때 비위생적이거나 불편한 경우가 종종 있다. 발리는 다양한 국적과 인종이 다녀가는 여행지이기 때문에 위생과 편의 사항에 대한 기준이 모두 다르기 때문이다. 그래서 같은 문화를 공유하는 한국인의 리뷰를 참고하는 것이 가장 좋고, 아이 동반시에는 가족 여행객의 리뷰를 필터링해서 보는 것이 가장 도움이 된다. 한국인의 리뷰가 별로 없다면 일본, 싱가폴, 홍콩 국적 여행자의 리뷰를 참고하자. 서양이나 동남아 사람들은 우리와 라이프 스타일이나 위생에 대한 기준이 달라서 그들이 별 5개를 준 평점에 우리는 별 3개를 줄 수도 있기 때문이다.

한 달 이상 장기 숙소를 예약하려면 예산 범위와 조건에 맞는 호텔이나 빌라에 직접 연락하여 견적을 받는 것이 가장 저렴하다. 에어비엔비로 예약을 진행한다면 호스트에게 연락하여 장기 숙박 할인을 요청할 수도 있을 것이다. 내 조건에 맞는 숙소를 찾지 못했다면 원하는 조건을 정확하게 명시하여 페이스북 지역 커뮤니티에 집을 구하는 글을 올려보자. 조건에 부합하는 숙소의 관리자에게서 연락을 받을 수 있을 것이다. 현지에서 직접 숙소를 구한다면 지역마다 주요 가게에 비치된 주보를 이용하는 것도 좋은 방법이다.

발리는 8월 첫째 주가 지나면 관광객이 많이 줄어든다. 가장 큰 비중을 차지하는 호주나 동남아 국가들의 방학이 거의 8월 첫째 주에 끝나기 때문이다. 실제로 내가 머물렀던 7~8월 동안, 8월 첫째 주까지 수영장이 가득 차 있었는데, 8월 둘째 주부터는 수영장을 전세 낸 것처럼 사용할 수 있었다. 이 시기만 피해서 방문한다면 충분히 좋은 숙소를 현지에서 예약할 수 있다.

발리에 입국하기 전에 장기 숙소를 계약하고 싶다면 현지에 있는 지인을 통해 영상 통화로 주요 사항들을 체크하는 인스펙션(Inspection)을 할 수도 있다. 발리에 지인이 없다면 카페를 통해 소개받은 가이드나 내니에게 연락해서 수고비를 주고 부탁할 수도 있다. 하지만 영상 통화로만 확인할 수 없는 부분이 있기 때문에 인스펙션을 하는 사람에게 미리 체크리스트를 주는 것이 중요하다. 발리의 숙소에서 지낼 때 주로 문제가 되거나 한국인들이 불편했던 부분에 대해 체크 리스트를 작성해 보았다. 모든 것을 다 확인하고 계약한다 하더라도 분명 살면서 사소한 문제점들이 나올 것이다. 하지만 적어도 이 리스트에 있는 사항들을 먼저 확인한다면 큰 불편을 피할 수 있을 것이다.

장기 숙소 예약 시 체크 리스트

* 화장실(하수구) 냄새

보통 저층에서, 아침 시간에 심하게 난다.

* 수질 / 샤워기

수질을 확인할 수 있는 가장 정확한 방법은 필터를 장착한 샤워기로 바꾸고 5분 동안 물을 틀어 보는 방법이다. 샤워 필터는 고급 호텔도 금세 까맣게 변할 때도 있었고, 저렴한 빌라에서도 일주일 내내 깨끗하게 유지될 때도 있었다. 하지만 인스펙션에서 5분 동안 샤워 필터를 장착할 수는 없으니 적어도 샤워기가 천장에 달려 있는 해바라기 형이 아닌지 확인하도록 하자. 해바라기 형 샤워기는 필터 장착을 할 수 없기 때문이다. 가끔 샤워기 수압을 확인하는 경우도 있는데, 보통 샤워 필터를 사용하면 수압도 더 세게 조절이 되므로 심하게 약한 경우만 제외하면 넘어가도 된다.

* 오픈형 거실의 개폐 여부 확인

사진에서 멋지게 보이는 빌라들 중 오픈형 거실이 많은데 개폐할 수 있는 문이 없는 경우 실제 사용에 불편함이 크다. 특히 저녁에는 모기에게 시달리고 시도 때도 없이 도마뱀의 공격을 받고 우기에는 집 내부에 습기가 가득해질 것이다. 꼭 오픈형 거실에 개폐 시설이 있는지, 에어컨은 설치되어 있는지 확인하자.

* 주방 청결도

아이와 함께하는 여행에서 가장 중요한 부분인 것 같다. 사누르에서 만난 지인은 한국에서 미리 인스펙션까지 마치고 예약을 하고 갔지만 실제로 보니 주방 악취가 너무 심하고 주방 아래 싱크대에 끈적이는 물질과 곰팡이가 심해서 청소를 포기하고 주방을 아예 막아버렸다고 한다. 주방 청결 정도는 영상으로 직접 확인하는 것이 좋고 주방에 있는 싱크대도 꼭 열어보고 확인해야 현지에서 주방을 제대로 사용할 수 있을 것이다. 그밖에 냉장고를 열어 위생 상태를 확인해 보는 것도 필요하다. 그리고 제공되는 식기와 조리 도구도 확인해서 부족한 부분은 한국에서 가져가거나 현지 마트에서 공급할 수 있게 계획을 세워야 한다.

* 조명의 밝기

내가 발리에 머무는 동안 가장 스트레스를 받았던 부분이다. 호텔을 바꾸고 싶은 정도로 심각한 문제는 아니지만 방이 조금 밝았다면 호텔에서 지내는 시간을 좀 더 즐길 수 있었을 것 같다. 발리에서 머물렀던 많은 호텔 중에서 유명 체인을 제외한 거의 모든 호텔이 가지고 있는 문제였다. 사실 서양인들은 한국인들보다 조도에 민감하지 않다. 그래서 발리의 숙소는 한국의 가정집처럼 쨍하고 밝은 LED 등이 아닌 '주황색 전구'가 많다. 사누르에서 머물 때 깨끗한 로컬 호텔에서 숙박한 적이 있었는데, 룸 컨디션은 매우 만족스러웠지만 방이 어두워서 저녁마다 스트레스를 받았다. 아이가 숙제를 할 때도 잘 안 보이는 정도였는데, 호텔에 컴플레인을 했더니 유독 한국인들이 그런 말을 자주 한다고 한다. 조명의 밝기는 특히 저녁 시간에 확인해야 하는데 인스펙션 할 수 있는 시간과 맞지 않는다면 저녁에 동영상을 찍어서 보내달라고 요청할 수도 있다.

* 침구 청결도

사실 침구가 깨끗한지 육안으로 확인하기는 쉽지 않다. 하지만 최소한 시트 냄새와 얼룩 정도를 확인할 수는 있다. 가끔 깨끗해 보이는 침구에서도 베드 버그가 있어서 아침에 일어나면 벌레에 물린 자국이 생길 경우도 있는데, 하우스 키핑 담당자에게 얘기하고 깨끗한 침구로 바꾸면 대부분 해결된다.

* 바닥 청결도 / 곰팡이

바닥이 끈끈하거나 미끄럽지 않은지 확인해야 한다. 오랫동안 쓰지 않은 방일 경우 바닥이 끈끈한 경우가 있는데 보통 청소를 제대로 한번하고 나면 괜찮아진다. 하지만 곰팡이의 경우 전반적인 위생 상태가 의심될 뿐만 아니라 청소를 다시 해도 해결되지 않는 경우가 많다. 특히 샤워룸의 벽 모서리나 주방 구석에 곰팡이가 많으므로 사전에 꼭 확인하도록 하자.

* 수영장 수질

숙소의 퀄리티를 결정하는 매우 중요한 부분이긴 하나 육안으로 확인하기가 매우 어렵다. 얼마나 자주 청소하는지 질문하고, 기름이 떠 있진 않은지, 락스 냄새가 너무 심하진 않은지, 투숙객들이 수영장을 잘 이용하고 있는지 정도를 확인하도록 하자.

* 소음

발리는 관광지의 특성상 빌라나 호텔 건축이 잦기 때문에 주변에 공사 중인 곳이 없는지 확인해야 한다. 그리고 유난히 주변에 개 짖는 소리가 심한 숙소도 있어 머무는 동안 지속적으로 스트레스를 받는 경우도 있으니 꼭 주변 소음을 살펴봐야 한다.

5. 발리 두 달 살기 준비물

항공과 숙소를 예약하고 아이 학교까지 등록하고 나면 정말 혼이 쏙 빠진 것처럼 정신이 없을 것이다. 하지만 아이와 한 달이나 체류하기 위해서는 필요한 물건들을 빠짐없이 꼼꼼하게 챙겨야 할 것이다. 여기서는 기본적인 준비물부터 자칫 빠뜨릴 수 있는 유용한 준비물까지 적어보았다.

기본 서류

여권, 항공권, 영문 백신 증명서, 호텔 바우처, 영문 가족 관계 증명서, 여행자 보험, 학교 제출 서류, 비상용 여권 사본과 여권용 사진

엄마와 아이만 단독으로 갈 경우 여권상의 성(Surname)이 다르기 때문에 영문 가족 관계 증명서를 소지해야 한다. 만약 여권을 새로 발급받는다면 영문 이름 옆에 배우자의 성을 함께 기재하는 옵션을 선택할 수 있어 더욱 편리하다.

여행자 보험은 보험사마다 다양한 상품을 갖추고 있어 온라인으로 쉽게 가입이 가능하다. 일반적으로 여행자 보험을 들 때 '여행 중 상해, 질병에 대한 병원비' 항목만 확인하지만, 아이와 함께 가는 경우에는 '여행 중 배상책임' 항목을 꼭 확인하도록 하자. 아이의 실수로 호텔이나 가게의 물건이 파손될 경우 보상을 받을 수 있어 매우 든든하기 때문이다.

비상 약품

해열제(아세트아미노펜, 이부프로펜, 덱시부프로펜 계열 중 교차 가능한 두 종류), 종합감기약, 지사제, 항생제, 소화제, 두통약, 상처 소독제, 일반밴드/아쿠아밴드/습윤 밴드, 화상 연고, 광범위 피부질환 연고, 상처치료 연고, 인후 스프레이, 코로나 자가 진단키트, 체온계, 마스크
[선택] 항제산제, 항히스타민제, 진경제, 근육이완제, 안약, 유산균 등

2022년 10월 인도네시아에서 어린이 시럽 감기약에 포함된 성분으로 인해 100명이 넘는 아동이 급성 신장병으로 사망하는 사건이 발생했다. 이에 따라 인도네시아 정부에서 모든 시럽과 액상 의약품 판매를 중지했기 때문에 현지에서 시럽이 포함된 어린이 의약품을 구매하는 것이 매우 어렵다. 만약 구매가 가능해진다고 해도 정확한 원인이 발표되기 전까지는 당분간 모든 비상약을 한국에서 가지고 가는 것이 마음이 편할 것이다. 특히 해열제 종류인 덱시부프로펜은 발리의 주요 약국에서 대부분 취급하지 않고 있어서 한국에서 꼭 가지고 가는 것을 추천한다. 우리 아이의 경우에도 발리에서 열이 났을 때 덱시부프로펜 해열제를 구하지 못해 고생한 적이 있다.

SUN/뷰티/위생용품

화장품, 알로에 젤/마스크팩, 선크림(50˚이상), 필링 젤, 선글라스, 모자
어린이용 올인원 워시, 치약, 칫솔, 휴대용 물티슈, 때수건, 샤워기 필터

날씨가 덥고 햇볕이 강한 날씨 때문에 얼굴과 몸에 각질이 쌓이는 경우가 많다. 나는 현지에서 각질 필링 젤을 구매했는데 한국 제품과 다르게 얼굴이 화끈거려 사용할 수 없어 중간에 지인을 통해 한국에서 공수하게 되었다. 또한 어깨에 탄 부분이 벗겨져 각질이 일어나 수영장에 들어가기가 조심스러워졌다. 그래서 지인의 도움을 받아 한국에서 때수건을 공수하게 되었는데 각질이 한 번에 다 벗겨져서 얼마나 시원했는지 모른다. 일반적인 준비물은 아니지만 수영장을 자주 이용하는 사람이라면 각질 제거 용품을 꼭 준비해 가도록 하자.

아이의 피부가 민감하다면 샤워 필터기와 교체용 필터를 넉넉하게 준비해 가는 것이 좋다. 아무리 필터를 장착했다 하더라도 양치는 미네랄 워터로 하는 것을 잊지 말자. 수돗물로 양치한 후에 물갈이로 고생을 한 사람이 많기 때문이다. 그리고 휴대용 물티슈는 현지에서도 손쉽게 구할 수 있지만 인위적인 향이 강한 제품이 많아서 짐 무게가 허용한다면 국내에서 준비해 가는 것이 좋다.

수영용품

수영복, 물안경, 넥베스트 튜브, 스노클링 장비(풀페이스 마스크),
아쿠아 슈즈, 방수팩, 후드 형 타월

발리에서는 수영장에서 지내는 시간이 많아 수영용품들을 많이 챙겨가고 싶지만, 대부분의 호텔에서 공기주입기를 제공해주지 않는 것과 짐의 부피를 고려해서 너무 크지 않은 용품들을 준비해야 할 것이다.

구명 조끼는 수영을 못하는 아이들에게 필수이나 부피가 너무 큰 단점이 있다. 이런 경우 공기를 주입해서 사용하는 넥베스트(튜브형 구명조끼)를 구매하면 부피를 최소화할 수 있어서 유용하다. 참고로 넥베스트는 불량이 많다고 하니 미리 집에서 공기를 주입하여 이틀 정도 지켜보며 불량 여부를 체크하고 가지고 오도록 하자. 내 경우에는 공기가 빠지는 불량으로 두 번이나 제품을 교환해야 했다.

일정 중에 스노클링이 계획되어 있다면 풀페이스 스노클링 마스크를 준비하도록 하자. 초등 고학년이나 어른들은 시중에서 쉽게 구할 수 있는 물안경 마스크를 쓰면 되지만, 스노클링에 익숙하지 않은 유아나 초등 저학년에게는 풀페이스 마스크가 유용하다. 현지에서도 대형 몰에서 판매하고 있지만 가격이 한국보다 2배 비싸고 가게를 찾는 것도 어렵기 때문에 미리 준비해 가는 것이 좋다. 풀페이스 마스크를 사용하기 전에는 얕은 수영장에서 미리 사용 방법을 숙지하고 익숙해지도록 연습을 먼저 해보는 것이 좋다.

주방용품, 취사 준비물

수세미, 세제(작은통), 보온병/텀블러, 반찬 용기, 지퍼백,
젓가락, 가위, 라면, 각종 소스, 후리카케

현지에서 취사를 할 생각이라면 참기름, 고추장, 만능 간장, 후리카케 등 소스를 조금씩 준비해 오면 매우 유용할 것이다. 간장을 비롯한 양념류는 현지에서도 쉽게 구매할 수 있지만 맛과 농도가 달라 아이 입맛에 맞지 않는 경우도 많기 때문

이다. 특히 아이가 평소 즐겨 먹는 후리카케나 소스를 준비해 온다면 음식점에서 입맛에 맞지 않은 음식이 나왔을 때도 밥만 주문해서 먹일 수 있어 유용하다.

반찬 용기는 아이 간식을 넣거나 남은 반찬을 보관할 때 매우 유용했고, 보온병은 아이 등원용으로 가져갔지만 실제로는 감기에 걸려 기침을 할 때 뜨거운 물이나 차를 가지고 다니며 먹기 좋았다. 또한 숙소에 있는 정수기에서 물을 넣어 가지고 다닐 수 있어 매번 무거운 생수를 사야 하는 번거로움도 피할 수 있고, 플라스틱을 사용하지 않아 환경을 지킬 수도 있다. 발리에서 만난 지인은 아이 등원 때문에 호텔 조식을 천천히 먹을 수가 없어서 커피를 보온병에 담아 달라고 부탁한 뒤 등원 후에 여유 있게 즐겼다고 한다.

한국 라면은 현지 마트에도 다양하게 팔고 있지만 대부분 아이가 먹기 힘든 매운 라면이다. 아이들이 좋아하는 짜장라면은 외국인 마트에서만 팔고, 우동 라면은 거의 팔지 않기 때문에 아이의 선호에 따라 준비해 가는 것이 좋다.

전자기기/엔터테이닝 용품

휴대폰 충전기, 보조 배터리, 태블릿PC, 여분의 휴대폰, 이어폰,
3 in 1 알람시계(조명/블루투스 스피커 가능 제품), 책
[선택] 카드게임, 색종이 등 아이에 취향에 따른 놀이감

한 달 살기를 하는 가족들은 보통 휴대폰에 현지 유심을 장착하여 사용한다. 업무로 인해 한국에서 연락이 자주 오는 경우에는 한국 로밍 휴대폰 한 대와 현지 유심 휴대폰 한 대를 동시에 사용하기도 한다. 하지만 휴대폰 한 대만 사용하는 경우에도 여분의 휴대폰을 꼭 준비해야 한다. 연락, 예약, 결제, 정보까지 모든 것을 휴대폰으로 처리하는 상황에서 혹시 발생할 수 있는 분실에 대비하기 위해서다. 이를 위해 집에 있는 공기계에 아이들을 위한 콘텐츠를 가득 담아온다면 분실에 대비도 하고 아이들 대기 시간에도 유용하게 사용할 수 있을 것이다.

또한 조명과 블루투스 스피커 기능이 장착된 3 in 1 알람 시계를 준비해 오면 여러 가지 용도로 사용할 수 있다. 아이들이 불을 끄고 잠을 자기 무서워할 때 은은

한 조명으로도 활용할 수 있고, 분위기를 내고 싶을 때 블루투스로 연결하여 음악을 들을 수도 있어 매우 유용하다.

방수, 방충용품

우비, 소형 우산, 전기 모기향, 모기 패치, 모기 스프레이

모기나 곤충이 많은 발리의 환경을 고려하여 매트형, 액상형 전기 모기향을 가져가면 몸도 마음도 훨씬 편해질 것이다. 일부 호텔에서는 요청 시 제공을 해주기도 하는데 구비하지 않고 있는 숙소도 많다. 나는 포충기 겸용으로 사용할 수 있는 전기 모기채도 가져갔는데 이 제품은 출국 시 세관 검사도 받아야 하고 부피도 꽤 커서 호텔을 이동할 때마다 불편을 겪어야 했다. 그에 비해 쓰임이 거의 없었고 오히려 전기 모기향이 더욱 유용했다.

또한 발리에는 배수 시설이 안 좋은 지역이 많아 비가 내리면 금세 무릎까지 물이 차오르기 때문에 장화보다는 슬리퍼, 우산보다는 우비를 준비하는 것이 좋다. 대부분의 숙소에서 장우산을 투숙객에게 빌려주고 있으니 갑자기 비가 내리는 경우를 대비하여 가볍고 작은 휴대용 우산만 준비해 가도록 하자. 아이들이 학교에 간다면 우기에는 백팩용 레인 커버를 준비해 가는 것이 좋다. 물에 젖었다가 마른 책은 구부러지기 때문에 한 달 동안 쓰기에 정말 불편할 것이다.

기타

공책, 필통, 손톱깎이, 실내용 슬리퍼

글로벌 체인 호텔에서는 실내용 슬리퍼를 제공해 주지만 로컬 호텔의 경우 제공해 주지 않는 곳이 많다. 한국인은 보통 실내 바닥을 깨끗하게 닦고 실내와 실외의 옷과 신발을 구분하기 때문에 숙소의 청결 상태를 확신할 수 없다면 실내용 슬리퍼를 준비해 가는 것이 좋다. 고무 재질의 슬리퍼를 가져간다면 화장실용 슬리퍼로 쓸 수도 있어 매우 유용하다.

TIP!

해외 사용 카드 소개 및 환전 시 주의 사항

짧은 여행이라면 국내에서 쓰던 신용카드를 가지고 가거나 공항에서 환전해도 큰 차이가 없지만 한 달 살기를 위해 발리에 온다면 수수료와 환율에 따라 전체 비용이 크게 달라지기 때문에 수수료가 적고 환율이 좋은 카드를 발급받는 일이 매우 중요하다.

보통 발리 여행자들이 많이 쓰는 카드는 하나 VIVA X 체크카드와 우리은행의 EXK 체크 카드였는데 모두 해외 현금 인출 시 수수료가 적어 선호하던 카드였다. 두 카드 모두 연회비가 없고 해외 가맹점 및 국제 브랜드 이용 수수료가 면제되며 해외 ATM 인출 수수료가 없는 카드로 지금도 여전히 인기가 많다.

그리고 요즘은 해외여행을 준비하는 사람들 사이에서 토스 체크카드와 트래블월넷 체크카드의 인기가 높아졌다. 토스 체크카드는 연회비와 해외 ATM 인출 수수료가 무료인데다가 모든 해외 결제에 무제한 3% 캐시백을 해주기 때문에 한 달 살기를 계획하는 사람들에게 매우 좋은 혜택이 될 수 있다. 하지만 국제 브랜드에서 사용할 경우 수수료가 별도이고 결제 건당 0.5 달러씩 추가로 부과된다. 그렇기 때문에 수수료보다 캐시백이 더 큰 경우에 사용하는 것이 좋다.

트래블월넷은 외화 충전식 선불카드로, 앱으로 가입하면 모바일 카드와 실물 카드가 지급된다. 총 15개의 외화 중에서 원하는 외화를 선택하고 내 은행 계좌와 연결하면 트래블월넷으로 외화가 실시간으로 충전된다. 선불식 충전 카드라서 환율이 좋을 때 한꺼번에 충전해 놓으면 편리하고 무엇보다 모바일앱으로 실물 카드를 비활성화 시킬 수 있어서 도난 시 피해를 최소화할 수 있다. 하지만 인도네시아 루피아를 충전할 때 한 달에 미화 $500을 초과하면 수수료가 부과된다는 단점이 있다.

미화를 현지 돈으로 환전해서 쓴다면 환전소를 찾을 때 주의해야 한다. 작은 환전소에서 일명 밑장빼기 수법(현지 돈을 세어 주면서 밑에 있는 돈을 살짝 빼는 수법)을 사용하기 때문이다. 환전소를 찾을 때 작은 장소에서 저렴한 환율을 제시하는 곳보다 큰 사무실에서 상식적인 수준의 환율을 제시하는 곳을 찾아야 한다. 그리고 무엇보다 환전한 돈을 받았을 때 현장에서 직접 세어보고 확인하는 습관을 갖도록 하자. 발리에서는 일반적으로 금요일 오후부터 환율이 올라가고 월요일 오전부터 환율이 떨어지는 경향이 있으니 주말에는 되도록 환전을 피하도록 하고 화요일부터 목요일 사이에 환전을 해두자.

또한 현금 인출 시 가끔 ATM 기계에서 카드가 복제되는 경우가 있다. 가장 대표적인 기계가 우붓의 코코마트(Coco Mart) 앞 ATM으로 여행 카페에서 피해 사례가 자주 올라온다. ATM은 은행 앞이나 호텔 내부에 설치된 곳이 가장 안전하니 참고하도록 하자. 그리고 간혹 ATM 기계에서 인출에 실패했지만 내 연결 계좌에서 돈이 빠져나간 경우가 있다. 이런 경우 일정 시간이 지나면 재입금 되는 경우도 있지만 '정상 인출'로 처리되는 경우도 있으니 내 계좌에서 인출된 금액을 꼭 확인해 보도록 하자. 나는 저번에 발리에서 ATM 현금 인출을 시도하다가 결국 돈을 뽑지 못하고 거래가 실패로 끝났지만 한국 계좌에서는 이미 돈이 빠져나가 '해외 ATM 피해 사례'로 신고하여 보상받은 적이 있다.

#2 우붓에서
살아보기

EP. 1 나는 역시 발리가 좋아

코로나로 3년간 막혔던 하늘길이 열리자마자 발리행 비행기를 예약했다. 발리는 한국인들에게 인기 있는 관광지라 한국 국적기는 물론 인도네시아 국적기도 직항편을 제공했었다. 하지만 코로나의 여파로 직항도 없어지고 관광객을 위한 무비자도 없어졌다. 불편해졌지만 갈 수 없는 건 아니었다. 여행은 가고 싶을 때 가는 것이 아니다. 갈 수 있을 때 가는 거지.

나는 7살 아들 우진이와 함께 먼저 쿠알라룸푸르로 갔다. 직항이 없어 어느 한 곳을 경유해야 했는데 마침 쿠알라룸푸르에 친구가 있어 망설임 없이 그곳으로 갔다. 친구는 우리가 묵을 숙소에 미리 방문해서 불편한 곳은 없는지 확인하고 우진이가 먹을 음식들을 준비해 줬다. 생소한 타지에서 누군가 우리를 생각하며 이 공간을 채워줬다는 사실만으로도 이 도시가 따뜻하게 느껴졌다. 친구에게는 우진이 또래의 아이들이 있어서 우리는 나흘 동안 친구 가족들과 재미있게 놀고 시설 좋은 국제학교들도 투어하면서 쿠알라룸푸르를 좋아하게 되었다. 발리로 가는 날이 되니 우진이가 그냥 이곳에서 지내면 안 되냐며 속상해한다. 아이들에게는 역시 또래가 최고인가 보다.

새벽부터 공항으로 이동하느라 아침은 패스했고, 그나마 게이트 앞에서 음료와 과자를 샀다가 또다시 나타난 짐 검사(Security Check)에 음식을 그대로 버려야 했다. (쿠알라룸푸르에서 에어아시아가 출발하는 터미널2는 첫 번째 Security Check을 통과한 후에 게이트에 도착하기 전 두 번째 Security Check을 받아야 한다) 우리가 탄 에어아시아는 저가 항공 특성상 식사를 기내에서 돈을 주고 사 먹어야 했다. 하지만 마침 기내 메뉴에서 우리 아이가 먹을 수 있는 것들은 모두 솔드아웃이라고. 꼼짝없이 아이를 아침, 점심까지 굶기게 생겼다. 비상시를 대비해 챙겨온 초콜릿바만 먹이고선 배고픔을 잊으라고 다운로드받아온 콘텐츠를 보여주며 3시간을 보냈다. 우진이는 '잘 안 먹는 애'라서 항상 걱정이었는데 처음으로 이 점이 다행스럽기까지 했다. 혼자 여행 다니던 시절에는 시간이 안 맞으면 식사도 거르고 관광 다니기 일쑤였는데, 애 엄마가 되고 나니 아이 배를 채워놔야 관광이든 뭐든 눈에 들어온다.

 발리에 착륙 후 도착 비자(VOA : Visa of Arrival)를 받고 입국 수속장으로 가니 줄이 어마어마하게 길어 2시간은 걸릴 것 같았다. 줄 끝에 서 있으니 공항 직원이 유아 동반 가족 라인으로 오라며 손짓한다. 직원의 머리 뒤에 후광이 나는 것 같았다.

 5분 만에 모든 수속을 마치고 짐을 찾으러 가는데, 긴 줄에 서 있는 사람들에게 미안한 마음마저 들었다. 그래도 어쩌랴. 미안하더라도 내 새끼 빨리 뭐 좀 먹이려는 일념으로 후다닥 나와서 빵이랑 음료수를 먹이고 나니 이제야 마음이 놓인다. 아이가 이제 7살이 되었다고 배고픔도 잘 참고 짐도 제법 들고 여행에 동행하는 모습을 보니 엄마는 안 먹어도 배부르다.

 공항에 도착하자마자 한국에서 미리 준비해온 발리 유심으로 갈아 끼웠다. 클룩 (Klook)에서 구매하면 저렴한 가격으로 발리 공항에서 유심을 수령할 수 있는데, 애 엄마는 혹시 모를 어떤 변수도 만들고 싶지 않아 미리 한국에서 사 왔다. 유심을 갈아 끼우니 미리 예약해 놓은 픽업 서비스 기사에게서 입국장에서 대기 중이라고 연락이 왔다. 감사하게도 공항에서 수속을 빨리 마칠 수 있었고, 아이를 배부르게 먹일 수 있었고, 기사도 제때 친절한 미소로 나와 있었고, 바람도 좋았고, 하늘도 좋았다. 모든 게 좋았다.

발리는 언제나 선물 같았다. 인생에서 가장 힘든 시기마다 발리에 왔었다. 사람 때문에 상처받았을 때도, 직장 때문에 힘들었을 때도, 앞으로 어떤 일을 하며 살아야 하나 헤매고 있을 때도, 임신하고 육아와 커리어 사이에서 고민이 많았을 때도 발리에 왔었다. 그때마다 발리에서 무언가 답을 얻었던 건 아니다. 단지 발리 사람들에게서 친절을 느꼈고, 그들이 자신의 삶을 신성하게 살아내고 자신이 정할 수 없는 일에 대해 웃으며 내려놓는 모습을 통해 설명할 수 없는 위로를 느꼈다. 그리고 모든 일을 통제하고자 아등바등하며 스스로를 힘들게 하는 내 모습을 돌아보고 나 자신에게 좀 더 친절해졌다.

발리는 나에게 늘 친절하고 관대했다.

나는 역시 발리가 좋다.

TIP!

발리 공항에서 패스트 트랙 (FAST TRACK) 이용하기

발리 덴파사 공항에는 아동 동반 가족을 위한 입국 수속 라인이 별도로 있다. 알아서 그 줄로 가는 사람도 있지만 안내판에 자세히 쓰여있지 않아서 일반 라인에 줄을 서는 사람도 있다. 운이 좋으면 공항 직원이 알려주기도 하지만 운이 나쁘면 일반 라인에서 2시간 넘게 기다려야 할 때도 있으니 꼭 아동 동반 가족 라인으로 가서 줄을 서자. 성인끼리 여행 온 그룹이 아동 동반 가족 라인인지 모르고 줄을 선 적이 있었는데, 30분을 기다려 차례가 돌아오자 줄을 잘못 섰다며 공항 직원이 돈을 요구했다는 경험담도 있으니 꼭 줄을 잘 보고 서야 한다.

만약 아이가 커서 아동 동반으로 패스트 트랙을 이용할 수 없다면 VIP 에스코트 서비스를 이용할 수도 있다. 가격은 한 사람에 600k로 이 서비스를 신청하면 비행기에서 내릴 때 직원이 보드판을 들고 서 있고 공항에서 나갈 때까지 에스코트를 받을 수 있다. 하지만 빠른 속도로 수속을 받고 나와도 수하물이 나올 때까지 기다려야 해서 공항에 사람이 많지 않을 때는 속도에 큰 차이가 없다. 하지만 수속을 위해 1시간 이상 기다려야 할 경우에는 유용하게 사용할 수 있으니 참고하도록 하자. 신청은 구글에서 'Fast Track Arrival Bali'로 검색하면 여러 업체가 나오니 서비스 범위를 잘 읽어보고 선택하면 된다.

EP. 2 발리에서 친구와 살아보기

아이와 단둘이, 그것도 두 달이나 여행을 간다니 남편과 친정엄마의 걱정이 이만저만이 아니었다. 남편은 나의 준비성이나 내공을 믿는 면도 있었고 아이에게도 좋은 경험이 될 거라고 믿었기에 동의해 줬지만, 친정엄마에게 나는 아직도 물가에 내놓은 자식 같았다. 나는 친정엄마가 동행하면 좋을 것 같아 여러 번 부탁드렸지만 엄마는 결국 자신없다며 거절하셨고, 평소에 해외 한 달 살기에 관심이 많던 친구들을 꼬시기 시작했다.

'너 갈 때 나도 꼭 불러줘'라고 호언장담했던 친구들도 막상 같이 가자고 제안하니 쉽게 결정을 내리지 못했다. 코로나도 아직 끝나지 않은 데다가 직항도 없어 멀리 돌아가야 했고, 천정부지로 올라 있는 항공비도 무시할 수 없었다. 친구들의 마음을 알기에 더 적극적으로 꼬실 수도 없었다. 하지만 돌쟁이 둘째가 있어서 갈 수 없을 거라고 생각했던 친한 동생 Y가 흥미를 보이기 시작했다.

Y는 대학 때 베트남 봉사 활동에서 만난 동생이었는데, 알고 보니 고등학교 후배라서 더 각별하게 지냈던 사이다. 내가 볼 때는 예쁘고 똘똘하고 개념과 센스까지 갖춘 놀라운 아이인데, 스스로 '나는 이걸 잘 못 해' 라고 생각하는 경향이 있어서 주변에서 챙겨주고 싶게 만드는 재주까지 있다.

우리는 10년 전에 결혼과 커리어에 대해 치열하게 고민하던 시기에 함께 발리에 갔다. 그때도 '나 발리에 갈 거야' 라는 나의 카톡을 보고 Y는 망설임 없이 휴가를 내고 발리행 티켓을 끊었다. 그때 우리는 발리에서 유명한 음식점들과 비치클럽에 가고 요트도 타고 수영도 하며 신나는 싱글즈 여행을 즐겼었는데, 지금 와서 생각나는 부분은 고민을 얘기하다가 이상한 구석에서 빵 터져서 낄낄대던 모습들 뿐이다. 역시 여행은 사람이 전부다.

지금은 애 엄마가 된 Y와 나, 하지만 20대의 빛나던 모습과 30대의 치열한 모습들을 모두 함께한 전우 같은 친구, Y가 함께 가기로 했다. 이제 막 돌잔치를 끝낸 둘째를 친정에 맡기고 오기까지 힘든 결정이었을 것이다. 그럼에도 불구하고 우리는 발리에서 만나기로 했다.

'할 수 있을 때 해야지, 못한다고 생각하면 못 할 이유가 한 바가지야.' 라고 하면서.

우리보다 먼저 발리에 도착해 있던 Y와 드디어 우붓에서 만나 재회의 기쁨을 나눴다. 차로 30~40분 거리에 살고 있지만 서로 육아와 일에 허덕이며 살다 보니 1년에 한두번 만나는 게 고작이었다. 여기에서 만나다니, 우리가 좋아했던 발리에서 우리 미니미들을 데리고 만나다니!

감회가 새로웠다. 넷이 모여 그렇게 저녁을 먹고 보니 오늘 첫 끼였다.

연꽃이 펼쳐진 사원 같은 레스토랑에서 맛있는 음식과 빈땅 맥주를 마시니 이제야 우리가 발리에 있다는 게 실감이 났다.

'나 진짜 두 달 동안 여기에서 사는구나!'

EP. 3 코로나가 쓸고 간 자리

발리에 도착한 첫날부터 예상치 못한 일이 기다리고 있었다. 우리의 첫 번째 일정은 뽈랑이 스쿨에서 3주 동안 여름 캠프에 참가하면서 우붓에서 살아보는 것이었다. 하지만 숙소 예약을 늦게 하는 바람에 뽈랑이 스쿨 주변의 호텔들이 마감된 곳이 많아 3주 연속으로 머무를 수가 없었다. 그래서 각각 일주일씩 주변 호텔을 옮겨 다니며 생활하기로 했다. 여러 호텔을 경험해 보는 것도 꽤 재미있을 것 같았다.

우리의 첫 번째 숙소는 뽈랑이 스쿨에서 도보로 가능한 작은 호텔로, 작지만 관리가 잘 되고 방이 넓어서 장기 투숙에 좋다는 리뷰를 보고 결정한 곳이었다. 하지만 호텔에 도착하자마자 Y의 방이 중복 예약되어 더 작은 방으로 다운그레이드가 되었다. 호텔 측에서는 장기 숙박객의 방이 실수로 예약 사이트에 올라갔다고 설명하며 원하지 않으면 전액 환불 처리해 준다고 했지만 이제와 아이를 데리고 다른 호텔을 알아보고 이동하는 것도 매우 불편했고, 일행이 있으니 따로 지내기도 싫어서 조금 할인된 가격으로 다운그레이드된 방에 묵기로 했다. 내가 이 호텔에서 지내자고 제안했는데... 우리 방은 제대로 예약이 되고, Y의 방만 옮겨지니 뭔가 미안한 마음이 컸다.

하지만 우리 방으로 들어간 순간, 나 역시 이 호텔에서 나가고 싶은 마음이 커졌다. 사진에서의 우리 방은 작은 플런지 풀이 딸린 아름다운 복층 방이었는데, 미끌미끌한 바닥에는 개미 떼가 행진하고 있었고, 욕실 모서리마다 곰팡이로 가득 차 있었고, 천장에서는 거미가 열심히 집을 짓고 있었다. 일단 직원을 불러 급한 청소부터 시키고 사정을 물었더니, 코로나 때문에 3년 동안 문을 닫았다가 이번에서야 다시 운영하는 거라고 했다. 예약 사이트에서의 높은 별점과 리뷰는 모두 코로나 전의 평가였으므로 어느 것 하나 유효하지 않았다. 룸 컨디션은 정말 실망스러웠으나 직원들은 매우 친절했고 최선을 다해 어려움을 해결해 주려고 노력했기에 참아 넘길 수 있었다. 하지만 Y의 방에서 바퀴벌레와 팔뚝만 한 메뚜기가 나오고, 심지어 도마뱀이 천장 위를 기어 다니다가 Y의 발에 떨어졌을 때는 정말 참을 수가 없었다.

우리는 당장이라도 이 호텔을 나갈 것처럼 근처 호텔을 탐방하기 시작했다. 하지만 근처 다른 호텔이라고 해서 특별히 달라 보이는 건 없었다. 관리가 좀 더 잘 되어 보이는 곳은 있었지만 우붓의 지역적 특성상 곤충을 막을 수는 없었고, 마음에 드는 호텔은 모두 자리가 없었다. 어쩔 수 없이 일주일만 버티자며 호텔에 잠자는 시간에만 들어가며 시간을 보냈다.

사실 우리는 도보 거리를 중요하게 생각했기 때문에 학교 근처의 숙소만 알아봤는데, 다시 선택한다면 학교 근처만 고집하진 않을 것 같다. 고젝이나 그랩 등의 택시가 잘 잡히고 고정적으로 등하교을 도와줄 수 있는 기사를 고용할 수도 있기 때문에, 학교에서 조금 벗어난 쾌적한 숙소를 알아보는 것도 좋은 방법이라고 생각한다. 하지만 출퇴근 시간에는 차가 막힌다는 점을 고려하여 너무 멀지 않은 곳에 숙소를 잡아야 할 것이다.

코로나 때문에 예상치 못한 숙소에서 묵게 되었지만 반대로 코로나 덕분에 달라진 좋은 점들도 있었다. 우붓에서 승차 공유 서비스인 고젝(Gojek)과 그랩(Grab)을 이용할 수 있게 된 것이다. 우붓은 전통적으로 로컬 입김이 센 지역이라 승차 공유 서비스는 물론이고 블루버드(Blue Bird, 발리의 로컬 택시 회사) 같은 흔한 택시도 거의 없었다. 2019년에 우붓을 방문했을 때만 해도 우붓에서 교통편을 이용하는 방법은 오토바이를 빌리거나 로컬 택시를 이용하는 방법뿐이었다. 하지만 코로나 기간 동안 관광객이 없어지고 로컬의 방어도 덜해지자 이곳에서도 이제 고젝, 그랩 택시를 자유롭게 이용할 수 있게 되었다. 또한 이러한 승차 공유 서비스를 통해 고라이드(GoRide, 오토바이 택시), 고센드(GoSend, 퀵서비스), 고푸드(GoFood, 음식 배달 서비스)도 이용할 수 있게 되어 우붓 생활이 더욱 편리해졌다.

호텔에서는 코로나가 쓸고 간 흔적이 고스란히 남아 있었지만 거리는 마치 언제 코로나가 있었냐는 듯이 활기차다. 마스크를 쓰고 다니는 사람들은 거의 한국인이다. 마치 코로나 이전으로 돌아간 마냥, 사람들은 서로를 마주보며 식사를 하고, 그러다 앞 사람 얼굴 쪽으로 기침도 하고, 오토바이를 타고 가다가 길가에 침도 뱉으면서 일상을 살아가고 있다. 이런 평범한 일상이 늘 그리웠지만 한편으로는 코로나가 아직 끝나지 않았는데도 너무 신경 쓰지 않는 모습에 눈살이 찌푸려진다.

코로나에 상관 없이 계속되는 것들도 있었다. 발리 어딜 가나 따라다니는 매연이다. 작고 구불구불한 길과 비싼 자동차 가격으로 발리에서는 1인 1 오토바이가 필수이기 때문에 사람 다니는 모든 곳에 매연이 있다. 2019년에 오토바이 트래픽으로 유명한 창구에 머물렀을 때, 밖에 오래 있었던 날에는 자다가 손발이 저려 깬 적이 많았다. 우리는 사실 코로나 때문에 밖에서도 열심히 마스크를 쓰고 다녔는데 뜻밖에 매연을 막아주는 효과가 있어서 좋았다. 나중에는 사람이 없는 곳에서도 매연 때문에 꼭 마스크를 쓰게 되었다.

TIP!

발리에서 승차 공유 서비스(고젝/그랩) 이용하기

우붓을 포함한 발리 주요 지역에서는 그랩, 고젝 앱을 통해서 택시를 쉽게 잡을 수 있는데 울루와뚜 지역은 그랩이나 고젝이 호텔/클럽 안까지 들어오지 못해서 멀리 떨어진 곳에서 만나자고 하는 경우가 많으니 이동 시 참고하도록 하자.

우붓에서는 같은 시간에 고젝과 그랩을 부르면 대부분 고젝이 더 저렴했다. 하지만 택시를 잡기 힘든 시간에는 오히려 그랩이 더 잘 잡히니 두 앱을 모두 설치하여 상황에 따라 활용하도록 하자.

그리고 우붓에서는 고젝이나 그랩 모두 시간에 따른 요금 차가 크다. 예를 들어 오전 9시에 고젝을 부르면 20k였는데, 오후 4시에 부르면 57k로 거의 3배 차이가 났다. 나의 경험에 의하면 점심시간인 1~2시 사이, 퇴근 시간 4시 이후 택시비가 2~3배 상승했다. 이는 특정 시간에 기사 공급이 적어지면서 시스템에 의해 자동으로 조정되는 금액이라고 한다. 나중에 사누르나 스미냑에 있을 때는 이런 현상이 거의 없었는데 우붓이 유독 심했다.

그랩이나 고젝 앱에서 택시를 부를 때 결제 방법을 선택할 수 있는데, 현금을 선택할 경우 도착 후 기사에게 직접 지불하면 된다. 하지만 기사가 잔돈이 없다면서 거스름돈을 주지 않는 경우가 많아 강제적 팁이 나가게 되는 경우가 종종 있다. 신용카드를 연결하면 편하게 사용할 수 있지만 한국 발급 카드 중 일부는 등록이 어려운 경우도 있다. 이런 경우 곳곳에 있는 편의점인 알파마트(Alpha Mart)에서 충전을 하거나 인도네시아 계좌가 있는 현지인에게 부탁하여 캐시를 충전을 하면 된다.

EP. 4 뿔랑이 스쿨의 캠프 이야기

우붓은 발리에서 내가 가장 좋아하는 지역이었다. 아이가 생기기 전부터 우붓의 자연 속에서 아이가 마음껏 뛰노는 장면이 나의 로망이었기 때문에 발리 두 달 살기를 결심했을 때 뿔랑이 스쿨을 선택한 것은 어쩌면 당연한 일이었다. 이번에 뿔랑이 스쿨에서는 총 4주간 여름 캠프를 진행했는데, 이는 코로나로 인해 3년 동안 중단된 이후 처음으로 재개되는 캠프였기에 더욱 기대감이 컸다. 우진이와 Y의 딸은 이번 캠프에 2~4주차까지 총 3주간 참여하게 되었다.

우진이는 5살 때 마더구스(Mother Goose : 잠자리에서 듣는 영어 노래/책)를 시작으로 6세부터 본격적으로 엄마표 영어를 시작했고, 7세 여름이 되었을 때는 3~4세 수준의 영어 애니메이션을 이해하고 간단한 의사 표현을 하는 정도가 되었다. 영어로 읽고 쓰기를 아직 잘 못했지만 자신이 영어를 꽤 잘한다는 근거 없는 자신감이 있는 아이다.
그리고 내가 아이 교육에 있어 영어보다 힘 쓴 부분은 숲체험이었는데, 걷기를 시작한 2세부터 꾸준히 숲교실, 숲체험, 숲속 놀이터등을 다니면서 자연 감성을 키워주기 위해 노력했다. 그리고 6세부터는 날마다 산에서 노는 숲 유치원에 다니고 있어서 웬만한 어른보다도 숲과 곤충에 대한 지식과 애정이 많다. 내가 숲교육에 관심을 둔 이유는 자연을 이해하고 사랑하는 아이는 자신의 뿌리가 단단해진다는 믿음이 있기 때문이다.

한국에서의 숲 교육이 정제된 자연이라면, 뿔랑이에서의 숲 교육은 정제되지 않은 날것 그대로의 자연일 거라고 생각했고 그것을 아이에게 경험해보게 하고 싶었다. 그리고 한국에서의 영어 교육이 인위적이라면, 뿔랑이에서의 영어 교육은 필수적이고 생존적인 언어로써 머릿속에 깊이 각인될 것이라고 생각했다. 한마디로 내가 원했던 뽈랑이는 영유 + 숲유를 충족시킬 수 있는 완벽한 교육 공간이었다.

하지만 뽈랑이 캠프에서 첫 주를 보내고 내 기대가 너무 컸다는 것을 느꼈다.

첫 번째는 분반에 따른 문제점이었다. 뽈랑이 캠프에서는 만 2~6세까지 킨더(Kinder) 반, 만 7세부터 엘더(Elder) 반으로 배정이 되고, 엘더반은 그 안에서 미들키즈와 빅키즈로 분류된다. 만 6세인 우진이와 만 5세인 Y의 딸은 킨더반에 배정되었는데, 만 3세부터 6세까지의 아이들이 함께 있다 보니 학교 수업이라기보다는 보육 위주의 데이케어 성격도 다소 있었고, 언어가 완벽하지 않은 연령이 섞여 있다 보니 교사가 짧고 간단한 문장 위주로 언어를 구사했다. 한국의 유치원에서도 만3~4세 반에서는 교사의 언어가 비교적 짧고 간단하다는 것을 생각하면 이해가 될 것이다. 그러다 보니 캠프에서의 활동이 유의미한 방향으로 확장되는 데에는 한계가 있었다.

예를 들어 한국의 숲 유치원의 경우, 자연물을 통한 미술 놀이 시간에는 자연물을 심도 있게 관찰하고 서로 느낀 점을 표현하고, 거기에서 나오는 아이디어를 표상한 후 친구들과 아이디어를 주고받으며 협동 작품을 만들어 내는 등 놀이가 다양하게 확장된다. 하지만 다양한 연령대와 제한적인 영어로 인해 아이들은 제각기 앉아 자신의 작품을 묵묵히 만들고 선생님께 보여주는 간단한 활동으로 끝나는 경우가 많았다. 나는 영유 + 숲유의 시너지를 원했지만 숲 활동도 영어도 어느 하나 아이들의 기억 속에 남을 만한 프로젝트로 연결되지 못하는 느낌이 들었다.

두 번째는 여름 캠프라는 특수성에서 비롯된 문제이다. 총 4주로 구성된 여름 캠프에서 아이들은 하루 단위로 등록할 수 있었고 각 반을 담당하는 선생님들은 1주마다 바뀌었다. 사실 아이들 15명 남짓에 교사 4명이 배정되어 있어서 충분히 아이들 개개인의 특성을 고려할 수 있는 상황이었음에도 학생들과 선생님들이 자주 바뀌기 때문에 연령과 수준에 맞는 교육을 진행할 수가 없었다. 나는 이 점에 대해서도 행정팀에 문의했지만 왜 선생님들이 계속 바뀌는지에 대해 명확한 대답을 들을 수 없었다. 특히 아이들이 첫 주에 힘들어했던 점을 담당 교사와 충분하게 상의했음에도, 두 번째 주에 교사가 바뀐 뒤에 인수인계가 제대로 되지 않아 매주 선생님을 찾아가 설명을 해야 했다.

그럼에도 불구하고 뽈랑이 여름 캠프만의 장점이 있다면 여러 나라에서 온 아이들과 스스럼없이 어울릴 기회와, 완벽한 자연에서 없으면 없는 대로 불편하면 불편한 대로 정제되지 않은 자연을 즐길 수 있다는 것이다. 한국의 숲 체험에서는 발견할 수 없는 커다란 열대 식물들과 곤충들을 관찰하고, 나뭇잎에 밥을 싸서 제공되는 급식을 먹는 등 여러 가지로 신기한 경험이었다. 오히려 매주 마지막 날에 진행된 머드 놀이, 물싸움 등 스페셜 액티비티는 한국에서도 흔히 해볼 수 있는 활동이었고, 발리만의 문화인 짜낭 만들기, 꽃 만다라 만들기, 발리니스 댄스 배우기 등의 활동이 더 특별했다.

아이를 현지 학교에 보내기 위해서는 '적응'의 문제도 고려해야 한다. 발리에 가기 전 한 달 살기를 했던 가족들의 블로그를 읽어보며 '역시 아이들은 쉽게 적응하는구나, 말이 안 통해도 친구를 만드는 구나' 생각했던 적이 있다. 하지만 아이들이 모두 쉽게 적응할 거라 짐작하는 것은 피해야 한다. 발리에서 만난 가족들 중 아이가 학교생활에 적응하지 못해 날마다 눈물바다로 등원을 시키고 여기에 온 것을 후회하는 가족도 있었다. 아이가 불안해하는 환경에 적응을 강요하며 데려다 놓는 게 아닌지도 한번 생각해 봐야 한다.

한번은 우진이를 뽈랑이 스쿨에 데려다주고 나오는 길에 소풍 가려고 학교차에 올라타는 엘더반(초등학교 저학년 반) 아이들을 만났다. 그런데 캠프에 참가한 한국인 아이가 계속 울어서 출발을 못 하고 있어 선생님들이 나에게 도움을 요청한 적이 있다. 그 아이는 한국 나이로 9살인데 외국에서 가족과 떨어져 있다는 것에 매우 큰 불안감을 느끼고 있었다. 그래서 보통 때는 엄마가 수시로 학교에 오고, 점심도 엄마가 직접 가지고 와서 함께 먹거나 곁에 있어 준다고 했다. 하지만 엄마가 올 수 없는 소풍 장소로 이동을 한다니 너무 불안해서 떠날 수가 없었던 것이다. 한국말로 아이를 진정시켜주고, 다른 조에 있던 한국인 친구들 틈에 같이 앉혀주고 엄마와 비디오 콜을 하고서야 차는 소풍 장소로 출발할 수 있었다.
나중에 사누르에서 만난 7살 아이는 낯가림이 없고 성격도 매우 활발한 아이였는데 외국에서 학교에 다니는 것을 거부하고 있었다. 엄마의 말에 의하면 아이가 4살 때 뽈랑이 여름 캠프에 참여했는데 그때 기억이 무서워서 약간의 트라우마가 생긴 것 같다고 했다.

아이가 첫날에 적응을 못 할 수도 있고 둘째 날에 등교를 거부할 수도 있다. 한국에서는 도와주는 사람들이 많으니 몇 번 더 시도해보면 금세 적응을 할 수도 있지만, 해외의 학교에서 아이는 낯선 환경에 극도의 불안감을 느낄 수 있다. 이때 아이를 푸쉬하지 말고 조금 더 기다려주는 것이 필요하다.
하지만 대부분의 부모가 알면서도 선택하지 못하는 경우가 많다. 왜냐하면 한국에서 등록금과 캠프 비용을 대부분 지불하고 오는 경우가 많고, 첫날 등원을 거부하면 몇십에서 백만원 이상의 금액을 환불받지 못할 거라는 생각이 들어 아이가 힘든 걸 알면서도 푸쉬하게 된다. 그러니 내 아이는 무조건 잘 적응할 것이라고 확신하지 말고, 아이에게 후퇴할 수 있는 퇴로를 만들어주는 것이 좋다. 바로 학교의 트라이얼 프로그램을 이용해 보는 것이다. 지금은 코로나가 완전히 끝나지 않은 상황이어서 좀 더 여유로울 수 있으니 가기 전에 미리 학교와 컨택하여 트라이얼 수업 후에 등록금과 수업료를 지불해도 되겠냐고 문의해 보는 것이 좋다. 대부분의 학교는 트라이얼 수업을 운영하고 있고, 만약 공식적으로 없다고 해도 아이가 학교 투어를 하고 일부 수업에 청강을 할 수 있도록 배려를 해주고 있으니 덜컥 등록금과 학비를 모두 지불하고 등원을 거부하는 아이를 푸쉬하지 말고 꼭 아이의 속도를 맞춰 주도록 하자. 캠프의 경우에는 하루나 이틀분의 참가비만 지불하고 현지에서 계속 다닐지 판단할 수도 있을 것이다.

결론적으로 뻘랑이 여름 캠프에서의 3주를 총평하자면, 숲유를 다닌 7세 우진이에게 영어는 '조금' 도움이 되었고, 숲에서의 체험은 한국과 비슷한 정도였으나 발리적인 문화를 충분히 즐겼던 점은 만족스러웠다.

반면 영유를 다닌 6세 Y 딸의 경우에는, 영어는 오히려 너무 단순하고 상대적으로 노출이 적어서 한국보다 도움이 되지 않았고, 자연에서의 체험은 흥미로웠지만 적극적으로 참여하지 못해 아쉬움이 있었다. 예를 들어 소풍을 간 논두렁에서의 체육 활동은 남자아이들이나 서양 아이들은 적극적으로 참여했지만 다소 거친 체험에 익숙하지 않은 한국 여자아이들은 참여하지 않았다. 하지만 영유에서 배워온 영어를 실전에서 사용하고 여러 나라 친구들과 교류한 점은 Y의 딸에게도 좋은 경험이 되었다. 🖋

EP. 5 요가의 성지, 우붓에서는 요가를!

우붓에서 아이들이 학교에 적응하고 나면 꼭 하고 싶은 것이 있었다.
요가와 트래킹이다.

처음 며칠은 혹시나 학교에서 전화가 올까 걱정되어 학교 주변을 떠나지 못했고, 아이들이 학교생활에 익숙해지자 요가 수업에 참여했다.

발리는 자연에서 즐길 수 있는 요가원이 많기로 유명하다. 특히 우붓은 요기(yogi)들의 메카로서 전 세계에서 요가를 사랑하는 사람들이 찾는 곳이기 때문에 나처럼 요가를 즐기는 수련생들은 물론 요가 강사님들까지 심심찮게 만날 수 있다.

나는 요가를 좋아하고 꾸준히 수련해왔기 때문에 여행지에 가면 꼭 요가 수업에 참여해 본다. 하지만 발리의 요가원 스타일은 한국과 조금 달랐다. 마음이 편하다거나 지속적으로 수련을 하며 나아가고 있다는 느낌이 아니었다. 사실 강사 코스나 상급자들을 위한 리트릿 프로그램을 제외하면 우붓에서 요가 수업에 참여하는 대부분의 수강생은 관광객이다. 그렇기 때문에 모든 요가원에서 드롭인(Drop-in)이나 5회, 10회권 등 단기 수강권을 주력으로 판매하고 있고, 그로 인해 수업 간, 레벨 간의 연결성이 거의 없는 느낌이었다. 그럼에도 불구하고 우붓에서 지내는 동안 나에게 맞는 요가 수업과 선생님을 찾고 싶어 여러 요가원에 방문하게 되었다.

나는 먼저 발리에서 가장 큰 요가 센터, 요가반(Yoga Barn)에 갔다. 요가반은 내가 우붓에 올 때마다 방문했던 곳인데 건물이 크고 웅장해서 그 모습만으로도 포스가 느껴지는 곳이다. 이곳은 초보자부터 강사들을 위한 코스까지 다양한 클래스가 있고 요가 외에도 명상, 싱잉볼, 댄스 등의 다양한 클래스에 참여할 수 있다.

이번에 내가 처음 참여한 클래스는 비기너 레벨이었다. 초급 정도의 수준을 기대하고 가볍게 몸을 풀러 갔지만 정말 요가를 처음 접하는 사람들을 위한 입문 수업이었다. 그래서 그다음에는 모든 레벨이 참여할 수 있는 빈야사 요가˙에 참여했다. 하지만 빈야사 요가는 인기가 많은 탓에 아이를 등원시키고 부랴부랴 달려가도 마감이 되거나, 문 앞의 자리만 남아서 강사 모습도 안 보이는 위치에서 옆 사람을 보면서 수련해야 했다. 이 밖에도 싱잉볼과 명상 클래스에 참여해 봤지만 나에게 맞는 수업을 찾지 못해 다른 요가원을 알아보기 시작했다.

우붓 요가 센터(Ubud Yoga Center)는 우붓 남부에 있어서 쁠랑이에서 가까웠다. 요가반보다 작지만 내부 시설이 깔끔하고 정기적으로 수련하는 사람들이 많아서 분위기가 좋았다. 그리고 1층 카페에서 내려다보이는 계곡 뷰가 멋져서 첫눈에 마음에 들었다. 여기에서는 아쉬탕가 요가˙ 중급 이상 레벨에 참여했는데 빈야사만 수련하던 나에게 아쉬탕가, 그것도 중급 이상 레벨은 너무 고된 수업이었다. 수업이 체계적이었고 수련생들은 오랜 시간을 함께 해온 마냥 유대감이 있어서 매우 친근한 분위기였다. 하지만 친절하신 요가 선생님이 세심하게 나의 이름을 또박또박 불러주시며 동작마다 친절한 핸즈온을 해주시는 것이 너무 부담스러웠다. 그래도 선생님의 관심 속에서 무리하게 동작을 완성해보고자 노력했는데, 그 후로 며칠 동안 근육통에 시달렸다. 한국이었다면 더 열심히 수련해서 동작을 완성하고 근육을 푸는 방법을 택했을 것이다. 하지만 여기는 타지이고 나는 아이를 안전하게 돌보는 것이 최우선인 엄마이다. 그래서 오랜만에 마음에 들었던 수업이지만 더 이상 참여하지 않게 되었다.

우붓에서 마지막으로 참여했던 수업은 숙소 앞 스포츠 클럽에서 운영하는 요가 클래스였다. 유명 요가원이 많은 우붓에서 하필 숙소 앞 스포츠 클럽의 GX 프로그램을 선택하게 된 것은 아이들 등하교 시간 때문이었다. 사실 우붓 북부에도 평이 좋은 요가 센터가 많았는데 대부분 아침 일찍, 오후 늦게 수업이 있어서 참여할 수가 없었다.

쁠랑이 스쿨 바로 맞은 편에 위치한 티티바투(Titibatu) 스포츠 클럽은 수영, 헬스, 테니스, 스케이트보드, GX(요가/복싱 등), 사우나, 마사지까지 즐길 수 있는 우붓에서 흔치 않은 종합 체육 시설이다. 우리는 아이들 하교 후에 이곳에서 시간을 보내곤 했는데 그때 GX 프로그램에서 요가 클래스를 보고 신청하게 되었다.

티티바투에서의 요가 수업은 호흡법을 강조하고 있었는데, 초급자들이 할 수 있는 동작들을 이어서 부위별로 몸을 푸는 방식으로 진행이 되었다. 나는 플로우(Flow)을 중요하게 생각하는 편이라서 이 수업의 시퀀스가 마음에 들진 않았지만 수강생이 적고 장소가 넓어서 쾌적한 점이 좋았다. 그리고 사바아사나* 시간에 싱잉볼 연주와 함께 아로마 오일을 바르고 간단한 마사지를 해줘서 종합 힐링 세트같은 느낌을 받았다.

사실 우붓이 요가를 하기에 최고의 장소라고 생각해 왔지만, 꼭 그런 것만은 아니라는 생각이 들었다. 아무리 좋은 요가원이라도 내 스타일과 맞아야 하고, 내가 가능한 시간에 수업이 있어야 참여할 수 있다. 하지만 아이를 등원시키고 참여가 가능한 시간은 9시 30분부터 1시까지로, 이때는 나에게 맞는 클래스가 거의 없었다. 그래서 결국 이리저리 요가원을 옮겨 다니다 끝내 정착하지 못하고 우붓에서의 시간이 끝났다.

하지만 진짜 요가를 열심히 하게 된 곳은 뜻밖에도 사누르였다. 마지막 3주 동안 머물렀던 사누르는 스미냑이나 창구가 유명해지기 전 외국인이 많이 머물렀던 구도심으로, 현재는 물가가 저렴하여 장기 체류자나 서양 노년층이 많이 거주하는 곳이다. 사누르에서는 사실 요가에 대한 기대가 없었는데 뜻밖에 너무 멋진 요가원과 나에게 딱 맞는 요가 선생님을 만나게 되었고, 그곳에서 요가를 열심히 수련했던 기억이 아름답게 남아 있다.

역시 여행은 기대와 달리 흘러간다.

* 빈야사 요가 : 전통 요가를 현대식으로 재해석한 움직임(Flow)을 중요시하는 요가
* 아쉬탕가 요가 : 인도 전통 요가에 기반하여 정해진 시퀀스를 반복하는 요가
* 사바아사나(Savasana) : 요가의 맨 마지막에 편안하게 누워서 긴장을 푸는 자세

TIP!

우붓의 요가원 소개

1. 요가반 (Yoga Barn)

요가반은 7개의 스튜디오에서 요가, 명상, 댄스, 치유, 건강 및 웰빙 세션, 스파 트리트먼트 등 매주 100개 이상의 수업을 제공하는 발리에서 가장 큰 규모의 요가원이다. 요가반의 원 내에 들어가면 일단 그 규모에 놀라게 되고 어마어마한 수강생 수와 그들의 포스에 놀라게 된다. 요가반의 수업은 보통 오전 7시부터 오후 9시까지 이어지며 다양한 종류의 요가 클래스가 있어 선택의 폭이 넓다. 또한 곳곳에 정원과 쉼터가 마련되어 있고 꽃으로 만든 만다라 같은 볼거리들이 가득해 꼭 요가를 수련한 사람이 아니더라도 요가원을 내부를 구경하고 비기너 클래스를 체험하기 좋을 것이다. 수업 1회권 가격은 150k이며 10회권을 구매하면 1,300k로 다소 저렴해진다.

2. 우붓 요가 센터 (Ubud Yoga Center)

우붓 요가 센터는 쁠랑이에서 가장 가까운 요가원으로 숲과 계곡이 보이는 조용한 곳에 위치해 있다. 규모는 크지 않지만 아침 7시 30분부터 오후 5시까지 매일 6~7개의 수업이 있고 빈야사 요가, 아쉬탕가 요가, 하타 요가, 인 요가, 비크람 요가, 쿤달리니 요가까지 다양한 종류의 수업을 운영하고 있다. 수업 1회권 가격은 130k이며 10회권 구매 시 1,100k이다. 1층에 위치한 계곡 뷰의 카페에서는 다양한 채식 메뉴를 선보이고 있어 요가 수업 후에 계곡 소리를 들으며 건강한 음식을 즐길 수도 있다.

3. 레이디언틀리 얼라이브 (Radiantly Alive)

우붓 왕궁 근처에 위치한 요가원으로 빈야사와 인요가 하타요가 등 매일 6~7개의 수업이 있다. 이 요가원은 창구 지역에도 스튜디오가 있는데 우붓과 창구 모두 모두 세련된 분위기와 채식 레스토랑으로 유명하다. 수업 1회권 가격은 130k, 10회권은 1,100k으로 다른 요가원과 비슷하고 이곳 강사들은 유독 서양인이 많다.

4. 우붓 요가 하우스 (Ubud Yoga House)

우붓 왕궁에서 북쪽으로 올라가는 길에 위치하며 논길을 따라 들어가는 입구가 멋지다. 규모는 작지만 논밭 가운데서 새소리를 들으면서 요가를 할 수 있는 장점이 있다. 아침 7시 30분에 선라이즈 요가, 오후 4시 30분 선셋 요가가 있고 그밖에 하타와 빈야사, 비기너 요가 수업을 운영한다. 하루에 수업이 2~3개밖에 없기 때문에 수업 시간을 잘 확인하고 가야 한다. 1회 수강료는 130k이며 택시를 타면 큰길에서 내려 10분 정도 걸어가야 해서 조금 서둘러 출발하는 것이 좋다.

[요가반]

[우붓 요가 센터]

EP. 6 위로가 되는 길, 짬뿌한 릿지 워크

발리에 온 지 일주일째, 아이들은 그럭저럭 뽈랑이 스쿨에 적응해가고 있었다. 엄마들도 이제 안심이 되어 요가를 시작하고 예쁜 카페들을 찾아가기 시작했고, 이제야 좀 발리를 즐긴다는 기분이 들었다. 하지만 동행하던 친구 Y에게 안 좋은 일들이 생겼다. Y의 할머니께서 몸이 급격히 안 좋아지셨다는 소식이었다. 한국에서 전해 온 소식에 슬퍼할 틈도 없이 Y의 딸이 뽈랑이 등원을 거부하기 시작했다. 진퇴양난이었다. Y는 할머니를 뵙기 위해 지금이라도 한국에 돌아가야 하나 발을 동동 구르며 항공권을 알아봤고, 학교에 가기 싫어하는 딸을 달래느라 힘겨운 시간을 보내고 있었다.

Y가 힘들어할 때마다 발리에 같이 가자고 꼬신 나는 정말 미안할 뿐이었다. 엎친 데 덮친 격으로 모기 알레르기*가 있는 Y의 딸이 날마다 모기에 물려오는 것이다. 처음에는 약을 바르고 긁지 않게 밴드를 붙여주면 나아졌는데, 날이 갈수록 점점 심해지더니 온 팔과 다리에 붕대를 감고 항생제를 먹어야 할 정도로 상태가 악화되었다. Y가 여러 가지 상황에 힘들어할수록 내 마음이 무거웠다.
나는 Y에게 위로가 되고 싶어서 마지막 주에 가려고 아껴둔 '짬뿌한 릿지 워크(Campuhan Ridge Walk)'에 트래킹을 가자고 제안했다. Y가 계획보다 빨리 한국으로 돌아갈 수도 있을 것 같아서 아껴뒀던 카드를 꺼낸 것이다.

아이들을 등원시키고 간 짬뿌한 릿지 워크는 아름답고 웅장한 곳이었다. 입구에 있는 사원을 지나 숲에 들어서면 정령이 사는 것 같은 나무에서 신비한 기운이 감돌았고 멀리 정글에서는 그림 같은 집들이 아슬아슬하게 서 있었다.

* 모기 알레르기(스키터 증후군) : 모기에 물리면 2~3일 동안 3cm 이상의 홍반성 부종이 나타나는 엄중 반응

그런데 파노라마로 펼쳐진 정글과 숲에 감탄하고 있자니 20분도 안 되어 출구가 나온다. 벌써 끝난 거야? 트래킹은 기본 한 시간은 해야 하는 거 아냐? 이건 동네 산책 수준이잖아! 짧아도 너무 짧았다. 아쉬운 마음에 더 걷다 보니 한적하고 아기자기한 동네가 나온다. 그 길의 초입에 누군가가 구글 리뷰에서 'Best Coffee in Ubud (우붓 최고의 커피!)'라고 소개한 정감 있는 작은 카페가 있었다. 그 카페에 자리를 잡고 앉으니 마치 기다리고 있었던 마냥 비가 쏟아진다. 빗소리를 들으며 평온한 낮잠을 즐기고 있는 고양이를 보니 우붓에 오길 참 잘했다는 생각이 들면서 여기에 와서 겪었던 온갖 불편한 마음들이 사르르 녹는다.

비를 피하며 커피를 한잔하고 있으니 스페인에서 왔다는 남자가 말을 건다. 어차피 할 일도 없고 빗속에 나갈 수도 없어서 스페인 남자의 파란만장한 인생사를 들으며, 평화로운 고양이들의 하품을 지켜보며 시간을 보냈다. 스페인 남자는 명상을 배우기 위해 우붓에서 머물고 있었는데, 자신은 사람과 사물의 기운을 느낄 수 있는 공부를 오랫동안 해왔다고 말했다. 나도 작년에 한참 명상을 공부했던 터라 그의 말에 관심이 갔다. 그는 나중에 Y의 할머니가 아프시다는 얘기를 듣고 한참 동안 눈을 감고 보이지 않는 무언가와 접촉을 시도하는 것처럼 집중했다. 그러더니 Y가 귀국할 때까지 할머니는 기다려주실 거라며 확실하다고 Y를 다독였다. 그의 능력이 진짜인지 허풍인지는 모르겠지만 그의 위로 덕분에 우리의 마음이 좀 가벼워진 것 같았다.

거짓말처럼 비가 그치고 스페인 남자와 인사를 하고 길을 나서니 우붓에서 가장 유명하다는 카르사 스파(Karsa Spa)가 나온다. 혹시나 오늘 운이 좋은가 시험해 보러 들어가니, 역시나 일주일 내내 예약이 꽉 찼다고 한다. 코로나 전에는 두 달 전에 예약해도 예약이 힘들었다는데 그래도 지금은 일주일이라니 희망이 있다. 다음 주로 예약을 걸어 놓고 예쁜 방갈로에서 나시짬뿌르*를 먹었다.

* 나시짬뿌르 : 큰 쟁반에 밥과 여러 반찬을 담아 먹는 인도네시아 전통 음식

짬뿌한 릿지 워크는 뻘랑이에서 거리도 멀고 하교 시간에는 택시 비용도 비싸기 때문에 픽드롭(Pick-up and Drop-off)을 무료로 제공해주는 푸트리 스파(Putri Spa)를 예약했다. 이곳은 3년 전에 어렵게 예약에 성공해서 가본 적이 있었는데 이번에는 예약 없이도 마사지를 받을 수 있었다. 멋진 트래킹과 마사지 덕에 우붓에 와서 처음으로 몸과 마음이 편안한 하루를 보냈다. 🪶

TIP!

짬뿌한 릿지 워크 (CAMPUHAN RIDGE WALK) 백배 즐기기

블랑코 미술관 맞은편에 위치한 짬뿌한 릿지 워크의 남쪽 방향 입구에서 트래킹을 시작해보자. 입구에는 힌두교 사원(Pura Gunung Lebah)과 나이를 가늠할 수 없는 정령 같은 나무와 계곡이 펼쳐진다. 그리고 좁은 길을 따라 올라가면 눈앞에 울창한 숲과 계곡이 펼쳐진다. 안개가 낀 아침에 가면 신비로움이 가득하다.

하지만 20분 정도 걸어가면 아쉽게도 트래킹이 끝난다. 그때부터는 마을 입구가 나오면서 작은 상가들이 이어지는데, 거리 왼편에 위치한 와룽 위디(Warung widi coffee)에서 맛 좋은 커피를 마시며 쉬어가기 좋다.

그 길에 위치한 카르사 스파는 왓츠앱으로 미리 예약해야 한다. 비수기에는 3~4일 전에도 예약을 할 수 있지만 성수기에는 최소 한 달 전에는 예약해야 한다. 직원을 따라 논을 지나 마사지 룸에 들어가면 솜씨 좋은 마사지 직원들이 트래킹의 피로를 풀어줄 것이다.

나는 개인적으로 카르사 스파가 가격 대비 '엄지척'까지는 아니었는데, 같이 간 Y는 인생 마사지였다며 좋아했다. 우리끼리 의견을 모아 본 결과, 일반적으로 체격이 좋고 손이 포동포동하신 분들이 마사지를 잘하는 것 같았다.

카르사 스파 예약에 실패했다면 푸트리 스파(Putri Spa)를 예약해 보자. 푸트리 스파는 2명 이상 예약 시 우붓 내 픽드롭 서비스를 제공해 준다. 특정 시간대에 고젝이 유난히 비싼 우붓의 택시비를 고려하면 꽤 큰 혜택이다.

왓츠앱 번호 : (카르사 스파) +62 821 4557 7203,
　　　　　　　(푸트리 스파) +62 819 3631 8394

여기까지의 트래킹이 아쉬운 사람은 앞으로 더 직진해서 현지인 마을을 지나

WYAH Art & Creative Space 까지 가보자. 짬뿌한 릿지 워크와는 다르게 포장된 도로로 걸어야 하지만 계곡과 숲속이 이어진 풍경이 여전히 아름답다. WYAH Art & Creative Space 는 요즘 우붓에서 인스타그래머에게 가장 인기 있는 카페이다. 이곳부터는 길이 위험해지고 멋진 뷰도 별로 없으니 택시를 불러 가는 것이 좋다. 우리는 이곳에서 택시를 타고 가까운 한식집 '클라우드나인 (Cloud Nine Ubud Pub and Co)' 으로 가서 허기진 배를 한식으로 채우곤 했다.

Y는 이 길이 너무 좋아서 우리끼리 두 번을 가고도 딸을 데리고 한 번 더 갔다. 아이들도 충분히 걸을만 한 가벼운 트래킹 길이다. 어른의 경우 샌들을 신고 걸을 수도 있을 정도이고 맨발로 걷는 서양인도 많았다. 하지만 돌과 곤충이 많으니 아이들은 꼭 운동화를 신기는 것이 좋다.

[카르사 스파]

[WYAH Art & Creative Space]

Ep. 7 아이가 아프면 엄마가 죄인이다

아슬아슬했던 첫 주가 끝나고 주말이 되었다. 우리는 계획대로 주말여행을 떠났다. 한 주 동안 긴장했던 엄마들에게도, 적응하느라 힘들었을 아이들에게도 선물 같은 여행이었다. 발리에 와서 우붓에서만 지냈기 때문에 바다 한번 가보지 못했던 아이들을 위해 석양이 멋진 서부 해변, 맛집이 많고 비치클럽에서 온종일 바다와 수영장을 오가며 놀 수 있는 스미냑으로 갔다.

우붓 호텔에서 곰팡이와 곤충에게 시달려서인지 스미냑의 평범한 5성급 호텔에 도착하니 정말 천국에 온 것 같은 기분이었다. 아이들도 키즈클럽과 수영장에서 즐거운 시간을 보내며 우붓에서 볼 수 없었던 찐 웃음을 보여줬다. 역시 아이들은 놀아야 한다. 아무리 놀이 위주의 캠프를 다닌다고 하더라도, 정해진 규칙대로 단체생활을 하며 시간표대로 놀이를 하는 것은 진정한 놀이가 아니다. 아이들은 정해진 시간 없이, 규칙 없이 제멋대로 노는 시간이 필요하다.

우리는 호텔 조식을 먹고, 수영을 하고, 선베드에서 음식을 먹고, 키즈클럽을 오가며 즐거운 주말을 보냈다. 하지만 저녁이 되어 근처 맛집에서 식사를 할 때부터 우진이의 컨디션이 부쩍 안 좋아졌다. 처음에는 너무 신나게 놀아서 피곤한 줄 알았다. 저녁 식사를 마치고 분위기 좋은 비치바에 가서 아이들은 해변에서 모래놀이를 하고 있었다. 우진이가 갑자기 가슴이 답답하다고 하더니 허공에 대고 분수토를 했다. 그때 마침 바닷가의 조명도 빨간색이어서 나는 순간 우진이가 피를 토한 줄 알고 기절할 뻔했다. 아이가 내뱉은 것들을 처리하고 택시를 불러 부랴부랴 호텔로 돌아갔다. 혹시나 하는 마음에 코로나 검사부터 했는데 다행히 음성이었다.

아이는 더이상 나올 게 없을 때까지 밤새 구토를 했고, 다시 씻기고 약을 먹여 간신히 재워 놓으면 또 화장실로 달려가는 일이 반복되었다. 새벽 3시에 우진이가 또 일어나 화장실에 달려가다가 바닥에 구토를 하고 미끄러졌다. 아이는 그 상황이 아프고 서러웠는지 토사물을 온몸에 뒤집어쓴 채 울기 시작했다. 나도 너무 무섭고 슬펐지만 막상 아이가 겁에 질려 울고 있으니 눈물 한 방울 나지 않았다. 아이를 안심시키고 지켜줘야 한다는 생각뿐이었다.

다시 아이를 재우고 바닥의 잔해물을 치우고 소독을 하고 있으려니 비가 매섭게 쏟아지기 시작한다. 누군가를 벌하는 것처럼 쏟아붓는 거센 비였다. 빗소리에 무서운 마음이 들더니 갑자기 참을 수 없이 눈물이 나기 시작했다. 미안한 마음과 두려움이 섞인 눈물이었다. 내가 왜 여기까지 너를 데려와서 고생시키고, 도대체 뭘 잘못 먹여서 널 힘들게 하는지... 차라리 내가 그걸 먹어서 아프면 됐었는데 왜 하필 네가 아프게 되었는지...아이와 둘이 가서 돌발상황이 생기면 어쩌냐고 여행을 만류했던 가족들 말을 들을걸..... 후회가 됐다.

이럴 때 남편이 옆에 있었으면 (비록 남편이 있었어도 같이 바닥을 닦는 거밖에 할 수 있는게 없더라도) 얼마나 든든했을까.. 이 상황을 만든 내가 너무 원망스럽고 후회스러웠다. 혹시나 나의 미숙한 대처로 아이가 더 아프게 되면 어쩌나 두려웠다. 매서운 빗소리가 마음 밑바닥에 있는 두려움을 건드리는 것 같았다.

울고 있을 순 없었다. 일단 인터넷으로 유사한 증상을 찾아보고 근처 응급실을 알아보기 시작했다. 스미냑 호텔에서 약 7km 떨어진 곳에 대형 병원 Siloam과 BIMC가 있었지만 구토하는 아이에게 7km (택시로 약 20분)는 먼 거리였다. 게다가 리뷰를 찾아 읽어보니 응급실 대기 시간도 너무 길었다. 그래서 가까운 개인 병원 응급실을 찾아봤는데 의외로 외국어 서비스와 보험 서류를 지원하는 24시간 병원이 많았고 심지어 왕진 서비스를 해주는 곳도 있었다. 리뷰에는 간단한 응급조치와 약을 처방받았는데도 몇십만 원을 청구했다는 불만도 있었지만 우리는 상해와 질병 치료를 보장해주는 여행자 보험에 들어 있어서 금액은 중요하지 않았다. (사실 보험이 없었더라도 이 상황에서 병원비는 중요하지 않았을 것이다.)

구글챗으로 인근 병원 두 곳에 문의했더니 새벽 4시임에도 매우 신속하게 답변이 왔다. 우진이의 증상을 듣더니 지금 응급 조치를 해줄 수 있는 의사가 있다고 바로 데리고 오라고 답했다. 우진이가 다시 구토하러 일어나면 바로 병원에 데려가려고 옷을 입고 대기하고 있었는데, 잠시 잠들었다가 눈을 떠보니 아침이었고 그 후로 다행히 구토 증상은 멈췄다. 경미한 설사 증상이 1~2일 지속되긴 했지만 심각한 상황은 끝난 거 같았다. 인터넷을 검색해보니 해산물을 제외한 식중독은 12~24시간 내로 증상이 완화된다고 했는데 정말 하루가 되지 않아 증상이 호전되었다. 정말 다행이었다. 나중에 호텔 직원에게 지난밤에 있었던 일에 대해 얘기하니 호텔과 연결된 병원에서 의사가 왕진을 온다며 이런 일이 있을 때 먼저 직원에게 도움을 요청하라고 말해줬다.

처음에는 수영장에서 시켜 먹었던 피자 때문이라고 생각했다. 더운 날씨에 실외에서 긴 시간 동안 노출되었던 피자를 나중에 방에 가져가 또 먹어 탈이 난 거라고 생각했다. 하지만 나중에 급성 장염으로 응급실에 갔다는 경험담을 들어보니 대부분 바다나 수영장에서 놀다가 물을 먹어서 생긴 일이었다. 정확한 원인은 지금도 알 수 없지만 그 이후로 외부에 오래 노출된 음식들에 대해 더 조심하게 되었고 가는 곳마다 숙소 근처 24시간 병원 위치를 확인하는 습관이 생겼다.

정말 끔찍한 밤이었지만 다행히 아이는 빠른 속도로 회복되었다. 지금 그때의 일을 생각하며 글을 쓰고 있는 것만으로도 마음이 고되다. 그 이후에도 우진이는 발리에서 지내는 동안 물갈이로 인한 설사로 고생을 했고 에어컨을 켜놓고 자서 기침감기, 열감기 등에 시달렸다. 하지만 큰 바람이 한번 지나가면 아이는 또 언제 그랬냐는 듯이 성장하는 걸 믿기에, 그때마다 현지 병원에도 가고 약도 먹이고 휴식도 취하며 차분한 마음으로 질병이 지나가길 기다렸다. 한국에서 아이가 자주 먹는 익숙한 약들을 챙겨오는 것도 중요하지만, 혹시 모를 사태를 대비해서 여행자 보험에 가입하고 아이가 아플 때 저절로 호전되길 기다리지 말고 현지 병원에 방문해 보는 것이 좋다.

TIP!

발리의 병원과 회복식 소개

1) 대형병원

영어가 가능한 직원이 있고 병원비도 저렴하지만 오래 기다려야 하는 단점이 있다. 우붓, 누사두아, 사누르, 쿠타 등 외국인이 머무는 지역마다 대형 병원들이 있다. 하지만 비교적 경미한 질환(두통, 감기, 설사)로 방문했을 때 조치 받을 수 있는 것들이 별로 없어서 오래 기다리다가 약만 받고 돌아왔다는 여행객들이 많다.

* 쿠따/스미냑/창구

- Siloam Hospitals Denpasar (+62 361 779900)
- BIMC Hospital (+62 361 761263)
- Balimed Hospital (+62 811 1484748)

* 누사두아/사누르

- BIMC Hospital Nusadua (+62 361 3000911)
- RS Bali Mandara (+62 361 4490566)
- Bali Royal Hospital (+62 361 247499)

* 우붓

- Hospital Ari Canti (+62 361 974573)
- Kenak Medika Hospital (+62 811 3930911)

2) 소형 병원

다소 비싸더라도 경미한 질환에는 가까운 소형 병원에 가는 것을 추천한다. 여행자들에게는 시간이 소중하기 때문이다. 24시간 운영하는 소형 병원들은 대부분 구글챗이나 왓츠앱에서 24시간 상담 서비스를 운영하고 있으니 인근의 병원에 먼저 연락해 보도록 하자. 가끔 의사가 왕진 중이라 나중에 오라고 안내를 받는 경우도 있다. 소형 병원에서 진료를 받기 전 보험 청구를 위한 영문 서류 발급이 가능한지 꼭 확인하자.

구글에 'Hospital near me'라고 검색하면 현재 위치 기반으로 여러 병원이 나온다. 구글 지도에 표시되지 않은 병원도 종종 있는데 보통 숙소에 문의하면 가까운 병원을 알려줄 것이다. 구글 리뷰에는 외국인에게 바가지를 씌운다거나 왕진 수수료가 지나치게 비싸다는 후기들이 있으니 읽어보고 선택하길 바란다.

3) 회복식

급성 장염이나 식중독에서 회복 중일 때 한국에서는 주로 죽을 먹지만 외국에서는 환자에게 줄 회복식이 마땅치 않다. 이때 먹을 수 있는 현지 음식으로 흰죽에 여러 가지 반찬을 올려서 먹는 부부르 아얌(Bubur Ayam)이 있다. 이것은 인도네시아식 닭죽인데 다진 파, 셀러리, 튀긴 콩, 메추리알 등 여러 가지 반찬 고명과 가늘게 썬 닭고기를 양념과 함께 쌀죽에 넣어 먹는 음식이다. 맵거나 기름지지 않고 영양도 풍부해서 회복식으로 좋으나 여행객들이 현지 식당에서 주문하기에는 난이도가 있다.

현지 음식에 익숙하지 않거나 주문이 어려우면 근처 대형 마트(그랜드럭키 마트, 무궁화 마트 등)에 가서 한국 브랜드의 레토르트 죽을 살 수도 있다. 하지만 주변에 한국 식품을 취급하는 마트가 없다면 인근 식당에서 Steamed Rice를 주문해서 뜨거운 물에 으깨어 죽을 만들어 먹을 수도 있을 것이다.

[부부르 아얌]

EP. 8 건기에 만난 장마

　분명 5월부터 10월까지는 건기라고 했다. 구글도 그렇게 말했고 가이드북도 그렇게 말했단 말이다. 하지만 일기 예보를 보니 야속하게도 이번 주 내내 강한 비가 그려져 있다. 발리에 사는 교민 분이 '일기 예보에 비가 나와도 웬만한 비는 밤중이나 오전에는 그치고 하루 종일 내리는 것이 아니니 걱정하지 않아도 된다'라고 말씀하셔서 마음이 좀 놓였다. 하지만 이번 비는 예외였나 보다.

　뿔랑이에서의 두 번째 주, 이번 숙소는 학교에서 다소 떨어져 있어서 차를 타고 등하교를 해야 했지만 깔끔하고 평이 좋은 풀빌라였다. 지난번 숙소는 Y와 각자 다른 호텔 방에 묵어서 저녁을 먹고 헤어지고 나면 서로 얼굴 볼 일이 없었다. 그래서 이번에는 한 빌라 안에 각자 방이 있고 함께 사용하는 주방과 거실, 그리고 개인 풀이 있는 곳을 선택했다. 아이들을 재우고 만나서 수다도 떨고 맥주도 한잔하자고 약속했는데.. 이곳에 머무는 일주일 내내 비가 내렸다.

　비도 그냥 비가 아니었다. 밤새도록 무섭게 쏟아져서 웬만한 소리에는 깨지도 않는 내가 잠을 다 설치는 정도의 폭우였다. 아침이 되어 해가 뜨면 좀 잦아질까 했는데, 등원하려고 숙소를 나서니 빗물이 발목까지 올라온다. 우산을 써도 비에 젖을 정도로 쏟아져서 우진이는 우비를 입었다. '내일은 안 오겠지' 하며 기다리다 보니 풀빌라에서 수영장에 발 한번 담가보지 못하고 체크아웃하게 되었다.

하지만 수영 한번 못해본 풀빌라에서도 좋은 인연은 있었다. 이 빌라는 올레, 와얀 부부가 운영하는 여섯 채의 소규모 빌라였는데, 우리가 투숙할 당시 다섯 채에 한국인이 묵고 있었을 만큼 한국인에게 인기가 많은 곳이었다. 하지만 뿔랑이에 등하교하기 위해서는 매번 택시를 타야 했고 빌라 외관이나 시설도 평범해서 이곳이 왜 유명해졌는지 처음에는 이해할 수 없었다. 그러다가 이 숙소에 머물면서 올레, 와얀 부부의 진정성과 투숙객의 어려움을 해결해 주려는 의지, 마음에서 우러나오는 친절함을 보게 되었고 그제야 왜 많은 한국 사람들이 이곳을 찾는지 이해할 수 있게 되었다. 그들의 친절은 단순한 호스트로서의 역할을 넘어 누군가가 나를 살펴주고 보호해 주고 있다는 느낌마저 들게 했다.

첫날 체크인을 할 때 부인인 와얀 씨는 숙소에 대해 안내하며 데스크 밑에서 짜낭 사리*를 만들고 있었다. 눈매는 강인했고 말투는 똑 부러졌고 손끝은 야무져 보이는 생활력이 강해 보이는 여성이었다.

나는 비 오는 저녁에 우산을 가져다주러 잠시 들른 와얀 씨와 이런 저런 이야기를 나누었다. 우리 둘 다 비도 오고 딱히 할 일도 없었기 때문에 누가 먼저랄 것도 없이 이런저런 이야기를 하기 시작했다.

남편 올레 씨는 돈을 모으기 위해 오랜 시간 크루즈 선원으로 일하며 가족과 떨어져 살았고, 부인 와얀 씨는 아들들을 혼자 키우며 꾸준히 돈을 모으고 살림을 했다고 한다. 그렇게 모은 돈으로 와얀 씨는 집안에서 물려받은 땅에 빌라를 한 채 지었지만 홍보는커녕 예약 방법도 몰라서 어려움을 겪었다. 그때 어떤 외국인 친구가 숙소 예약 사이트에 등록하고 홍보하는 것까지 하나하나 가르쳐줬고 고마운 마음으로 첫 번째 빌라를 그 외국인의 이름으로 지었다고 한다.

빌라 사업으로 돈을 벌자 크루즈 선원이던 남편이 사업을 돕기 위해 돌아왔고 온 가족이 모여 살 수 있게 되었다. 이 빌라는 와얀 가족의 경제적 원천이자 가족이 모여 살 수 있게 해준 고마운 선물이며 앞으로도 집안을 일으킬 희망이었다.

* 짜낭 사리(Canang Sari) : 발리에서 힌두 의식을 위해 꽃으로 꾸민 공양물로 매일 사원에 바쳐진다. 주로 여자들이 만들며 집집마다, 거리마다 흔하게 볼 수 있다.

차곡차곡 돈을 모아 나머지 땅에 빌라를 짓고, 지금은 다소 초라한 로비에 작은 바를 만들어 남편이 크루즈에서 익힌 각종 칵테일을 선보이고 싶다고 말하는 와얀 씨의 눈매가 정말 강인해 보였다. 역시 모든 사물에 스토리가 입혀지면 다르게 보이는 법이다. 숙소 곳곳에 그들의 애정이 보이는 듯했다.

내가 본 와얀 씨는 정말 슈퍼우먼 같았다. 새벽부터 투숙객들의 아침 식사를 손수 만들었고 아침에는 곱게 차려입고 사원 의식이나 가족, 친척들의 행사를 동분서주하며 다녔다. 투숙객들의 크고 작은 일들을 손수 처리해주고 자식들을 돌보고 빌라를 관리하는 틈틈이 짜낭 사리를 만드는 그녀의 멀티태스킹에 감탄할 정도였다.

한번은 같은 숙소에서 머무는 한국 손님이 신용카드를 분실한 적이 있었다. 와얀 씨는 가족 행사 중에 달려와서 신용카드를 놓고 왔을 만한 장소에 함께 가주고 새 신용카드를 만들러 은행까지 동행해 주었다. 그리고 하루는 우리가 고젝 택시를 불렀는데 앱에 나온 번호와 다른 택시가 왔다. 택시 기사도 등록된 사진과 달라서 걱정이 된 우리는 와얀 씨를 불렀는데, 그녀는 세레모니 복장을 곱게 차려입고 오토바이를 타고 나타나 기사와 한참 얘기를 하고 차량 사진도 찍더니 위험하지 않다고 택시 탑승을 허가해 주었다.

또한 Y의 방이 천장이 높아 유독 어두웠는데 와얀 씨에게 얘기하자마자 인부를 불러 추가 전등을 설치해 줬고, 비 내리는 날에 택시가 안 잡히자 남편 올레 씨는 학교까지 아이들을 태워다 주기도 했다.

역시 여행은 사람과의 만남이다. 화려한 시설과 최상급의 서비스가 아니었어도 와얀 부부는 우리에게 안정감을 줬고 처음으로 내가 발리에서 기댈 사람이 있다는 기분이 들었다. 퍼붓는 빗속에서도 말이다. 🖋

TIP!

발리에는 왜 이렇게 '와얀'이 많을까?

숙소 주인 와얀, 우붓의 유명한 식당 '와룽 와얀', 기사 이름도 와얀, 선생님 이름도 와얀, 발리에는 와얀이 왜 이렇게 많을까? 발리를 한 번이라도 방문한 사람이라면 이런 점이 궁금해서 인터넷을 찾아본 경험이 있을 것이다.

가족과 공동체 중심으로 살아가는 발리 사회에서 개인은 독립적 개체보다 가족 구성원으로서의 역할이 더 중시된다. 이런 문화를 반영하는 것이 바로 발리니스의 이름이다. 발리에서는 고유의 이름 대신 첫째(Wayan 이나 Putu), 둘째(Made 나 Kadek), 셋째(Nyoman 이나 Komang), 넷째(Ketut)으로 부른다. 다섯째가 있다면 다시 첫째(Wayan 이나 Putu) 이름으로 돌아간다. 물론 이런 공식적인 이름 뒤에 자신만의 이름을 덧붙여서 다른 사람들과 차이를 둔다.

발리에 처음 방문했을 때부터 발리인의 이름 규칙을 알고 있었지만 이 이름들이 카스트 제도의 수드라에 해당한다는 건 이번 여행에서 처음 알게 되었다. 관광객이 만나는 사람들은 주로 운전기사나 가이드, 호텔 직원 등 서비스업에 종사하는 사람이 많기 때문에 이런 이름들을 흔히 접할 수 있었을 것이다.

하지만 현지인에게 물어보니 요즘은 사원에서 의식을 지낼 때를 제외하고는 실제 생활에서 계급이 영향을 미치는 일이 크지 않다고 한다. 아직도 공동체로 살아가는 시골에서는 지금도 유효한 질서가 있지만 도시에서는 실질적으로 영향력이 매우 적다고 한다. 그래서 서로 다른 계급의 남녀가 결혼하면 남자의 계급을 따라가고, 수드라 계급 사장이 상위 계급의 사람을 직원으로 고용하는 일도 많다고 한다.

EP. 9 아이들 하교 후에 뭐 하고 놀지?

하루 종일 아이와 집에서 장난감 하나 가지고 몇 시간을 놀아주는 그런 엄마들이 있다. 그들은 아이가 없었을 때도 혼자서 꽁냥꽁냥 잘 놀던 집순이들이 많다. 반면에 나는 아이와 단둘이 해외여행을 갈 순 있어도 아이와 집에서 반나절도 놀지 못한다. 엄마가 되기 전에도 집에서 가만히 쉬는 법이 없었고 몸이 피곤해도 집에서 쉬는 대신 밖에서 리프레쉬하는 것을 선택했던 사람이다. 한마디로 잘 때 빼고 가만히 시간을 보낼 수 있는 성격이 아니다.

그런 나에게 두 달 살기에서 가장 힘들었던 점은, 하교 후의 활동이었다. 한국에서처럼 사교육을 받을 수도 없고 친구들과 모여 놀 만한 공간도, 장난감도 없었다. 한국에서는 계절마다 아이 관심에 따라 갖가지 액티비티를 준비하고, 박물관, 미술관, 각종 체험도 줄줄이 예약해서 데리고 다니며 시간을 보낼 수 있었지만, 발리에서는 아이들을 위한 시설이 학교 외에는 거의 없었다.

그래도 발리에 오기 전에는 '믿는 구석'이 있었다. 바로 발리에서 실컷 즐길 수 있는 수영이었다. 하지만 우붓은 해안 지역과 달리 날씨가 금세 쌀쌀해져서 아이들이 하교하는 2시 30분이 되면 수영하기에 다소 추웠다. 물론 아이들은 아무리 추워도 물속에서 놀고 싶어 했지만 결국 입술이 시퍼레져서 끌려 나오는 일이 많았다.

그래도 또래 친구인 Y의 딸과 같이 있으면 둘이 재미있게 잘 놀거라 생각했다. 하지만 7세 정도가 되면 남녀의 관심사가 너무 달라져서 놀이를 공유할 수 없었고, 함께 있으면 말장난하다가 결국 투닥투닥 싸우기 일쑤였다. 게다가 외동으로 자라온 우진이는 엄마가 Y의 딸에게만 친절한 것 같다며 자주 불만을 드러냈다.

아이들도 처음 겪는 환경에서 아빠도 없이 생활한다는 게 기본적으로 불안했을 것이다. 게다가 학교에서도 긴장의 연속이었을 것이고 숙소에 와도 장난감이나 놀이터 없이 시간을 보내는 것이 익숙지 않았을 것이다. 아이들이 작은 일에도 화내고 불만을 토로하는 일이 많아졌다. 그런 불만을 들을 때마다 마음이 힘들어져서 어디든 나가서 아이들을 뛰놀게 해주고 싶었다. 하지만 우붓은 바닷가도 놀이터도 없는 동네였고 우붓에서 머문 3주 중 1주 내내 비가 왔으니 우리가 즐길 수 있는 옵션이 많지 않았다. 그래서 우리는 아이들을 등원시키고 커피숍에 앉아 하교 후 계획에 대해 머리를 싸매곤 했다.

우리가 가장 자주 갔던 곳은 역시 풀바(Poolbar)였다. 특히 뿔랑이 스쿨 바로 맞은 편에 있는 티티바투(Titibatu) 스포츠 클럽은 수영장과 놀이터, 키즈룸, 레스토랑까지 있어서 하교 후 저녁까지 시간을 보내기 좋은 곳이었다. 하지만 식음료를 주문하면 수영장 사용이 무료인 일반적인 풀바와 다르게 티티바투는 풀 이용료를 별도로 내야 했다. 그래서 이미 쌀쌀해진 하교 시간에 아이들을 데려가면 제대로 물에 들어가지도 못하고 요금만 지불하는 경우가 많았다.

한번은 다른 풀바에 가보고 싶어서 우붓 시내 근처인 클라파 무다 (Kelapa Muda)에 갔다. 넓은 논을 바라보며 코코넛 나무 아래에서 수영할 수 있는 사랑스러운 공간이었고 음식도 맛있었다. 하지만 근처 논에서 무언가 태우는 작업을 시작해서 눈이 너무 매웠다. 곧 끝날 거라고 생각해서 눈이 빨개질 때까지 기다리다가 결국 참지 못하고 눈물을 흘리며 퇴장한 일도 있었다.

[티티바투 스포츠 클럽]

[클라파 무다]

TIP!

우붓의 풀바(POOLBAR) 소개

1) 티티바투 (Titibatu)

티티바투는 인근 거주자들이 이용하는 스포츠 클럽으로, 피트니스, 수영, 테니스, 사우나, 마사지 등 종합 스포츠 시설을 갖춘 곳이다. 뿔랑이 스쿨 바로 맞은 편에 위치해서 아이들 등원 후 커피 한잔하기 좋은 곳이기도 하다. 단기 거주자들도 한 달권(900k), 1주 권(500k), 1회권(175k)을 구매해서 자유롭게 사용할 수 있고, 바로 옆 수리야 켐바르 빌라(Surya Kembar Villa)에 투숙하면 티티바투 시설을 무료로 사용할 수 있다. (단, 클래스 이용권은 별도)

뿔랑이 스쿨에서는 캠프 참가자들에게 티티바투 10% 할인 쿠폰을 제공해주고 있어서 하교 후에 아이들을 데리고 이곳으로 가는 가족들이 많다. 하지만 키즈풀이 그늘 방향에 있어 수영하기 다소 춥고 샤워 시설이 편하지 않다는 단점이 있다. 그리고 위에서 언급한 것과 같이 식음료를 주문하더라도 수영장 입장료는 별도로 받고 있다. (어른 100k, 어린이 75k, 입장료에 식음료 크래딧 각 25k 포함)

티티바투에서는 요가, 복싱, 발레, 수영 클래스 등을 운영하고 있는데 특히 아이들을 위한 수영 클래스도 있으니 수영을 배우고 싶다면 문의해 보도록 하자. (클래스 가격 130~150k/1회) 요일별로 라이브 공연도 있으니 홈페이지를 확인하고 방문하자.

2) 클라파 무다 (Kelapa Muda)

우붓의 중심가 쪽이지만 다소 외진 골목 끝에 위치한 풀바이다. 논을 바라볼 수 있는 풀장 뷰가 멋지고 식음료 가격이 합리적이다. 하지만 길이 좁고 오래 들어가야 해서 택시비가 다소 많이 들고 운이 없으면 나처럼 근처 논에서 무언가 태우는 연기에 눈이 아플 수 있다. 직원에게 이런 일이 자주 있냐고 물어보니 시즌에 따라 다르지만 보통 한 달에 한두 번 정도는 있다고 한다. 이곳에는 키즈풀이 별도로 없고 공용풀이 꽤 깊은 편이라 꼭 구명조끼를 가져가도록 하자. 그리고 아이를 씻길만한 샤워 시설이 없고 화장실에서 옷을 갈아입혀야 하니 수영 후 보온을 위한 후드 타월이나 겉옷을 준비해 가는 것이 좋다.

3) 포크 풀 앤 가든 (Folk Pool 3 Gardens)

우붓에서 가장 인기 있는 풀바로 인스타그래머들이 좋아하는 핫플이다. 수영장은 크지 않지만 방갈로, 베드, 테이블 등 다양한 좌석을 제공하고 좋은 자리에는 별도의 비용이 붙는다. 저녁에 조명이 켜지면 분위기가 한층 무르익는데 손님들이 거의 젊은 커플 위주라서 아이들이 신나게 놀 수 있는 분위기는 아니었다.

4) 정글 피쉬 (Jungle Fish Bali)

차풍세발리(Chapung se Bali) 리조트 내 시설로 어린이 동반이 가능해서 가족 단위 여행자들에게 인기가 많은 정글 속의 아름다운 풀바다. 하지만 고급 호텔에서 운영하는 멋진 뷰의 풀바답게 입장료를 받고 있고 식음료도 비싼 편이다. 주말에 방문하여 온종일 시간을 보내기에 적합하다.

풀바 다음으로 자주 찾았던 곳은 다름 아닌 도서관이었다. 구글에 '발리 공공 도서관(Public Library Bali)' 라고 검색하면 단 세 곳이 나오는데, 그중에서 외국인이 이용할만한 곳은 우붓에 위치한 폰독 도서관(Pondok Pekak Library & Learning Centre) 뿐이었다. 반신반의하며 아이들과 함께 도서관에 갔더니 영문 어린이책이 생각보다 많았다. 한국의 공립 도서관에 있는 어린이 영문 책 코너보다 더 다양하고 많은 책이 있었다. 책 대여에는 멤버십 가입비와 책 대여비가 들지만 도서관 내에서는 자유롭게 열람할 수 있어서 수시로 방문해 책을 읽을 수 있었다. 아이들에게 소리 내 책을 읽어 줘도 되는 공간이라 마음도 편했다.

특히 이곳에서는 다양한 체험 수업을 진행하고 있었는데, 목공예, 전통 악기 연주, 그림, 짜낭사리 만들기 수업 등이 있었다. 어린아이들이 참여할 수 있는 수업은 '짜낭사리 만들기'였는데 발리니스 할머니께서 1시간 반 동안 정성껏 가르쳐 주셔서 아이들이 집중해서 작품을 만들 수 있었다. (나중에 뿔랑이 캠프에서도 짜낭사리 만들기 체험을 하는 바람에 호텔 방이 사원처럼 짜낭으로 가득 찼다)

초등 고학년 아이들은 목공예 체험을 많이 했고 성인들은 주로 그림과 악기를 배우고 있었다. 아이들을 챙기느라 어른들이 체험해볼 여력은 없었지만 이곳에 오니 우붓에서 발리 예술을 체험해보고 싶다는 욕심이 생겼다.

우붓에는 미술관이 많다. 아이가 태어나기 전에 남편과 우붓에서 미술관을 관람했던 일이 인상적이어서 우진이에게도 꼭 발리 미술을 보여주고 싶었다. 우붓에는 대표적인 미술관이 세 곳 있는데, 네카 (Neka Art Museum), 뿌리 루키산 (Museum Puri Lukisan), 그리고 아궁라이 (Agung Rai Museum of Art)이다. 우리는 비가 추적추적 내리던 오후에 아이들을 데리고 숙소에서 가장 가까운 아궁라이 미술관에 갔다. 아궁라이 미술관은 실내 전시도 좋았지만 잘 꾸며진 정원이 더 인상적이었다. 그리고 100k의 다소 비싼 입장권에는 음료 쿠폰도 포함되어 있어 관람 후에 커피도 한잔할 수 있었다.

우리는 입구에서 들어서자마자 허름한 복장의 할아버지 한 분을 만났는데 전시실 방향을 안내해주고 정원의 식물들에 대해 설명해 주셨다. 자유 관람 중에 난데없이 나타나 설명을 해주시니 조금 부담이 되어 아이들을 데리고 얼른 전시실로 몸을 피했다. 이런 경우 계속 따라와서 가이드비를 요구하는 경우가 많아서 나는 여행지에서 이유 없는 호의에 방어적인 편이다.

전시를 관람하고 리조트를 따라 내려오니 아담하고 예쁜 레스토랑이 나온다. 그곳에서 커피를 마시려고 앉았는데 레스토랑 중앙에서 작은 행사를 진행하고 있었다. 자세히 보니 아까 그 할아버지가 잘 차려입은 서양인들 속에서 호스트를 하고 계신다. 혹시나 해서 미술관 책자를 보니 그 할아버지가 이 미술관의 설립자이신 아궁라이(Agung Rai) 씨다. 허름한 복장만 보고 사람을 판단한 것 같아서 미안한 마음에 눈도 못 마주치고 있었는데 친절하게도 먼저 다가와 인사도 해주시고 부인도 소개시켜 주신다. 사람을 겉모습만 보고 판단하면 안 된다고 아이에게 말하면서도 스스로 참 부끄러웠다. 사실 겉모습이든 마음속이든 판단하면 안 된다. 내가 내 마음속도 잘 들여다보지 못하는데, 어떻게 남의 마음속까지 알 수 있겠나.. 다시 한번 마음속의 오만을 점검해 본다.

미술관에 방문하기 전에는 아이가 정말 좋아할 거라고 생각했었다. 하지만 어린이를 위한 전용 공간과 프로그램을 제공하는 우리나라 미술관과 다르게 발리의 미술관은 전시를 위주로 하고 있어서 아이들에게는 다소 지루한 장소였다. 처음에는 그림을 유심히 관찰하고 작가의 의도도 생각해보고 나름대로 해석도 덧붙이더니 나중에는 빨리 밖에 나가서 놀자며 재촉한다. 어떻게 하면 아이가 미술품에 좀 더 관심을 갖게 할까 고민해보니 단순 관람이 아닌 직접 무언가 체험하거나 선택할 수 있는 주체성이 필요할 것 같았다.

 나중에는 미술관보다 작은 갤러리나 그림을 판매하는 로드샵 등을 많이 방문했는데, 아이에게 발리에 머무는 동안 가장 마음에 드는 그림을 고르면 마지막 날 사주겠다고 약속하니 그림만 보이면 멈춰 서서 하나하나 관찰하고 순위를 매겼다. 미술관에서도 가장 마음에 드는 작품 세 개를 뽑아서 '나만의 어워드'를 진행하거나 작품마다 나만의 평점을 노트에 적는 등 아이에게 주체성을 부여한다면 좀 더 집중할 수 있지 않을까 생각해 본다.

TIP!

우붓의 미술관 소개

1) 네카 뮤지엄 (Neka Art Museum)

네카 뮤지엄은 우붓 왕궁을 중심으로 서북쪽에 위치한 우붓의 대표 미술관이다. 총 일곱 개의 전시관으로 구성되어 있으며 고전 작품부터 우붓의 자연에서 영감을 받은 서양 화가들의 작품까지 다양한 그림과 조각들이 전시되어 있다. 부지가 넓어서 2~3시간 정도 넉넉한 시간을 두고 관람하는 것이 좋으나 아이들과 관람하기에는 다소 넓어서 지루해할 가능성이 크다. 간식과 놀거리들을 충분히 가져가서 천천히 관람하는 것을 추천한다.

네카 뮤지엄에 방문한다면 근처에 한국인에게 인기가 많은 너티누리스와룽 본점이 있으니 함께 방문해 보도록 하자. 앞서 소개한 짬뿌한 릿지 워크에서도 가까우니 같은 날에 묶어서 가보는 것도 좋다. 또한 코마네카 계열의 호텔의 투숙한다면 네카 뮤지엄에 무료로 입장할 수 있다. (코마네카 탕가유다, 코나네카 비스마 등) 입장료는 어른 100k이며, 12세 이하 어린이는 무료로 입장이 가능하다.

2) 아궁라이 뮤지엄 (Agung Rai Museum of Art)

몽키 포레스트 로드에서 쁠랑이 스쿨 방면인 남쪽 방향으로 내려가면 아궁라이 뮤지엄이 있다. 이곳은 발리 거장의 작품부터 발리에 거주한 해외 아티스트의 작품까지 다양하게 전시되어 있으며, 총 세 개의 전시실이 있어 아이들과 함께 둘러보기에 적당한 크기이다. 전시 동선에서 가장 마지막에 방문하게 되는 오픈 구조의 전시실에는 아이들이 직접 그린 발리의 모습이 전시되어 있는데 같은 또래가 그린 그림이어서인지 아이들이 흥미로워했다.

입장권에는 음료 쿠폰이 포함되어 있어 내부 레스토랑에서 커피나 차를 주문할 수 있다. 입장료는 어른 100k이며 어린이는 무료이다. 그 밖에도 아궁라이 뮤지엄에서는 춤, 공예등의 체험 프로그램이나 공연도 즐길 수 있으니 방문 전 문의해보도록 하자. 그리고 8월 초에 우붓에 방문한다면 아궁라이 뮤지엄에서 '우붓 재즈 페스티벌(Ubud Jazz Festival)'을 즐길 수 있다. 로컬 재즈 뮤지션들이 공연하는 소규모의 축제이지만 미술관에서 한밤중에 펼쳐지는 공연이라는 사실 만으로도 매우 이색적인 경험이 될 것이다.

3) 뿌리 루키산 뮤지엄 (Museum Puri Lukisan)

뿌리 루키산 뮤지엄은 1956년 발리 최초로 현대 미술을 전시한 미술관이다. 이곳은 역사가 오래 되고 규모가 크며 시대별로 전시를 하고 있다. 우붓 중심가에 위치해서 사라스와띠 (Saraswati Temple)이나 우붓 시장, 우붓 왕궁 등과 함께 방문하기 좋다. 이곳은 넓고 아름다운 정원으로도 유명하며 정원 사이사이에 있는 네 개의 건물에서 전시를 관람할 수 있다.

뿌리 루키산 뮤지엄에서는 발리 전통 워크숍 프로그램도 운영하고 있어 악기, 춤, 그림, 바틱 공예 등을 배울 수 있는데 프라이빗 클래스로만 운영되어서 가격이 비싸지만 만족도가 높은 편이다. 입장료는 어른 50k로 앞서 소개한 미술관들보다 저렴한 데다가 무료 음료와 케익까지 제공된다. 15세 이하 어린이는 무료이다.

4) 블랑코 르네상스 미술관 (The Blanco Renaissance Museum)

네카 뮤지엄 근처에 있는 미술관으로 발리에서 가장 사랑받는 화가로 알려진 스페인 서양화가 안토니오 블랑코와 그의 아들 마리오 블랑코의 그림이 전시되어 있다. 네카 뮤지엄에 비해 규모는 작지만 유럽풍의 건물과 아름다운 정원으로 유명해서 우붓을 찾는 많은 관광객이 이곳을 방문한다. 이곳에 전시된 대부분의 작품은 안토니오 블랑코의 부인이었던 무희 출신 발리 여성이 주인공인데, 여성의 원초적 아름다움을 직설적으로 표현하다 보니 아이들에게는 다소 선정적으로 보일 수 있는 작품이 많다. 다양한 예술 작품을 많이 접해본 아이가 아니라면 이곳은 어른들끼리 방문하길 권한다. 입장료는 성인 100k인데 코로나 이전에 50k였던 것에 비하면 2배나 올라 아쉽다.

그밖에 하교 후 즐길 거리로는 몽키 포레스트와 사라스와티 사원, 우붓 왕궁, 우붓 시장 등이 있다. 일반적으로 우붓에 일일 투어를 오는 관광객들이 방문하는 장소인데 우리는 아이들을 데리고 택시로 이동해야 하므로 가까운 장소를 한데 묶어서 관광을 했다. 우붓 왕궁, 사라스와티 사원을 함께 방문하고 몽키 포레스트는 폰독 도서관과 묶어서 방문하면 동선이 편리하다. 아쉽게도 우붓 시장은 우리가 우붓에 있었던 2022년 7월에 공사 중이어서 방문하지 못했다.

우붓 왕궁과 사라스와티 사원에서는 저녁에 발리 전통 공연을 한다. 하지만 코로나 이전에 왔을 때 아이가 전통 공연을 너무 지루해해서 이번에는 보지 않았는데, 나중에 울루와뚜에서 께짝 댄스를 관람했을 때 공연의 스토리를 찾아 공연 전에 설명해주니 아이가 관심 있게 공연에 집중할 수 있었다. 전통 공연이 아이에게 지루하다고만 생각하지 말고 아이가 잘 이해할 수 있도록 내용을 설명해준다면 예술을 통해 다른 나라의 문화를 이해할 수 있는 좋은 기회가 될 것이다. 🖋

EP. 10 세상 어디에도 없는 사파리 체험

뿔랑이 여름 캠프에서 두 번째 주를 보내고 우리는 '발리 사파리 앤 마린파크 (Bali Safari and Marine Park, 이하 발리 사파리)'로 주말여행을 떠났다. 우리는 원래 계획대로 주중에는 학교 근처에서 5박, 주말에 짐을 싸서 여행지에서 2박을 하며 숙소를 옮기고 있었는데, 아이들과 짐을 들고 벌써 4번째 숙소를 옮기고 있으니 몸과 마음이 조금 힘들어졌다. 다시 선택한다면 학교 근처에 숙소를 마련해 놓고 가벼운 짐을 들고 당일이나 1박 주말여행을 다녀오는 것을 선택할 것이다.

발리 사파리는 발리에서 가장 규모가 큰 동물원 겸 워터파크인데 사실 워터파크의 규모는 크지 않아서 보통 사파리 투어를 위해 많이 방문하는 곳이다. 낮에는 여러 동물 쇼와 피딩 체험, 사파리 투어를 즐길 수 있고 에버랜드처럼 개인 지프 투어를 신청할 수도 있다.

이곳의 하이라이트는 저녁이다. 이곳에서 가장 유명한 '나이트 사파리 투어'를 신청하면 트럭에 설치된 철창 속에 들어가서 맹수들을 관찰하고 먹이를 줄 수 있다. 낮에 사파리를 가본 적은 많아도 저녁에 한다고 하니 뭔가 공포스러우면서 신비한 기분이었다. 하지만 인당 10만원 정도의 비용이 만만치 않아서 선뜻 예약하기가 망설여졌는데, 호랑이가 철창 위에 올라와서 사람들 머리 위로 침을 뚝뚝 흘리며 고기를 먹는 사진을 보니 특별한 경험이 될 것 같아 신청하게 되었다.

나이트 사파리 패키지를 신청하면 사파리 투어, 뷔페, 불쇼 공연이 포함되어 있는데 잔뜩 기대했던 사파리 투어가 의외로 너무 짧았다. 투어는 약 20명 정도가 한 조가 되어 함께 이동한다. 처음 10분은 동물원에서 가이드를 따라다니며 설명을 듣고, 약 20분 정도 트럭에 장착된 철창에 들어가서 초식 동물 및 맹수들에게 먹이를 준다. 여기까지는 아주 평범한 사파리 그룹 투어 정도였는데, 갑자기 가이드가 머리 위로 고기를 던져주자 어디선가 호랑이 한 마리가 올라와 내 머리

위에서 날카로운 이빨을 드러내며 고기를 씹어 먹는다. 신기하기도 하고 오싹하기도 한 호랑이 피딩이 1~2분 정도 지속되다가 사파리가 끝난다.

그리고 트럭이 티보 레스토랑(Tsavo Lion Restaurant) 앞에 손님들을 내려주면 공식 투어는 끝이다. 그 후에는 레스토랑에 자유롭게 뷔페를 먹고 불쇼를 관람하는 일정이다. 그런데 이 레스토랑은 사파리 쪽으로 파노라마 창이 나 있어서 저녁을 먹으며 맹수들, 그리고 맹수를 관찰하는 철창 속의 사람들까지도 구경할 수 있다. 직접 철창에서 맹수를 구경하는 것보다 레스토랑에 앉아 철창 속의 사람들을 바라보는 것이 더 흥미로웠다. 이렇게 보니 우리가 구경하는 것이 아니라 맹수가 우리를 구경하고 있었던 것이다.

뷔페가 끝날 무렵 불쇼가 시작됐다. 사실 불쇼는 특별히 패키지에 포함된 상품이 아니라 레스토랑 앞에서 펼쳐지는 오픈 공연이라서 호텔 투숙객이나 레스토랑만 이용하는 사람들도 식사 후에 자유롭게 관람할 수 있다. 공연은 약 20분 정도 진행됐는데 위험천만한 불을 들고 춤을 추는 공연이다 보니 아이들이 입을 쩍벌리고 신기해했다.

우리는 사파리를 충분히 즐기기 위해 2박을 예약했다. 발리 사파리에는 사파리를 둘러싸고 있는 숙소 '마라리버 사파리 롯지(Mara River Safari Lodge)'가 있는데, 객실 창문이나 발코니에서 동물들을 직접 볼 수 있어 발리를 찾는 관광객들에게 인기가 아주 많은 곳이다.

하지만 배정받은 객실에 들어서니 우리 방에서는 동물 코빼기도 볼 수 없었다. 아주 멀리에서 코뿔소 꼬리만 보일 뿐이었다. 아이들이 놀라며 즐거워하는 모습을 보고 싶었는데 실망이 이만저만이 아니었다. 호텔 프론트에 문의해보니 우리가 예약한 투 베드룸 스위트에서는 사파리가 보이지 않는다고 공식 홈페이지에 명시되어 있다고 하는데, 우리는 전문 예약 사이트를 통해 예약했기 때문에 그 설명을 미처 보지 못했다.

인터넷을 찾아보니 많은 블로그에서 호텔 예약 시 주의 사항으로 명시하고 있었고, 혹시 잘 모르고 예약했다면 동물이 보이는 1층 방 2개로 추가 요금 없이 바꿔준다고 설명하고 있었다. 하지만 첫날은 모든 객실이 풀부킹이라 이동할 수 있는 방이 없었고, 둘째 날은 2층 방만 남아있어 추가 요금을 지불하고 옮길 수 있었다.

방에서 사파리를 내려다 볼 수 있다니! 얼룩말을 보며 모닝커피를 마시고 침대에 누워서 기린을 볼 수 있다니! 분명 매력적인 경험이겠지만 우리는 더 이상 짐을 싸고 풀고를 반복하고 싶지 않았고, 오전 내내 사파리에서 동물을 구경하다가 숙소에 들어온 터라 방에서까지 사파리를 보지 않아도 될 것 같아서 기존의 방에서 지내기로 했다.

TIP!

사파리 호텔 예약 시 주의 사항

마라리버 롯지의 객실은 총 4개의 룸타입이 있는데 스탠다드룸 1층(SWALA), 2층(TWIGA, 룸타입은 1층과 같지만 2층에서 동물이 더 잘보임), 2베드룸 스위트(KIFARU)와 3베드룸 스위트(TEMBO)이다. 2베드룸 스위트는 스탠다드 1층 방 2개로 추가 요금 없이 변경이 가능하다. 또한 스탠다드룸을 커넥티드룸으로 신청하면 두 가족이 편하게 사용할 수도 있다.

우리는 방 2개와 거실이 별도로 있는 2베드룸 스위트를 예약했는데 방은 생각보다 훨씬 깨끗하고 우려했던 동물 냄새도 나지 않았다. 인테리어도 이국적이라 마치 아프리카의 어느 초원 호텔에 온 것 같았다. 이곳에 묵었던 2박 동안 한국에서 가져온 샤워 필터를 설치해서 썼는데 필터가 이물질 하나 없이 깨끗했다.

스탠다드룸은 레스토랑 쪽에서 가깝고 스위트룸으로 갈수록 멀어진다. 아이들과 함께 갈 때는 호텔 입구에서 스위트룸까지 약 10분이 소요되어 걷기 다소 힘들 수 있으니 버기카를 요청해서 타고 가는 것이 좋다.

사파리 투어 외에도 동물원을 돌아다니며 동물 공연을 보고 피딩이나 라이딩 체험을 할 수도 있다. 우진이가 하고 싶었던 악어 피딩과 Y의 딸이 하고 싶었던 호랑이 피딩은 나이 제한이 있어서 할 수 없었지만, 코끼리, 미어캣 등 다양한 동물들에게 피딩하는 체험을 할 수 있었다. 그리고 에버랜드 사파리 버스처럼 단체로 버스를 타고 가이드의 설명을 들으며 사파리를 투어할 수도 있다. 우리는 2박이라서 사파리 버스를 2번 이용할 수 있는 티켓이 주어졌는데 가이드에 따라서 그 재미가 정말 달랐다.

코끼리 라이딩은 가격이 다소 비쌌지만 한국에서는 하기 힘든 경험일 것 같아서 신청을 했다. 신청은 선착순이기 때문에 예약한 사람이 많으면 자칫 오래 기다릴 수 있으니 일찍 가서 예약을 하고 동물원을 구경하거나 식사를 하고 난 후에 다시 오는 것이 좋다. 코로나 이전에는 아침에 조식을 먹으러 갈 때 코끼리를 타고 가는 패키지가 있었다고 하는데 이제는 사파리 내부에서만 코끼리 라이딩을 진행한다고 한다.

동물 공연 시간표를 들고 다니며 시간에 맞춰 코끼리, 호랑이, 앵무새 등의 공연을 관람하다 보니 하루가 무척 짧았다. 특히 코끼리 공연은 스토리도 흥미롭고 배우들도 열연해줘서 한 편의 연극을 보고 온 기분이었다. 이 밖에도 호텔과 동물원 곳곳에서 동물과 만나는 시간이 있었는데 조식을 먹으러 간 레스토랑 앞에서는 기린 피딩을 볼 수 있었고 저녁을 먹고 나오는 길에는 부엉이를 팔에 얹을 수 있는 체험이 있었다. 나는 원래 새를 무서워해서 엄두도 못 내고 있었는데 우진이가 엄마도 한번 해보라며 떠민다. 용기를 내서 부엉이를 팔에 얹었더니 이놈이 자기를 안 좋아하는 사람을 알아봤는지 내 팔에 오줌을 싸버렸다. 안 그래도 무서운데 뜨끈뜨끈한 액체가 팔에 흘러내리는 기분은 표현할 수 없을 만큼 거북했다. 역시 나는 새와 안 맞아...

석식은 나이트 사파리 패키지로 온 사람들이 많아서 북적거리고 음식도 만족스럽지 못했지만 조식은 의외로 사람도 맛있었다. 우리는 첫날에는 사자 옆자리, 둘째 날에는 미어캣 옆자리에서 식사를 했는데 음식도 맛있었고 동물들과 함께하는 식사도 특별했다. 특히 레스토랑 화장실에서는 창문 넘어로 사자 우리를 볼 수 있었는데 센스 있게 여자 화장실에는 암사자, 남자 화장실에는 수사자 공간이 있었다. 사자가 어찌나 코앞에 있는지 화장실에서 손을 씻으면서도 조금 무서웠다. 티보 레스토랑 화장실이 이곳에서 가장 개성 넘치는 공간이 아닐까 생각해 본다.

발리 사파리에는 두 개의 수영장이 있는데, 하나는 마라리버 롯지 가운데 위치한 작은 수영장으로 사파리를 보며 수영할 수도 있고 마사지를 받을 수도 있다. 그리고 다른 하나는 동물원 가장 끝 쪽에 위치한 수영장인데 규모는 작아도 슬라이드와 바닥분수가 잘 되어 있고 수심이 낮아 어린이들이 놀기 딱 좋은 공간이다. 보통 이곳에서 1박 투숙하는 사람들은 첫날은 사파리에서 놀고 둘째 날에는 수영장에서 논다고 하는데, 우리는 2박이나 투숙하면서도 날씨가 쌀쌀하고 소나기가 내려 수영장에서 시간을 보내지 못했다. 아쉬운 마음에 숙소 쪽 수영장으로 나가 선베드에 누우니 발 사이로 동물들이 보인다. 아이들은 방에 비치된 동물 먹이를 가지고 나와 수영장 발코니에서 얼룩말 피딩을 했다.

아이들에게 이런 특별한 경험을 선물했다는 사실이 뿌듯하면서도 우진이가 크면 이런 경험들이 생각이나 날지 궁금해졌다. 크고 작은 특별한 기억들로 우진이의 어린 시절이 가득 채워진다면, 이 아이가 좀 더 힘차고 긍정적으로 살아가는 데 도움이 될까? 진심으로 궁금해졌다.

그러다가 문득 내 어린 시절도 떠올랐다. 그 시절 대부분의 아이가 그랬듯이 나는 동네 놀이터나 집 근처에서 대부분의 유년 시절을 보냈다. 가끔 가족 여행을 가는 일도 있었지만 기억에 남는 특별한 체험은 거의 없었다.

부모는 아이에게 더 특별한 경험을 주고 싶고 그것이 아이의 미래를 더 멋지게 만들어 줄 거라고 기대한다. 하지만 집 근처에서 평범한 나날을 보냈던 나는 지루했나? 새롭고 특별한 경험을 많이 한 우진이는 더 행복할 것인가? 나는 이 의문에 대답할 자신이 없다. 내 유년 시절은 다소 따분하긴 했지만 늘 따뜻했고 평화로웠고 햇살 같았다. 유년 시절의 전부는 엄마의 친절한 보살핌이다. 아이에게 아무리 특별한 경험을 많이 시켜준다고 해도 늘 따뜻하고 친절한 엄마의 보살핌을 이길 순 없다.

내가 아이와 함께 한 달 살기를 하고 특별한 곳에서 체험을 하게 하는 이유는 어쩌면 아이가 아닌 '나'를 위해서일 것이다. 사실 아이는 집에서 아빠와 시간을 보내고 싶지만 엄마의 의욕을 맞춰 주느라 고생을 하고 있는 것일 수도 있다. 그리고 아이에게 특별한 경험을 더 많이 시켜준 부모일수록 '내가 너에게 얼마나 많은 걸 해줬는데' 라며 아이에게 높은 기대를 거는 경향이 있다. 하지만 아이가 원하는 전부는 부모의 따뜻한 보살핌일 뿐, 나머지는 부모의 만족, 부모의 추억일 뿐임을 기억해야 할 것이다.

사파리에서 동물 피딩을 하며 즐겁게 웃는 우진이의 모습을 눈에 깊이 담아본다. 이런 경험들이 너의 유년 시절을 더욱 풍부하게 만들어주길 바라면서도, 결국 어떤 특별한 경험보다도 부모의 따뜻함만이 너를 가득 채울 수 있다는 걸 되새기면서.... 이 추억은 나만의 것으로 만족하기로 마음 먹어 본다. ✒

Ep. 11 여기가 발리 학교야? 한국 학교야?

주말여행에서 돌아오니 벌써 쁠랑이 캠프의 마지막 주이다. 총 4주 동안 진행된 캠프에서 우리 아이들은 2~4주차까지 참여했다. 하지만 한국 방학이 시작된 4주차가 되니 눈에 띄게 한국 학생들이 늘었다. 우리 아이들이 있었던 킨디 반은 총 20명 정도의 학생 중 3~4명이 한국인이었는데 4주차에는 7~8명으로 늘어났다. 초등학생으로 구성된 엘더반은 좀 심각한 정도였다. 3주차에는 총 25명 정도의 학생 중에서 6~7명 정도가 한국인이었는데, 4주차가 되자 얼핏 봐도 20명이 넘어 보였다. 아이를 좀 일찍 하교시키던 날, 놀이터에서 엘더반 학생들이 자유롭게 놀고 있었는데 여기가 발리인지 한국인지 분간이 안 갈 정도였다. 아이들은 한국말로 대화를 주고받으며 한국에서 유행하는 놀이를 하고 있었다.

어느 도시에 가도 한국인이 선호하는 학교와 숙소가 있기 마련이다. 쁠랑이는 2016년부터 한국인들에게 입소문이 나기 시작했는데 국내의 몇몇 매체와 책에 소개되면서 전문적으로 수속을 대행해주는 업체도 생겨났다. 나중에 우진이가 다녔던 SIS(Sanur Independent School) 역시 한국인이 운영하는 여행사에서 소개하고 대행해주면서 한국인 학생이 급격하게 늘었는데 코로나 직전에는 50% 이상이 한국인인 적도 있었다고 한다.

그럼 한국인이 많은 게 안 좋은 것일까? 꼭 그렇지만은 않다고 본다. 쉽게 생각하면 한국의 영어 유치원도 아이들은 모두 한국인이고 교사만 원어민이다. 아이들끼리 한국어를 쓰기도 하지만 교실 수업 중에는 거의 영어를 쓴다. 하지만 한국의 영어 유치원과 비슷한 환경이라면 굳이 해외까지 나와서 학교에 보낼 필요가 있냐는 의문도 들 것이다. 만약 영어를 위해 1년 이상 유학을 왔다면 되도록 한국인이 적은 곳에서 원어민 친구들과 함께 공부하는 것이 가장 효과적일 것이다. 아이도 처음에는 힘들어하겠지만 아이들 특유의 놀이 문화와 친화력으로 친구들을 사귈 수 있을 것이다. 하지만 문제는 캠프나 단기 스쿨링이다. 아이들이 한 달, 또는 두 달이라는 짧은 시간 동안 외국 친구들과 스스럼없이 어울리기는 힘들 수 있다. 물론 아이가 영어도 잘하고 친화력도 좋다면 하루만에 외국 친구들을 사귈 수 있지만 대부분의 아이는 매우 긴장하기 마련이다. 이럴 때 주변에 한국 친구들이 있다면 큰 의지가 된다. 학교에 안 간다고 떼쓰다가도 그 친구와 노는 재미로 학교생활에 적응할 수도 있다. 단기 학생들에게 가장 중요한 것은 등교를 거부하지 않고 잘 다니는 것과 학교생활이 짧지만 즐거웠다는 경험이다. 그러니 오히려 한국 아이들이 하나도 없는 환경보다는 조금이라도 있는 게 낫다. 단 뻴랑이에서의 4주차만큼이나 많은 건 좋지 않다고 본다.

우진이는 뻴랑이가 첫 해외 학교였기 때문에 적응이 어렵진 않을까 걱정했었다. 처음에는 함께 간 Y의 딸과 서로 의지하며 적응을 하는 것 같았다. 하지만 7세에는 남자, 여자아이의 또래 문화와 놀이 방식이 달라지기 때문에 우진이는 또래 남자아이들과 어울리고 싶어했다. 하지만 한국인 또래 남자아이가 없었고 외국 아이들과는 소통이 원활하지 않아서 잘 어울리지 못했다. 특히 우진이보다 몸집이 크고 힘도 센 동갑 남자아이가 우진이를 밀치거나 꼬집는 일이 종종 발생했다. 너무 일일이 부모가 끼어드는 것도 아이들이 스스로 문제를 해결하는 데 방해가 되는 거 같아서 상황을 지켜만 보고 있었다. 하지만 점점 그런 일이 잦아지길래 학교에 상담을 요청했다.

상담을 위해 학교에 갔던 날, 학교 화장실에서 나오다가 우연히 우진이 반 교실을 들여다보게 되었다. 우진이가 새로 온 한국 친구와 놀고 있었는데 그때 또 힘센 외국인 아이가 우진이를 밀고 장난감을 힘으로 빼앗아 갔다. 그걸 보고 있자니 속이 부글부글 끓었다. 그래봤자 아이들 싸움이라는 걸 알고 있음에도 우리 아이가 힘센 애한테 당하고 있는걸 보자니 그 녀석 머리라도 콩 쥐어박고 싶었다. 그때 우진이가 한국인 친구와 같이 그 녀석에게 터벅터벅 걸어가더니 빼앗긴 장난감을 낚아채서 그대로 몸으로 장난감을 감싸고 엎드린 채 버티는 게 아닌가.

장난감을 뺏긴 아이는 내놓으라며 몸을 밀치고 소리를 질렀다. 하지만 한국인 친구가 앞에서 두 팔을 쫙 펴고 버티니 결국 몇 번 더 시도하다가 포기하고 가버렸다. 우진이는 영어를 잘하는 편이 아니었지만 'Don't do that, It is mine!' 같은 짧은 영어로 최선을 다해 의사를 표시했고 친구와 협동하여 폭력을 사용하지 않고도 자신의 것을 지켰다.

그 모습을 보니 웃음이 났다. 몸집 작은 두 녀석이 같은 한국인이라는 이유로 똘똘 뭉쳐 힘센 녀석에게 빼앗긴 장난감을 찾아오다니... 짧은 영어지만 자기가 하고 싶은 말을 적당한 타이밍에 내뱉을 수 있는 배짱이 생겼다는 것만으로도 이번 캠프가 우진이에게 준 경험치가 큰 것 같았다. 그리고 같은 한국인 친구가 있다는 것만으로도, 평소에 못 했던 걸 시도할 용기가 생겼다는 것이 신기했다. 나는 그 경험을 통해 단기 스쿨링을 할 때 한국 친구가 큰 힘이 되어 줄 수 있다고 생각하게 되었다.

결론적으로 한국인 친구가 있다는 것은 낯선 환경에 놓여진 아이에게 빛과 소금 같은 존재가 될 수 있으니 너무 배제하진 말자는 것이다. 어딜 가든지 가끔 대놓고 한국 사람들과 어울리기를 거부하는 사람들이 있다. 그들의 표정에서 '내가 한국 사람이랑 어울리려고 여기까지 온 줄 알아?' 하는 마음이 느껴진다. 하지만 모국어와 문화를 공유하는 사람들과의 적당한 교류는 오히려 엄마나 아이에게 안정감을 줄 수 있다고 생각한다.

마지막 주에는 학교에서 작은 바자회가 열렸다. 인근 주민들이 전통 인형극(Puppet Show) 페스티벌에 참가하기 위해 기금을 마련하는 바자회였는데, 하교 후에 학부모들과 아이들을 초대해서 공연도 보고 음식도 먹으면서 서로 교류하는 시간을 가졌다. 아이들이 함께 뛰어놀고 친구를 소개해주는 모습을 보면서 뻘랑이에서의 3주가 우진이에게 어떤 시간이었을지 짐작해 본다.

TIP!

뿔앙이 스쿨 캠프의 방과 후 활동 소개

뿔랑이 여름 캠프에서는 다양한 방과 후 프로그램을 제공하고 있다. 보통 캠프 시작 전에 신청자들에게 공지를 하는데, 영어(ESL), 수학, 과학, 요가, 춤, 기타 등 수업을 선택해서 정규 수업 후 90분 동안 교내에서 수업을 듣는다. 2022년도의 방과 후 활동 수업료는 회당 175~200k였다. 그리고 여름 캠프 3주차부터는 엘더반 학생들을 대상으로 방과 후 보드게임 수업이 개설되었고 마지막 4주차에는 학부모들을 대상으로 발리 미술을 배우고 미술품을 구매할 수 있는 워크숍이 열리기도 했다. 모든 수업이 처음부터 일괄적으로 개설되진 않고 학생들과 학부모들의 요청에 따라 중간에 개설되어 공지되기도 한다.

EP.12 불편이 불쾌가 되지 않기를

뽈랑이에서의 마지막 주에는 학교 근처에 있는 작은 호텔을 예약했다. 후기가 워낙 좋은 곳이라 처음 뽈랑이 캠프를 예약했을 때부터 눈여겨보던 곳이었는데 마지막 주에만 겨우 자리가 났다. 뽈랑이 스쿨에서 도보로 3~4분 거리로 정원이 아름답고 관리도 잘되고 있는 호텔이라 기대가 컸다.

우리 방은 수영장 바로 앞에 있어서 아름다운 정원과 수영장이 한눈에 들어오는 좋은 위치였다. 게다가 바닥이나 침구 상태도 매우 깨끗해서 첫눈에 마음에 들었다. 조식도 맛있었고 무엇보다 직원들이 매우 친절했다. 이런 곳이라면 3주 내내 묵어도 좋겠다고 생각할 정도였다.

하지만 아침에 일어나서 화장실에 들어갔을 때 나는 당장이라도 짐을 싸고 싶었다. 화장실에서 참을 수 없이 고약한 하수구 냄새가 퍼져 나오고 있었다. 숨을 참고 양치를 하고 있으려니 하수구 물로 이를 닦는 기분이었다. 게다가 하루 만에 샤워 필터가 갈색이 되어 있었다. 아침부터 전화를 받고 달려온 직원들이 우리 방 화장실에 모여서 회의를 시작했다. 현지어로 한참 동안 의견을 주고 받던 직원들은 화장실에 방향제 자동분사기를 설치해 주었다. 일정한 시간 차로 방향제가 분사되어 냄새를 막아주는 장치였는데 이미 하수구 냄새를 한번 맡아버린 터라 방향제의 독한 레몬 향과 하수구 냄새가 각각 분리되어 내 코로 들어왔다. 이 냄새는 유독 새벽부터 오전까지만 심하게 올라와서 저녁에는 또 그럭저럭 참을 만했다. 그러다 보니 또다시 짐을 싸고, 방을 옮기고, 새로운 방에서도 하수구 냄새가 나는지 파악해야 하는 과정들이 너무 귀찮아서 그냥 아침 내내 환기를 하는 방법을 택했다. 그리고 크고 작은 요청들에 대해 진지하게 해결 방법을 찾아보는 직원들의 정성이 고마워서 참고 지내보기로 했다.

하지만 아침이면 방향제와 하수구 냄새 콤보에 머리가 어지러울 지경이었다.

나는 환기를 위해 아침마다 온 문을 다 열어 놓았는데 이 때문에 우리 방에는 정원의 온갖 곤충 손님들이 다녀가곤 했다. 한번은 Y가 방문 앞에서 벽돌만 한 크기의 달팽이를 발견했는데 그렇게 거대한 달팽이가 짜낭 사리 앞에 도사리고 있으니 마치 신이 달팽이의 모습으로 내려온 것 같은 기분마저 들었다.

사실 우붓의 호텔에서는 곤충이나 동물과의 만남을 피할 수 없다. 예전에 5성급 호텔에서 투숙할 때도 객실 옆에서 뱀을 본 적이 있었고 화장실에서 샤워를 하다 도마뱀을 마주친 일도 많았다. Y는 방 안에서 도마뱀이 자기 발등 위로 떨어지는 일을 겪었고 팔뚝만 한 메뚜기도 만났다. 이번 호텔에서는 문을 자주 열어둔 탓에 큰 거미가 방에 들어와 거미줄을 쳤고, 또 다른 호텔에서는 방 앞에서 30cm 정도 크기의 뱀이 방으로 들어오려는 걸 발견해 직원을 부른 적도 있다. 호텔 방에서 쥐가 나왔다는 여행자도 있으니 나 정도면 양호한 편이다.

여행에서의 불편한 점을 나열하자면 끝도 없다. 첫 호텔에서는 곰팡이와 열악한 위생 상태로 고생했고, 두 번째 호텔은 매우 깨끗했지만 주변 소음 때문에 잠을 설쳤다. 이번 호텔은 아주 깨끗했지만 수질이 좋지 않고 하수구 냄새가 심각했다. 나열하자면 끝도 없다.

그뿐이겠는가. 여행 중에 우리는 한국에서라면 겪지 않을 불편함을 달고 살았다. 우진이는 식중독과 장염에 시달렸고, 나는 에어컨 위생 상태가 나빠서인지 기관지염에 걸렸다. Y는 수돗물로 양치하다가 물갈이로 배탈이 났고, Y의 딸은 모기 알레르기로 날마다 고생하고 있다. 예상할 수 없는 날씨 때문에 우산부터 휴대용 선풍기까지 모든 짐을 들고 다녀야 하고, 물건을 살 때마다 피곤한 흥정을 주고받아야 한다. 택시를 잡으려고 길에서 하염없이 기다릴 때도 많고 화장실이 위생적이지 않은 곳도 많다. 우리는 모두 이곳에서 거침없이 불편을 겪고 있다. 그런데 아이들은 그 불편했던 호텔들도 좋대고 가끔 방에 들어오는 곤충 손님들도 좋단다. 아이들은 한국에서와 다른 이 생소한 환경이 불편인 줄 모른다.

생각해 보면 나 역시 대학생 시절 침대 버스를 타고 여행하면서 베드버그에 물리고 고산병에 시달리면서도 불편한 줄 몰랐다. 게스트 하우스 도미토리에 묵으면서 공동 화장실을 쓸 때도 불편한 줄 몰랐고, 더운 여름 60리터 배낭을 메고 숙소를 구하러 다닐 때도, 공항 화장실에서 세수하고 양치할 때도 불편한 줄 몰랐다.

한국에서의 안락한 생활은 모든 불편함을 제거하는 데 목적을 두고 있는 듯하다. 자고 일어나면 쿠팡맨이 필요한 모든 것을 배달해주고, 내가 좋아할만한 물건은 알고리즘이 골라준다. 이제 모든 것을 핸드폰으로 처리하게 되니 PC를 켜야하는 불편함마저 사라지게 되었다. 그래서 이제는 나를 조금이라도 번거롭게 하는 많은 것들에 대해 '불편'을 넘어 '불쾌'를 느끼게 되었다.

오랜만에 겪는 이 불편을 통해 내가 불편을 겪지 않으려고 삶을 세팅하고 통제하는 데 너무 많은 힘을 쓰며 살진 않았나 생각해 본다. 불편은 내가 세팅한 내 기준을 넘지 못하는 모든 것들을 무용하고 불쾌한 것으로 만들어버리는 마음의 투사라고... 하수구 냄새가 진동하는 침대에 누워 머릿속에 되뇌어 본다. 이미 불편을 너무 많이 알아버린 내 몸에게 불편하지 말라고 요구할 순 없겠지만, 적어도 이 불편이 불쾌로 이어지지 않기를 바란다. 🍃

TIP!

현지 방충용품 소개

우진이는 평소에도 모기에 잘 물리는 아이이고, Y의 딸은 모기 알레르기까지 있어서 우리는 한국에서 온갖 모기 용품을 싸 들고 왔지만 하나같이 소용이 없었다. 아이들 등원 시에는 옷에 모기 방지 스티커를 붙여주고, 모기 퇴치 시계를 채워주고, 모기 스프레이를 온몸에 뿌려줬지만 아이들은 하루도 빠짐없이 모기에 물려 왔다. 그래도 한국에서는 나름 효과를 봤던 것들로만 챙겨왔는데 발리 모기 앞에서는 무력했다. 나중에 자카르타에서 온 가족에게서 현지 모기 스프레이를 추천받아 구매했는데 한국에서 가져온 것보다 훨씬 효과가 있었다.

그리고 현지인이 추천해준 모기약을 구매했는데 생각보다 효과가 좋았다. 퉁퉁 부었던 모기 물린 자국이 하루 만에 사라지고 가려움증도 덜해졌다. 검색해보니 유칼립투스 오일이었다. 국내에서도 유칼립투스 오일을 팔고 있지만 한국보다 훨씬 저렴하고 오일 느낌보다 에센스 원액의 느낌이라 끈적거림이 덜했다.

또한 발리는 덥고 습한 열대 지역이라서 모기 관련 제품을 많이 팔고 있었는데 그중에서 가장 신기한 것이 '모기 로션'이었다. 호기심에 한번 사봤는데 사과향이 향긋하게 나서 바르기는 좋았으나 효과는 거의 없었다.

[모기 스프레이]   [유칼립투스 오일]   [모기 로션]

Ep.13 아이들이 학교 간 사이,
엄마들의 다정한 시간

아이들이 학교에 적응할수록 엄마들의 일과가 바빠졌다. 처음에는 혹시라도 아이에게 무슨 일이 생겨서 전화가 올까봐 학교 근처를 맴돌면서 지냈다. 하지만 뻘랑이에서의 마지막 주가 되니 이제 친하게 지내는 아이들도 생기고 자주 만나는 학부모들도 생기면서 다소 픽업이 늦어져도 서로 아이들을 맡아 주게 되어 여유가 생기게 되었다.

우붓에서 3주 동안 지내면서, 첫 주는 아이들 적응 때문에, 둘째 주는 일주일 내내 왔던 장대비에 어른들의 일정을 포기하고 근처에서 가끔 요가만 하는 정도였는데, 마지막 주가 되고 생활이 안정되니 이제야 이것저것 하고 싶어 마음이 분주해졌다.

나는 발리 스윙을 한번 해보자며 Y를 부추겼다. 발리를 여섯 번째 와본 나였지만 발리 스윙은 왠지 인스타그램을 위한 전용 사진 같고 멋진 의상도 준비할 자신이 없어 매번 후보지에서 빠지곤 했다. 이번에야말로 남들 다 하는 그 발리 스윙이 어떤 건지 한번 경험해 보고 싶었다. 사실 발리 스윙은 우붓의 한 업체에서 진행하던 액티비티였다. 하지만 지금은 논 뷰를 가진 우붓의 레스토랑이나 관광지라면 흔하게 볼 수 있는 관광 상품이 되어 우붓의 이곳저곳에서 발리 스윙을 체험할 수 있게 되었다.

발리 스윙의 핵심은 인스타그램에서 흔히 보는 '휘날리는 드레스 자락'일 것이다. 코코넛 나무에 매달린 긴 그네를 원색의 드레스 자락을 찬란하게 휘날리며 타는 광경은 발리 여행에 관심이 있는 사람이라면 한 번쯤 봤을 법한 장면이다.

우리는 발리 스윙을 탈 수 있는 장소 중에서 이왕이면 '우붓'다운 관광도 즐길 수 있는 곳을 찾았다. 요즘은 계단식 논과 수영장, 발리 스윙, 네스트 등 다양한 포토 존과 함께 발리 특산품까지 판매하는 관광지들이 있어서 우리처럼 하교 시간에 목매는 애데렐라들에게 매우 편리했다.

우리는 여러 장소 중에서 발리 스윙의 난이도를 선택할 수 있고 논 뷰를 배경으로 수영도 할 수 있는 '알라스하룸(Alas Harum)'에 가기로 했다. 발리 스윙을 할 수 있는 관광지는 대부분 계단식 논과 정글, 계곡이 어우러진 우붓의 북부에 자리 잡고 있다. 예전에는 우붓에 오면 항상 북부에 숙소를 잡아 우붓만의 정취를 흠뻑 느끼곤 했는데, 뿔랑이 스쿨은 우붓 남쪽에 자리하고 있어 이런 광활한 자연을 볼 수 없는 점이 아쉬웠었다. 북쪽으로 올라갈수록 계단식 논들이 하나둘씩 나타나고 경치가 달라진다. 그동안 우붓에서 3주나 머물렀음에도 우붓에 처음 온 듯한 느낌이 들었다.

알라스하룸은 계단식 논을 배경으로 레스토랑, 수영장, 스카이바이크, 집라인 등 다양한 액티비티를 제공하고 있었다. 우리는 자유롭게 구경하며 사진을 찍고 발리 스윙을 체험했는데, 스윙은 익스트림(Extreme)과 슈퍼 익스트림(Super-Extreme), 로맨틱 베드 스윙(Romantic Bed Swing), 커플 스윙(Couple Swing) 중에서 선택할 수 있었다. 나는 놀이 기구도 잘 못 타는 쫄보인지라 가장 안 무섭다고 하는 '익스트림'을 선택했다.

분명 난이도가 낮다고 들었는데 스윙 앞에 와보니 너무 높아서 겁이 덜컥 났다. 사진에서는 드레스를 입은 여자들이 우아한 표정으로 스윙을 타고 있어서 하나도 안 무서워 보였는데 생각보다 높아서 다리가 후들거렸다. 그네는 코코넛 나무에 단단한 줄로 고정되어 있었고 탑승자의 안전을 위해 허벅지와 허리춤에 안정장치를 달고 올라타는데, 가까이서 보니 안전장치 때문에 생각보다 우아한 자태가 나오지 않았다. 가끔 발리 스윙을 위해 원색 드레스를 준비해 오는 사람도 있었는데, 사진에 나오는 것처럼 휘날리기 위해서는 드레스의 뒷부분이 질질 끌 정도로 길어야 하기 때문에 일반 드레스로는 표현이 어려웠다. 그래서 현장에서 드레스를 대여해주기도 하는데 드레스 대여료가 생각보다 비쌌고 인기가 많은 원색 드레스는 한참을 기다려야 했으므로 나는 항상 가지고 다니는 민트색 사롱*을 바지에 두르고 스윙 체험을 했다. 나처럼 드레스를 대여하기가 번거롭다면 우붓 시내에서 화려한 색감의 사롱을 구매해서 가져오면 좋을 것 같다.

발리 스윙은 약 20번 정도 뒤에서 밀어주는데 마치 광활한 논으로 몸을 던지는 느낌이라 밀어줄 때마다 머리털이 쭈뼛 서는 느낌이었다. 결국 '슬로우! 슬로우!'를 외치다가 10번 만에 '스탑'을 외쳤다. 하지만 옆을 보니 슈퍼 익스트림 스윙부터 공중에 설치된 줄에서 자전거를 타는 스카이바이크까지 모든 사람이 재밌다며 즐기고 있었다. 나는 역시 쫄보였다.

이곳에는 아기자기한 포토스팟이 많이 있었는데 마침 오랜만에 날씨가 좋아서 Y와 산책도 하고 사진도 찍고 맥주도 한잔하면서 즐거운 시간을 보냈다. 아이들이 아닌 우리의 사진을 찍는 게 얼마만이던가... 항상 아이들과의 기념사진을 박제하기에 바쁘다가 서로의 예쁜 모습을 찍어주다 보니 결혼 전에 Y와 발리에 왔던 그때로 돌아간 것 같았다. 내 젊은 시절을 기억해주는 친구와 지금까지도 추억을 나누고 있다는 사실이 참 감사했다. 오랜만에 맑은 날씨여서인지 지금까지의 고생을 보상받은 것처럼 낭만적인 날이었다.

그렇게 즐거운 시간을 보내다 보니 어느덧 애데렐라로 변신할 시간이었다. 우리는 야심차게 수영복까지 챙겨왔지만 수영장은 오픈런으로 달려온 서양인 남녀들로 가득 차 있어 발도 담그지 못했다. 하지만 이날은 엄마들만의 선물 같은 소풍으로 기억될 것이다.

---

* 사롱(Sarong) : 가로,세로 각 1~2m 정도의 천을 전신 또는 하반신에 둘러 입는 민속 의상

TIP!

발리 스윙을 즐길 수 있는 우붓의 관광지 소개

1) 알라스하룸(Alas Harum)

계단식 논과 정글을 배경으로 여러 종류의 스윙과 액티비티를 즐길 수 있는 곳으로 가장 우붓스러운 정취와 액티비티를 한 번에 즐길 수 있어 편리하다. 내부에는 풀바 크레타 우붓(Cretya Ubud)이 있는데 베드를 미리 예약해야 할 정도로 인기가 좋고 베드 크기와 위치에 따라 미니멈 차지가 발생한다. 알라스하룸 입구에서 크레타 우붓에 간다고 말하면 입장료 없이 들어갈 수 있다. 베드는 보통 이른 오전에 자리가 차고 원한다면 레스토랑에서 음식을 주문한 뒤 베드 없이 수영을 즐길 수 있다. 하지만 이곳의 수영장은 젊은 남녀들이 선점하고 있어 아이들과 함께 즐길 수 있는 분위기는 아니다. 또한 액티비티들이 모두 난이도가 있어서 미취학 아이와 함께할 수 있는 것이 없었고 계단을 통해 꼬불꼬불 오르내리기 때문에 어린아이들은 다소 힘들어할 수 있다. 내가 방문했을 때는 공사가 한창이었는데 인기가 많아서 레스토랑과 레크레이션 시설을 증축하고 있다고 했다. 클룩에서 미리 예매하면 현장보다 저렴하게 액티비티를 이용할 수 있다.

2) 투카드 리버 클럽 (D'tukd River Club)

비치클럽이 아닌 '리버 클럽' 이름만으로도 매우 독특하다. 폭포 바로 위에 있어서 경치가 좋고 수영장과 폭포, 스윙까지 알차게 즐길 수 있는 곳이다. 입장료가 20k로 저렴한 편이나 화장실, 샤워실 등의 내부 시설이 자연 친화적이라 다소 불편할 수 있다. 총 3개의 수영장 중에서 어린이 전용 풀도 있고 수영장과 폭포를 오가며 놀 수 있어서 아이들과 함께 가기 좋으나 샤워 시설이 다소 불편하다는 후기가 많다.

3) 알로하 우붓 스윙 (Aloha Ubud Swing)

  알로하 스윙에서는 싱글, 더블, 공중의자, 새둥지, 침대 총 다섯 종류의 스윙 체험을 패키지로 팔고 있어서 하나씩 선택이 불가하다. (350k/인) 150k를 지불하면 전문 포토그래퍼가 사진을 찍어주는데 DSLR 카메라로 거울을 이용한 반영 사진을 찍어줘서 만족도가 높다. 알로하 스윙도 클룩에서 입장권을 구매하면 더 저렴하다.

[알라스하룸]

[투카드
리버 클럽]

우붓에는 요가 외에도 엄마들이 즐길 수 있는 활동들이 많다. 하지만 아이들이 학교에 간 시간 동안만 자유로워서 생각보다 선택의 폭이 좁다. 만약 부부가 함께 간다면 한 명은 아이의 등하교을 담당하고 다른 한 명은 혼자만의 시간을 가질 수도 있지만, 엄마와 아이만 오는 경우에는 시간적 제약 때문에 뭐 하나 제대로 즐겨보지 못하고 학교 근처 카페만 다니다가 여행이 끝나는 경우도 많다. 우붓에서 아이들 등하교과 카페 투어밖에 한 것이 없다면 두고두고 아쉬울 것이다. 등하교 시간과 겹치더라도 시간을 조정해서 참여할 수 있는 액티비티도 많으니 꼭 사전에 문의해보도록 하자.

우붓에서 가장 쉽게 참석할 수 있는 체험은 '쿠킹 클래스'인데 전통 시장에서 강사와 함께 장을 보며 현지 식재료들에 대해 설명을 듣고 음식을 직접 만들어보는 체험이다. 보통 현지 시장이 오전에 끝나기 때문에 9시 이전에 시작하는 경우가 많지만 지인들과 함께 프라이빗 클래스를 신청할 수도 있다. 만약 그룹 클래스에 참여한다면 이른 아침 시장 투어만 빼고 아이들 등원 후 요리 시간부터 합류할 수도 있을 것이다.

나는 예전에 발리에서 이미 쿠킹 클래스를 두 차례나 들은 적이 있어 이번에는 생략했는데, 첫 번째는 남편과 함께 했고 두 번째는 우진이와 함께 했었다. 그 당시 우진이는 4살이었는데 키즈클럽이나 유치원에서 요리 체험을 좋아했던 터라 '패밀리 쿠킹 클래스'를 신청했었다. 하지만 현지 요리를 만드는 과정이 아이에게 흥미 있는 내용은 아니라서 몇 번 조물락조물락 하다가 안아달라 놀아달라 매달리기 시작했고, 결국 남편은 아이를 전담하고 나는 강사와 둘이 말없이 요리를 했던 기억이 난다. 어른들에게 적합한 활동을 내 아이와 함께 경험하고 싶어서 욕심을 내면 누구도 즐겁지 않은 상황이 오기도 한다. 차라리 어른들을 위한 활동으로 내 안을 충전하고 더 행복해진 모습으로 내 아이를 대하는 것이 서로에게 이로울 때가 있다.

나중에 사누르에 머무를 때 갑자기 바틱* 공예를 체험해보고 다시 우붓으로 온

적이 있다. 바틱 공예는 보통 9시에 시작하기 때문에 아이를 등원 시키고 오기 매우 빠듯한 일정이었는데 미리 문의해보니 그룹 수업이라 하더라도 개인별로 맞춤 레슨을 하고 있으니 좀 늦어도 된다는 답변을 들었다. 바틱 공예는 수많은 샘플 중 내 마음에 드는 도안을 선택하고 왁스로 밑그림을 그린 후 채색하는 과정으로 이루어졌다. 이 체험 역시 다소 난이도가 있어서 아이들과 함께하면 누구도 즐겁지 않은 경험이 될 수도 있으니 내 아이의 연령과 성향을 잘 고려해 보길 권한다. 우붓에는 그 밖에도 나만의 액세서리를 만드는 금속 공예, 인테리어 조각품을 만드는 목공예, 전통 악기 배우기 등 다양한 클래스가 있으니 우붓에 머문다면 취향껏 도전해 보도록 하자. 보통 클룩, 에어비엔비 등을 통해 예약할 수 있으나 현지 업체에 직접 문의할 경우 더 저렴하게 체험할 수도 있다.

아침 일찍부터 시간이 자유롭다면 바투루 화산 일출 트래킹이나 난이도가 높은 래프팅 등 액티브한 활동들을 선택할 수 있다. 하지만 엄마와 아이만 왔을 경우 아이의 유일한 보호자로서 위험도가 높은 활동은 최대한 자제해야 할 것이다. 만약 내가 다치면 우리 아이는 누가 돌봐줄 수 있는지 대안을 생각해야 한다. 지인들이 등하교나 끼니 정도는 도와줄 수 있겠지만 낯선 타지에서 유일한 가족인 엄마가 다쳐서 병원에 가거나 거동이 불편해지면 우리 아이가 얼마나 무섭고 불안할지를 생각해보고 솟아오르는 의욕을 꾹꾹 눌러야 한다.

* 바틱(Batik) : 수공으로 천을 염색하는 기법으로 면직물이나 견직물에 그림이나 패턴을 그려 넣는 인도네시아 대표 공예

EP. 14 친환경 귀족학교, 그린 스쿨 탐방을 가다

처음 발리에서 한 달 살기를 계획했을 때, 나는 가장 먼저 우붓의 친환경 대안 학교 세 곳을 알아봤다. 세 학교는 모두 여름 캠프를 진행하고 있어서 어느 곳에 보낼지 고민이 많았다. 결국 선택의 기준은 시내에서 멀지 않고 주변에 깨끗한 숙소가 많은 곳이었다. 이 기준에 부합하는 학교는 뿔랑이 스쿨밖에 없어서 고민 없이 선택하게 되었지만, 전 세계에서 몰려든다는 친환경 학교 계의 에르메스, 그린 스쿨(Green School)에 대해 정말 궁금했다.

그린 스쿨은 나 같은 사람들을 위해 학교 투어 프로그램을 운영하는데, 이또한 인기가 많아서 몇 주 전에는 예약을 해야 한다. 우리는 발리에 오기도 전에 미리 예약을 했지만, 그날따라 Y의 컨디션이 안 좋아서 같이 가지 못하게 되었다. 항상 함께 다니다가 혼자 가는 상황이 되니 의욕도 떨어져서 아침 내내 망설였다. 하지만 여기까지 와서 게으름을 피우고 싶진 않아서 겨우 몸을 일으켜 밖으로 나갔다. Y와 함께 다닐 때는 항상 택시를 탔지만, 이번에는 처음으로 고라이드(오토바이 택시)를 불렀다. 고라이드 탑승 시 헬멧을 쓰지 않으면 현지 경찰이 벌금을 청구할 수도 있다고 해서 기사에게 헬멧을 요청했다. 귀찮다는 듯이 오토바이 시트 속에서 헬멧을 꺼내주는데 너무 냄새가 나서 잠시 망설여졌다.

어쩔 수 없이 냄새나는 헬멧을 쓰고 매연 때문에 마스크도 쓰니 너무 찝찝하고 답답했다. 게다가 비가 온 직후라서 오토바이가 달릴 때마다 다리에 흙탕물이 튀었다. 처음에는 당장 내리고 싶은 마음이었지만 그렇게 30분을 달리는 동안 점점 풍경이 눈에 들어왔다. 닭장을 들고 가는 아이들, 3m가 넘는 대나무 더미를 묘기처럼 싣고가는 오토바이, 짜낭을 들고 사원에 가고 있는 여인네들, 의자를 만들고 있는 가구 가게 아저씨, 세레모니에 가는지 예쁜 전통 옷을 입고 걸어가는 아가씨들... 그리고 그 뒤로 펼쳐진 논과 숲들... 그래 이게 발리였지. 발리가 눈에 들어온다. 아이를 데리고 위험한 게 없나 경계만 하고 다니느라 눈에 들어오지 않았던, 내가 그토록 애정해서 내 아이에게 보여주고 싶었던 그 발리다.

매연과 헬멧 냄새, 흙탕물 속에서 발리의 모습을 보며 행복을 느낀 감정은 참으로 오묘했다. 마치 막 사랑에 빠져서 콩깍지가 씌어 뭐든지 좋아 보이는 남자가 아니라, 10년을 알고 지내면서 장점 단점을 요목조목 다 알고 서로의 밑바닥까지 보이면서 싸운 적도 많지만 '그럼에도 불구하고' 사랑하는 남자라고나 할까....

TIP!

고라이드(오토바이 택시) 탈 때 주의 사항

고라이드를 탈 때는 꼭 헬멧을 써야 한다. 주요 지역에서는 경찰들이 수시로 잡아 벌금을 청구한다. 이때 벌금 액수가 사람마다 다르다는 후기도 있고, 돈이 없다고 깎아달라고 해서 할인을 받았다는 후기도 있어서 공식적인 벌금인지 의심스럽기는 하다. 하지만 벌금을 떠나서 꼭 헬멧을 착용해서 본인의 안전을 지켜야 할 것이다. 보통 헬멧을 요청하면 기사가 시트 밑에서 꺼내주는데 위생 상태가 좋지 않은 것이 대부분이다. 그래서 나는 고라이드를 탈 때마다 호텔에 비치된 샤워캡(Shower Cap)을 가져와서 머리에 쓰고 헬멧을 착용했다. 마치 파마하다가 뛰쳐나온 아줌마처럼 꼴이 좀 우습지만 혹시라도 머릿니가 옮을 수도 있으니 조심해서 나쁠 건 없다.

고라이드는 기본적으로 성인 1명만 탑승할 수 있는데 아이의 경우는 함께 태워준다. 하지만 나는 개인적으로 아이와 함께 고라이드에 탑승하는 것을 권하고 싶지 않다. 운전을 위험하게 하는 경우도 많고 아이용 추가 헬멧은 제공되지 않기 때문에 자칫 위험할 수 있기 때문이다.

'이런 곳에 정말 유명한 국제학교가 있어?' 라는 생각이 들만큼 외진 곳까지 들어가니 마치 숲속에 숨겨진 비밀스러운 요새처럼 그린 스쿨이 나타났다. 그린 스쿨은 우붓 시내에서 꽤 떨어진 곳에 있어 주변에 여행객들을 위한 호텔이나 상점 같은 시설이 미비하다. 그린 스쿨 캠프에 참석하는 한국인들을 보면 우붓 중심가에서 머물면서 기사를 고용하여 등하교를 시키거나 학교 근처 홈스테이에서 거주하고 있었는데, 이렇게 멀고 외진 환경을 보니 이곳이 아무리 좋다고 한들 여기에 보낼 자신이 없었다.

그린 스쿨에 들어서니 이미 20여 명의 투어 신청자들이 Visitor 목걸이를 걸고 대기하고 있었다. 현장에서 투어 비용 150k를 지불한 뒤 가이드를 따라 캠퍼스로 들어갔다. 처음으로 간 곳은 Amazing Pond(놀라운 연못)였는데, 학생들이 이곳을 직접 관리하면서 생태와 과학을 배운다고 한다. 그다음은 홈페이지에서도 볼 수 있는 강당 같은 곳이었는데 학생들이 자신의 프로젝트를 발표하거나 학부모들이 스피치를 하는 곳이었다. 학부모가 이곳에서 강연하는 모습을 사진에서 본 적이 있는데 마치 TED의 강연자처럼 멋진 모습이었다.

사실 그린 스쿨은 학부모들의 커뮤니티 (Parents Assembly) 조직으로도 유명하다. 그도 그럴 듯이 이렇게 외진 곳에 살면서 학비만 3천만원 (초 저학년 기준) 이상을 지불하며 자녀를 이 학교에 보내는 사람들은 자녀 교육에 특별한 철학이 있거나 환경 운동에 관심이 있는 부모일 것이다. 그래서인지 학부모 커뮤니티가 매우 활성화되어 있다. 가이드의 소개에 따르면 서로의 정착을 도와주는 '브릿지(Bridge)' 모임이 있고 학교 입구에는 부모들의 공간인 '코워킹 플레이스(Co-working Place)'가 별도로 마련되어 있었다. 이 공간에서는 부모들이 노트북을 가져와서 자녀 하교 때까지 일을 하거나, 다른 부모들과 이야기도 나누며 친분을 쌓는다고 한다. 또한 요일별로 학부모들을 위한 클래스가 있어 요가, 요리 등 다양한 클래스에 참여할 수 있다고 하니 단지 학생뿐만이 아닌 가족 모두가 이 학교의 커뮤니티에 소속된 느낌이었다.

가이드를 따라 다음으로 찾아간 곳은 넓은 운동장과 체육관이 있는 곳이었는데 기하학적 모양의 체육관 지붕이 인상적이었다. 그린 스쿨의 모든 건물은 대나무와 나뭇잎 등의 자연 소재로 만들어졌다고 한다. 사실 우붓에서는 이런 친환경 소재를 이용한 건물을 흔하게 볼 수 있어서 특별히 놀랍진 않았지만, 독특한 양식의 체육관 건물이나 중앙에 설치된 나선형 계단을 따라 3층까지 올라갈 수 있게 설계된 대나무 건물은 정말 인상적이었다. 이 운동장에서는 격주로 금요일마다 학생, 학부모, 지역 주민들이 모여 농산물 직거래 장터를 열고 식사를 하는 친목 파티가 열린다고 한다.

그린 스쿨에서 가장 인상 깊었던 점은 지역 주민을 위한 사회 공헌에 물심양면으로 힘쓰고 있는 모습이었다. 학교 입구에는 정수된 물을 보관하는 물탱크가 비치되어 있어 인근 주민들이 언제든 자유롭게 물을 떠 갈 수 있도록 하고 있었다. 또한 인근에 거주하는 농부들을 위해 친환경 농작물 재배 방법과 마케팅 교육을 실시하고 직거래 장터를 열어 판매 기회를 주고 있었다. 학교가 추구하는 지속가능한 환경에 대한 철학을 학생들을 넘어 지역 주민에게까지 전파하고 있는 느낌이었다.

그리고 이곳에서 사용하는 모든 전기는 태양열을 이용한 자가 발전으로 매일 16kwh의 전기만 사용할 수 있었다. 또한 아이들의 놀이터나 시설물은 비행기 타이어 같은 재활용 소재를 활용하고 있어 곳곳에서 그린 스쿨의 친환경적 교육 철학을 엿볼 수 있었다. 그 교육 철학이 교육 과정, 교사진, 건물이나 프로그램 등 모든 것에 녹아 있다는 점이 인상적이었다. 이곳에서 교육을 받으며 자란 아이들이 어떤 어른이 될지 정말 궁금해졌고 모든 불편함을 감수하고도 아이를 이곳에서 키우고 싶어 하는 부모들의 마음이 이해할 수 있었다.

교실과 더불어 학생회관의 역할을 하고 'Heart of Green School' 건물에는 대나무 기둥에 기부자나 협력자들의 이름이 새겨져 있었는데 이름만 들어도 알만한 유명한 정치가나 환경 운동가, 과학자들이 많았다. 내가 방문했을 때도 침팬지 연구로 유명한 제인구달 (Jane Morris Goodal) 연구소와 생태 연구 프로젝트를 진행하고 있어서 대나무 기둥에 새겨진 '제인 구달'의 이름을 볼 수 있었다. 발리 시골의 이 작은 학교에서 세계적인 권위자들과 함께 공부를 할 수 있다는 것이 놀라웠고, 얼마나 많은 사람이 이 실험적인 대안 학교에 주목하고 있는지 짐작할 수 있었다.

보통 '친환경적 공간'이라 하면 약간의 불편을 감수해야 하며 위생적이지 않다는 느낌을 주곤 한다. 하지만 그린 스쿨의 모든 시설은 거침없는 자연 속에서도 매우 깨끗하고 정갈했다. 대나무로 만들어진 바닥과 책상들은 누군가 매일 반짝반짝 닦은 마냥 깨끗했고, 음악실에서 가지런히 걸려있는 전통 악기들도, 놀이터에 무심히 놓여 있는 장난감들도 깨끗했다.

이런 오픈된 교실에서 이 정도의 위생 상태를 유지하는 걸 보니 관리에 매우 힘쓰고 있다는 걸 짐작할 수 있었다. 심지어 대나무로 지어진 화장실조차 쾌적했다.

　가이드를 따라 걷다 보니 'School Chiken'이라고 쓰인 닭장이 나온다. 아이들이 닭을 키우고 싶다고 제안해서 만들게 된 닭장이라고 하는데 그 과정이 매우 독특했다. 학교에서 직접 닭장을 만들어 준 것이 아니라 로컬 투자자가 아이들에게 돈을 빌려줄 수 있도록 연결을 해줬다고 한다. 아이들은 직접 재료를 사서 닭장을 짓고 닭을 키우기 시작했다. 그리고 닭이 알을 낳기 시작하자 직거래 장터에서 달걀을 팔아 투자자에게 갚고 있다고 한다. 닭을 키우고 싶다는 작은 생각을 경제 교육까지 연결시킨 살아있는 교육인 것 같았다. 내 아이에게도 꼭 한번 써보고 싶은 방법이다. 다음에 토마토를 키우고 싶다고 하면 할머니에게 돈을 빌려서 씨앗을 사고, 나중에 수확해서 할머니에게 갚으라고 해봐야지.

투어의 마지막 장소에 이르면 공터에 덩그러니 놓인 커다란 크리스털이 보인다. 이렇게 큰 크리스털을 처음 본다. 딱 봐도 뭔가 신비로운 기운이 뿜어져 나올 거 같았고 그만큼 비쌀 것 같은 자태였다. 이 크리스털은 브라질에 있는 후원자가 선물로 보낸 것인데 아이들은 이 신비한 크리스털을 가운데 두고 방사형으로 앉아 요가 수업을 듣는다고 한다. 정말 '친환경 귀족학교' 라는 수식이 어울린다.

투어가 끝나자 상담을 원하는 사람들은 별도의 공간으로 안내되고 나는 굿즈를 파는 작은 가게로 들어갔다. 지역 소녀들이 가게에서 굿즈를 판매하고 있었는데 이 수익금도 전부 지역 주민들을 위한 교육 사업으로 쓰인다고 한다.

이곳의 일관적인 교육 철학과 시설에 감탄한 것은 사실이다. 하지만 중요한 것은 이 학교 자체가 아니라 나와 내 아이에게 맞는 곳인가 하는 점이다. 앞서 말했듯이 이 학교는 교육 철학, 커리큘럼, 시설 등 모든 면에서 일관된 친환경적 철학을 가르치고 있고, 아이뿐만 아니라 부모까지 포함한 커뮤니티 활동을 중요시하고 있다. 하지만 부모가 환경 문제에 큰 관심이 없는 상태에서 내 아이가 자연에서 영어를 배우길 바라는 마음으로 이 학교를 선택한다면 아이는 오히려 가치관에 혼란이 올 수도 있을 것이다.

EP.15 여행 같은 일상, 일상 같은 여행

우붓에서의 일정이 끝나갈수록 아쉬움이 커졌다. 이제야 막 우붓 생활에 적응이 된 것 같고 나름의 루틴도 생겼는데 말이다.

Y와 나는 처음 발리 여행을 계획하면서 하루에 한 번 꼭 마사지를 받자고 야무지게 약속했었다. 발리에서 오일 마사지 가격은 1시간에 80k~150k 정도로 커피 두 잔 정도의 가격이니 식음료 물가 대비 매우 저렴한 편이다. 한국인들이 선호하는 고급 마사지샵도 250~400k 정도이며, 고급 호텔에서도 400~800k 정도이니 한국과 비교하면 정말 저렴하다.

처음에는 투숙하는 호텔 내 SPA에서 한명씩 돌아가며 마사지를 받았고 나중에는 학교 근처 가까운 샵에서 마사지를 받았다. 하지만 아이들을 등원시키고 나서 요가를 하고, 마사지를 받고, 밥을 먹으면 이미 하교 시간이 되는 마법 같은 일이 벌어졌다. 오늘은 꼭 일을 좀 해야지 마음먹고 무거운 노트북을 이고 지고 다녔는데 정말 분주하게 움직여도 하교 시간은 꼭 그렇게 초고속으로 오고야 말았다. 그러다 보니 엄마들 스케줄에서 점점 마사지가 사라져 갔다. 그래서 나중에는 한 번을 받더라도 아주 만족스러운 마사지를 찾아 예약하게 되었다. 우리는 앞서 언급했던 카르사 스파, 푸트리 스파를 포함해서 구글 평점이 높은 곳을 찾아 원하는 시간을 예약했다.

이렇게 싼 곳부터 비싼 곳까지 다양한 마사지를 받고 나니 결국 시설은 별로 중요하지 않고 구글 평점보다도 나에게 맞는 마사지사가 가장 중요하다는 걸 알게 되었다. 그래서 나중에 사누르에 머무를 때는 집 가까운 곳에서 몇 개의 마사지샵을 돌아보고 나와 가장 잘 맞는 마사지사에게 고정적으로 받게 되었다.

사실 아이들이 학교에 간 뒤 가장 많이 했던 일은 '카페에서 가만히 있기'였다. 아침부터 분주하게 아이들을 먹이고 챙겨서 학교에 보내고 나면 아침부터 녹초가 되어서 아무런 의욕도 안 생길 때가 많았다. 그럴 때는 Y와 함께 논이 보이는 카페에 앉아 '아무것도 안 하기'를 했다. 핸드폰조차 보기 싫었다. 그렇게 아무것도 안 하다가 가끔 담소를 나누며 시간을 보내고 나면 아무것도 안 했어도 뭔가 채워진 느낌이었다. 지금도 우붓에서의 일상을 생각하면 요가도 다양한 액티비티도 아닌 '카페에서 가만히 있기'가 떠오른다.

부모는 육아를 하면서 나 자신을 잃어갈 때가 많다. 아무리 아이를 사랑한다고 하더라도 체력, 에너지, 열정 등 많은 것들이 소진된다. 누군가에게 온전한 사랑과 케어를 주는 것은 실로 어마어마한 일이라 나 자신이 소진될 수밖에 없는 것이다. 그럼에도 불구하고 그걸 즐겁게 받아드리고, 감내하고, 또 이렇게 소진될 수 있음에 감사하는 마음이 든다. 하지만 때로는 나 자신이 무엇을 원하고 어떤 사람인지조차 생각이 안 날 때가 있다. 작년에도 그런 헛헛한 마음에 명상을 배운 적이 있었는데, 그 시간을 통해 내 스스로를 채웠고 또다시 엄마로 돌아갈 힘을 모을 수 있었다.
우붓에서의 '아무것도 안 하기'는 일종의 명상 같은 시간이었다. 나는 아무것도 안 함으로써 무엇이든 할 수 있는 힘을 얻어오곤 했다.

우붓에서 우리가 가장 좋아했던 시간은 의외로 세탁물을 찾아오는 시간이었다. 이상하게도 세탁소만 다녀오면 기분이 좋아서 콧노래가 나오곤 했는데 Y도 똑같은 마음이었다. 저렴한 가격에 깨끗하고 정갈하게 포장된 세탁물을 건네받는 것만으로도 기분이 좋았지만 우리를 대하는 그들의 태도에 일종의 위안을 받는 느낌이었다.

관광업이 주 수입원인 발리는 현지인 물가와 외국인 물가가 공공연하게 이분화되어 있다. 유명 관광지에서는 공식적으로 현지인/외국인 입장료를 별도로 받기도 한다. 하지만 뽈랑이 스쿨 옆 세탁소에서는 모두에게 현지인 물가를 적용했고 그마저도 깎아주고 잔돈이 부족할 땐 외상도 해줬다. 그냥 그뿐이었다. 그들이 우리와 특별히 소통을 한 것도, 큰 친절을 베푼 것도 아니었다. 하지만 외국인에게 조금이라도 더 받으려고 하는 관광지에서 나에게 오히려 돈을 깎아주려고 하는 유일한 장소였고, 그 점에서 위안을 느낀 것이다. 나중에 뽈랑이 학부모들과 그 이야기를 하다 보니 모두들 비슷한 마음이었다며 서로 신기해한다. 사람 마음이 참 제각각 다르면서도 이렇게 비슷비슷하다.

TIP!

발리에서 세탁소 찾기

발리는 세탁소가 편의점처럼 많아서 길에서 어렵지 않게 찾을 수 있다. 보통 세탁물의 무게로 가격을 책정하는데 지역마다 가격이 천차만별이다. 가장 저렴한 곳은 우붓인데 kg당 10k였고, 사누르는 10k~20k, 스미냑과 길리는 25~30k, 호텔 서비스는 30~50k까지 다양하다. 또한 세탁물을 맡겼는데 좋은 옷들이 없어졌다는 경험담도 종종 들린다. 그래서 세탁소는 믿을 만한 곳에 고정적으로 맡기는 것이 좋다.

가장 쉬운 방법은 지인에게 추천받은 곳에 가서 그 사람과 동일한 가격을 받는 것이다. 나중에 사누르에서 머물 때 숙소 근처 세탁소에서 가격을 협상해서 저렴하게 이용한 적이 있는데, 그 후로 숙소에서 만난 한국인 이웃들은 내 소개로 동일한 가격을 받을 수 있었다.

소개받은 세탁소가 없다면 가까운 곳에 있는 세탁소를 찾아 가격을 비교해 보도록 하자. 세탁물이 쌓이면 꽤 무거우니 꼭 근거리로 단골을 정하는 것이 좋다. 구글에 'Laundry near me'라고 검색하면 내 주변의 세탁소가 나온다. 하지만 세가 비싼 도심에서는 일반 가게에서 세탁 서비스를 제공하는 곳이 많다. 예를 들어 기념품 가게 주인에게 세탁을 맡기면 자기 집에서 세탁을 해서 주는 것이다. 이런 경우 구글에 검색이 되지 않으니 가까운 곳을 한바퀴 돌면서 가격을 물어보는 것이 좋다. 세탁비가 생각보다 높을 경우에는 장기 숙박임을 강조하면서 가격을 협상해 보는 것도 좋다. 세탁물을 맡기기 전에 만약을 위해 미리 사진을 찍어 두는 것도 좋은 방법이다. 하지만 가장 좋은 방법은 비싼 옷을 맡기지 않는 것이다.

매번 세탁물을 가지고 나가는 것이 번거롭다면 세탁 배달 서비스를 이용할 수도 있다. 보통 세탁소보단 비싸고 호텔보단 저렴한 가격이지만 세탁물을 호텔까지 배달해주니 매우 편리하다. 이런 서비스를 제공하는 업체는 지역마다 있으니 구글에서 검색하면 쉽게 찾을 수 있다.

3주차에는 비자 연장을 위해 대행사와 이민국을 다녀오기도 했다. 여행 커뮤니티 카페에서 추천하는 후기 좋은 에이전시들이 있었는데 대부분 스미냑/창구 지역이라서 직접 가서 여권을 전달하거나 고센드(Gosend, 퀵서비스)를 이용해야 해서 분실의 위험도 있었다. 그래서 우붓에서 비자 에이전시를 찾아 인당 850k에 도착 비자를 연장했다.

이민국에 가기 위해 우진이를 학교에서 빨리 데리고 온 날이었다. 점심시간에

급하게 데리고 나오느라 식사를 못해서 학교 식당에서는 나뭇잎에 쌓여 있는 밥 한 덩어리와 카레를 포장해 주셨다. 하지만 나중에 열어보니 숟가락, 포크가 없어서 먹을 수가 없었다. 택시를 타고 50분쯤 달려 이민국에 도착하니 점심시간이라 문이 닫혀 있었고, 문 앞에서 벌써 많은 사람이 기다리고 있었다. 하지만 딱히 줄이 있는 건 아니라서 문이 열렸을 때 서둘러서 들어가니 얼마 기다리지 않아 우리 차례가 되었다. 간단하게 육하원칙 정도의 질문을 하고 사진을 찍은 뒤 심사가 끝났다. 우붓에 돌아오니 우리 둘 다 점심도 못 먹고 긴장하며 기다렸던 터라 식욕이 폭발했다. 자주 갔던 'PISON 카페'에서 먹고 싶은 음식들을 실컷 먹고 나니 살 것 같았다.

생각보다 이민국 일정이 너무 빨리 끝나서 이제 뭘 해야 할지 모르겠다. 무작정 가장 가까운 관광지를 찾아보니 몽키 포레스트였다. 이곳은 예전에도 한 번 와봤고 원숭이에게 물건을 뺏겼다는 경험담을 많이 들어서 아이와 갈 엄두가 안 나는 곳이었다. 하지만 이번에는 선택이 별로 없어서 방문하게 되었는데 입장권을 사서 안으로 들어가니 크고 작은 원숭이들이 종횡무진 다니고 있었고 곳곳에는 물건을 뺏기지 않도록 도와주는 직원들이 배치되어 있어 생각보다 안전했다. 하지만 이곳의 원숭이들은 왠지 매력이 없다. 야생 숲에서 만난 신비한 생명체 같은 느낌보다는 동물원에서 만난 길들여진 동물의 모습이었다. 게다가 공사 중인 구간이 많아 50% 정도만 오픈이 된 상태라서 공원 전체를 돌아보는 데 30분도 걸리지 않았다.

우붓에서 별 계획 없이 아이와 시간을 보내기란 쉬운 일이 아니다. 인도가 좁고 매연이 심해서 산책을 하기에 좋은 길이 아니고, 공원이나 놀이터는 당연히 없는 데다가 오후가 되면 수영하기엔 꽤나 쌀쌀해지기 때문이다. 이러고 있다가는 괜히 카페에 들어가서 핸드폰이나 쥐여주게 될 것 같았다. 그래도 오랜만에 아들과 단둘이 보내는 시간인데 뭔가 특별하게 보내고 싶었다.
그때 길 맞은편에 이발소(Barber Shop) 간판이 보였고 동시에 우진이의 더부룩

한 머리도 눈에 들어왔다. 한국에서 이발하고 온 지 한 달이 지났으니 머리카락이 많이 자라 있었다. 우리는 해외에서 헤어컷을 해본 적이 없었고 현지인만이 할 수 있는 특별한 경험인 것 같아서 망설이지 않고 들어갔다. 새로운 경험에 긴장이 되었는지 평소엔 엄청나게 까불던 우진이도 처음에는 점잖게 앉아 있었다. 하지만 시간이 길어지자 몸을 베베 꼬기 시작했다. 그도 그럴 듯이 이발사는 한 올 한 올 정성스럽게 소중한 것을 다루듯이 가위질을 하고 있어서 시간이 40분이나 걸린 것이다. 이발사의 장인 정신은 고마웠지만 까불이 7세에겐 어울리지 않을법한 고퀄리티였다. 차라리 내 머리를 그렇게 신경 써서 잘라주면 좋을 것 같아서 여자 머리도 가능하냐고 물어보니, 'We are barbershop!' (여긴 이발소야!)라고 하면서 칼같이 거절했다.

각자 아이들을 데리고 데이트를 하다가 Y 가족과 만나니 그렇게 반가울 수가 없었다. 아이들은 서로 무엇을 했는지 조잘거리고 어른들은 그새 밀린 대화를 풀어냈다. 다 함께 저녁을 먹는데 아이들이 누가 먼저랄 것도 없이 공책에 그림을 그린다. Y의 딸은 발리에서 본 바다와 숲을 그렸고, 우진이는 희귀하게 생긴 동물들을 그렸는데 힌두교의 신들이라고 설명한다. 숙소로 돌아오는 길에 아이들은 곳곳에 있는 사원이나 바닥에 놓인 짜낭에 대해 조잘조잘 설명한다. 발리에서 학교를 다닌 아이들답다. 아이들은 뭐하나 허투루 보는 것이 없다. 좋은 것도, 나쁜 것도, 특별한 것도, 평범한 것도 모두 눈과 마음에 담아서 하나하나 표현해 내는 아이들이 너무 사랑스러웠다. 발리를 흠뻑 즐겨줘서 고마웠다.

벌써 Y와 함께한 우붓에서의 3주가 지나갔다. 3주 동안 친구와 일거수일투족을 함께 했던 경험은 대학 이후 처음이었고 앞으로도 흔치 않을 것이다. Y와 지내는 동안 비록 애들 재우고 맥주 한잔하자는 약속을 한 번도 지키지 못했지만 벽 넘어에 Y가 있다는 사실만으로도 정말 든든하고 좋았다.

아이들은 함께 지내는 동안 서로 티격태격 경쟁하듯 싸운 적이 많았는데 막상 키즈 클럽에서 공격적인 아이가 옆에 오자 딱 붙어서 서로 챙기는 모습이 찐남매 같았다. 그렇게 가족처럼 함께했던 기억이 아이들에게도 특별한 경험이 되었을 거라 생각한다.

총 3주 일정으로 발리에 왔던 Y가 먼저 한국으로 가고 나니 그렇게 허전할 수가 없었다. 나는 Y가 머물렀던 방을 몇 번이나 들여다보며 서성였고, 금방이라도 Y의 딸이 '이모~'하며 나올 것 같았다. 함께 있던 자리에 남겨진 사람은 언제나 힘들다. 사실 Y와 제대로 맥주 한잔 못한 것이 가장 아쉬웠다. 애들 재우고 만나자며 매일같이 얘기했지만 항상 아이들 재우다가 함께 잠들어버려서 맥주 한잔을 못 마시고 Y를 보냈다. 이 아쉬움은 한국에서 만나 곱창에 소주로 풀자고 약속했지만 또 아이를 키우며 지내다 보면 그게 쉽지 않다는 걸 알기에 더 아쉽기만 하다.

Y가 가던 날 내가 물었다.

"내가 또 발리에 가자고 하면 같이 갈 거야?"

"응, 갈래." Y가 망설이지 않고 대답해줘서 고마웠다.

언젠가 아이들과 함께 다시 한번 오자, 또 언젠가는 어느새 커버린 아이들을 두고 우리끼리 다시 오자.

또 발리에서 보자. 🖋

TIP!

도착비자(VOA) 연장하기

코로나 전에는 발리 공항에서 30일 무비자를 받을 수 있었다. 하지만 코로나 이후에는 무비자가 없어져서 인당 500k를 지불하고 도착비자 (Visa of Arrival)를 받아야 한다. 도착 비자는 기본적으로 30일 동안 체류가 가능하고, 1회 연장으로 총 60일 체류가 가능하다. 비자 연장 시에는 개인이 서류를 작성해서 신청할 수도 있지만 이민국에 3번이나 가야 해서 매우 번거롭고 금액도 크게 절약되지 않는다. 그래서 대부분 비자 에이전시를 통해 연장을 진행하게 되는데 가격은 인당 800k~1,000k이고 사진과 간단한 인터뷰를 위해 직접 이민국에 한 번 방문해야 한다. 비자를 신청할 때 체류중인 지역을 기준으로 방문해야 하는 이민국이 달라지기 때문에 이민국의 위치를 꼭 확인하도록 하자.

보통 여권을 맡기고 3~4일이 지나면 에이전시 직원이 왓츠앱으로 이민국 방문 날짜를 보내준다. 이민국은 보통 오후 2시까지만 업무를 하기 때문에 그 시간 내로 방문해서 사진을 찍고 간단한 인터뷰를 진행해야 한다. 그 후에 에이전시에서 연락이 오면 여권을 찾으러 에이전시에 방문하면 된다. 이민국에서 3~4 시간을 기다렸다는 후기도 있지만 보통은 1~2시간 정도 기다린다. 그래도 아이들에게는 지루한 시간일 테니 '시간 때우기 아이템'을 챙겨가면 좋다.

#3 누사두아, 스미낙,
길러에서 여행자처럼...

Created by Younkyung and AI

EP.16 누사두아에서 다시 만난 아빠

뻘랑이 여름 캠프가 끝나고 우리는 누사두아로 갔다. 누사두아는 제주도의 중문 관광단지처럼 관광객 유치를 위해 조성된 호텔 단지로 유명 체인 호텔들이 동부 해안을 따라 이어져 있어 신혼 여행객이나 가족 여행객들에게 인기가 많은 곳이다. 누사두아에 오니 이제야 발리가 관광지라는 것이 실감이 났다. 우붓에서 수영을 마음껏 못했던 것이 아쉬워서 누사두아에 오자마자 수영장으로 직행했다. 아침부터 저녁까지 수영장과 키즈클럽, 바닷가를 오가면서 나도, 우진이도 모처럼 휴양지에 온 것 같은 하루를 보냈다.

다음 날 아침, 우진이가 눈을 뜨자마자 소리를 지른다. "아빠!! 아빠다!!!!"
남편이 왔다. 3주 만에 보는 남편인데 3년 만에 보는 기분이다. 남편은 항상 야근이 많아서 아이가 잠자리에 들 시간에 집에 오는 일이 많았다. 그래서 해외에 아이와 둘이 있어도 육아 강도에는 별 차이가 없을 줄 알았는데 막상 남편 없이 지내다 보니 남편이 그동안 얼마나 의지가 되는 존재였는지 새삼 느꼈다.
남편도 그랬을 것이다. 처음 며칠은 갑자기 총각 때로 돌아간 것처럼 편했을 것이다. 어쩌면 진정한 방학은 우리가 아니라 남편이었을 지도…. 하지만 시간이 지날수록 퇴근 후에 집에 돌아오면 허전한 마음이 컸을 것이고 금방이라도 우진이가 '아빠~' 하면서 뛰어나올 것 같은 기분이 들었을 것이다. 결혼 후 이렇게 오랜 시간 떨어져 보긴 처음이었는데 남편에 대한 소중함과 애틋함이 생기는 것 같았다. 그래서인지 남편이 발리에 오는 날이 그렇게 기다려질 수가 없었다.

뻘랑이 캠프 마지막 주에 호텔에서 조식을 먹다가 우진이가 갑자기 슬픈 표정으로 '이 식탁에 아빠가 같이 앉아 있다고 생각하면 눈물이 날 것 같아'라고 말한 적이 있다. 아이도 아빠와 오랫동안 떨어져 있으니 너무 보고 싶었나 보다. 우진이는 아빠를 눈앞에 두고도 믿기지 않는다는 것처럼 만져도 보고 안아도 본다. 남편도 오랜만에 보는 아들의 모습에 눈에서 꿀이 떨어진다. 괜히 애틋한 부자를 생이별시킨 것 같아서 미안한 마음도 들었다.

요즘 엄마와 아이가 한 달 살기에 도전하는 가족이 많아졌지만 사실 가장 좋은 것은 온 가족이 함께 여행하는 것임을 누가 모르겠는가....나야 회사를 그만두고 프리랜서로 활동하면서 비교적 자유로워졌지만, 회사에 다니는 남편은 여름 휴가를 2주 동안 쓰고 발리에 온 것도 엄청난 도전이었다. 코로나 시대를 겪으면서 회사 근무 형태가 유연해졌다고는 하지만 아직 외국에 비하면 한국의 근무 형태는 보수적인 편이다.

발리에서 만난 가족 중에는 온 가족이 함께 한 달, 혹은 몇 달 동안 장기체류하는 경우가 종종 있었다. 한국인들은 주로 아빠가 육아 휴직을 쓰거나 이직을 위해 쉬는 동안 가족과 해외 생활에 도전한 케이스가 많았다. 하지만 서양인들은 노트북을 가지고 다니며 재택근무를 하거나 온라인으로 강의를 하면서 발리에 체류하기도 했다. 이러한 방식의 근무가 가능하다면 잠깐의 여행이 아닌 장기적인 해외 체류가 가능하게 될 것이다. 앞으로 좀 더 다양한 근무 형태가 보편화되어서 한국 가족들도 '엄마와 아이가' 아닌 '온전한 가족'이 함께 해외 체류를 경험할 기회가 많아졌으면 좋겠다.

남편이 오니 많은 것이 달라졌다. 일단 어깨가 가벼워졌다. 지난 3주 동안 모든 비상용품들을 가방에 넣고 다녀서 밤마다 어깨와 허리가 아팠는데, 가방을 메고 있으면 어디에선가 쓱~ 가방을 가져가는 착한 손이 나타난다. 그리고 마음도 가벼워졌다. 우진이는 아빠에게 딱 달라붙어서 그동안의 회포를 푸느라 엄마를 찾지 않았다. 수영장에서 아빠와 노는 아이를 보면서 선베드에 누워 맥주를 마시니 천국이 따로 없었다. 육아를 하면서 최고의 순간은 '남편과 아이가 내 눈앞에서 행복하게 놀면서 날 부르지 않을 때'라고 말하던 친구의 말이 떠올랐다. 눈에 안 보이면 불안하고 계속 불러대면 힘드니까 이 말이 정답인 거 같다.

누사두아는 가족 여행객들에게 최적화된 곳이다. 결혼 전 발리에 왔을 때만 해도 '이런 고급 호텔 단지에 오려면 왜 굳이 발리까지 오는 거지?'라고 생각했었다. 힙한 스미냑이나 웅장한 자연이 있는 우붓에 비해 누사두아는 발리 특유의 정취가 부족했기 때문이다. 하지만 아이 동반 가족에게 누사두아는 천국이나 다름없었다. 이유는 간단하다. 호텔 시설이 좋고, 넓은 수영장이 있고, 바다가 바로 앞에 있고, 키즈클럽이 있다. 아이도 좋아하고 부모도 모처럼 휴양지 기분을 느낄 수 있는 유일한 곳이다. 하지만 누사두아에서 장기 체류하는 여행객은 없다. 고급 호텔 단지인 만큼 가격이 비싸고 호텔 중심으로 조성된 단지라서 일반적인 생활 편의 시설이 부족하기 때문이다. 발리에서 한 달 살기를 하는 가족들은 보통 사누르, 스미냑/창구, 우붓에 체류하면서 주말여행으로 이곳을 찾곤 한다. 우리는 두 달 살기를 하고 있었지만 남편에게는 여름 휴가였기 때문에 이번에는 누사두아에서 남편과의 여행을 시작하기로 했다.

2019년 이후 처음 방문한 누사두아는 발리의 어느 지역보다도 코로나의 영향이 큰 것 같았다. 다른 지역들은 관광객의 발길이 끊겼어도 장기 거주하는 외국인들이 많아 명맥을 유지할 수 있었는데, 관광객을 위해 조성된 누사두아는 코로나 기간 동안 직격탄을 맞았다. 누사두아 중심에 있는 대형 쇼핑몰 '발리 컬렉션(Bali Collection)'이 문을 닫았고 근처 음식점들도 거의 없어졌다. 해변 산책길은 파도에 부서진 채 보수되지 않고 있었다. 호텔 역시 지난 3년간 투숙객이 거의 없는 상황이어서 재정적으로 힘들었을 것이다. 하지만 대부분 글로벌 브랜드 호텔이라 투숙객이 없어도 재정적으로 유지가 가능하고 본사의 매뉴얼대로 꾸준히 관리를 하고 있었기 때문에 우붓의 작은 호텔들처럼 상태가 나쁘지는 않았다. 이번에 우리가 방문했을 때는 아직 호텔비가 코로나 전으로 회복되지 않아서 비교적 저렴한 비용으로 고급 호텔에서 투숙할 수 있었다.

누사두아에서 우리 가족은 조식을 먹고 수영하고 키즈클럽에 가고 바다를 산책하며 하루를 보냈다. 그러다 지루해지면 바다를 따라 이어진 다른 호텔들을 구경하러 가기도 했다. 리조트에서 운영하는 요가, 바이크, 아쿠아로빅 등 액티비티에 참여하기도 했고 매일 똑같은 식사가 지루할 때면 택시를 타고 근처 식당에 나가기도 했다. 처음부터 우리 셋이 함께 누사두아에 왔다면 조금 지루했을 수도 있었는데 오랜만에 만나서인지 편한 공간에서 서로의 소중함을 느낄 수 있는 시간이었다. 우진이는 지금도 발리를 생각하면 누사두아가 제일 좋았다고 말한다. 아빠와 함께한 시간이 좋아서인지 호텔이 좋아서인지는 모르겠다. 🖋

TIP!

누사두아 백배 즐기기

누사두아에서는 호텔 내부 시설과 액티비티를 즐기는 거 외에 할 수 있는 것이 많지 않다. 예전에는 누사두아 중심에 대형 쇼핑몰인 발리 컬렉션이 있어서 식사와 쇼핑을 즐길 수 있었는데 코로나 이후에는 거의 폐업하고 몇 개의 매장만이 남아 있다. 하지만 누사두아 호텔 단지를 조금만 벗어나면 맛있는 음식점과 호텔보다 저렴한 마사지샵들이 나온다.

누사두아는 발리의 다른 지역에 비해 도보가 잘 정비되어 있지만 주요 시설들이 한곳에 모여 있지 않아서 도보로 이동하는 것은 다소 어렵다. 고젝이나 그랩 택시를 호텔 로비까지 부를 수도 있고 호텔에 요청해서 택시를 부를 수도 있으니 가까운 거리라도 택시를 타고 이동하는 것이 좋다.

우리는 누사두아에 머무는 동안 종종 외부에 나가서 식사를 했는데 호텔 음식보다 저렴한 것은 물론이고 우붓이나 스미냑의 음식점보다 더 만족스러운 적도 있었다. 특히 미스터 밥 앤 그릴 (Mr. Bob Bar and Grill)에서 먹은 폭립과 와룽 바비굴링 사리 데위 (Warung Babi Guling Sari Dewi Bp. Dobil)에서 먹은 바비굴링*이 아주 맛있었다. 그리고 호텔에서 추천해준 루마 커피 잔구노 (Rumah Kopi Jan Guno)의 브런치와 커피도 아주 만족스러웠다.

* 바비굴링 (Babi guling) : 통 돼지에 고추, 생강, 마늘, 코코넛 기름 등이 향신료를 넣고 오랜 시간 구워서 만든 발리의 대표적인 음식으로, 돼지 통구이를 부위별로 썰어서 겉바속촉한 고기와 밥, 반찬 등을 함께 먹는다. 한국인에게는 호불호가 있어서 이것을 아주 즐겨 먹는 사람도 있고 특유의 냄새를 싫어하는 사람도 있다.

사실 사람마다 취향과 입맛이 다르고 발리에는 맛있는 음식점들이 넘쳐나기 때문에 이 책에서는 되도록 음식점을 소개하지 않으려고 했다. 하지만 누사두아의 음식점을 소개하는 이유는 이곳에 다른 옵션이 없다고 생각해서 호텔에서만 식사를 해결하는 여행자들이 많기 때문이다. 관광객이 많은 해안가 근처보다 현지인, 또는 장기 체류자가 주로 방문하는 내륙 근처에 맛있는 음식점이 꽤 있었다. 하지만 누사두아는 코로나 여파로 폐업한 음식점이 많은 지역이기 때문에 방문 전 구글에서 영업 여부를 꼭 확인해야 한다.

누사두아에서 한식이 먹고 싶다면 호텔 내로 배달을 시킬 수도 있다. 아이들이 있는 집에서는 한 끼라도 한식으로 먹이고 싶어서 한국에서 가져온 햇반과 레토르트 국으로 식사를 하는 경우가 있다. 우리는 누사두아에 머물 때 지인의 추천을 받아 한식당 꼬끼 (Koki Nusadua)에서 반찬을 주문해 먹었는데 호텔 음식에 질렸을 때 가뭄의 단비 같은 한국 음식이었다.

누사두아의 고급 호텔은 대부분 프라이빗 해변이 있기 때문에 자체 액티비티 프로그램을 제공하고 있다. 하지만 가격이 비싸고 액티비티 종류도 한정적이기 때문에 수상 스포츠를 좋아하는 사람이라면 전문 센터를 찾아보는 것도 좋다. 수상 스포츠 센터는 대부분 누사두아의 북쪽에 위치하며 제트스키, 패러세일링, 바나나보트, 스노클링, 씨워킹 등의 액티비티를 즐길 수 있다. 구글에서 'Water Sports Nusadua'를 검색하면 여러 업체가 나올 것이다. 그중에서 내가 원하는 액티비티를 찾아 리뷰를 살펴보도록 하자.

일반적으로 연안 바다는 수중 시야가 깨끗하지 않아 스노클링, 씨워킹 등의 액티비티들은 만족도가 낮은 편이니 참고하도록 하자. 또한 누사두아 북쪽에 위치한 거북이섬(Turtle Island)을 돌아보고 갓 부화된 새끼 거북이를 방생하는 프로그램에도 참여할 수 있다. 거북이섬은 육지와 연결되어 있어 택시로도 이동이 가능하기 때문에 꼭 전문 센터의 프로그램을 이용하지 않더라도 누사두아나 사누르에서 쉽게 방문할 수 있다.

골프를 즐기는 사람이라면 누사두아에 위치한 발리 내셔널 골프 클럽 (Bali National Golf Club)에 방문해보자. 이곳은 18홀 코스와 빌라, 레스토랑 등의 시설을 갖추고 있으며 발리에서 가장 인기 있는 골프장 중 하나이다. 코스 거리가 긴 편은 아니지만 전체적으로 관리가 잘 되어 있고 코스 자체도 다이나믹해서 골프 마니아들에게 인기가 많다. 하지만 초보자들에게는 다소 난이도가 높다고 하니 중급자 이상의 골퍼들이 방문하기에 좋을 것이다. 해 질 무렵 페어웨이 잔디 풍경이 매우 아름다운 것으로 유명하지만 바다가 보이지 않는다는 단점도 있다. 점심 이후에는 날씨가 매우 더워져서 힘들 수 있으니 꼭 오전 타임을 예약하도록 하자.

호텔 스파에서의 마사지가 가격만 높고 만족스럽지 못했다면 인근 마사지샵을 이용해 보는 것도 좋을 것이다. 누사두아에서 내륙 방향으로 나가면 대형 마사지 샵을 찾을 수 있다. 인근 시설은 대부분 현지인이 운영하는 로컬 마사지샵이고, 럭셔리한 시설을 원한다면 한국인이 운영하는 로즈힐 스파 (Rosehill Spa)에 방문하는 것도 좋다. 현지 물가 대비 가격이 저렴하진 않지만 누사두아 호텔 내 무료 픽드랍을 제공해 주며 한국돈으로 계좌 이체도 가능하다. 또한 2시간 이상 마사지를 받으면 무료로 공항까지 태워다 주는 서비스도 제공하니 마지막 날 귀국 전에 들러서 여독을 풀고 가기에 좋다.

EP. 17 힙스터 성지, 스미냑의 흥망성쇠

발리 여행 카페에서 가장 많이 올라오는 질문은 '발리로 휴가가는데 일정 좀 봐주세요!' 일 것이다. 한 달 이상 머무는 여행자들은 여기저기 다 가보면 되지만 체류 기간이 짧은 여행자들은 가장 만족도가 높은 지역과 멋진 숙소를 고르느라 분주하다. 특히 발리는 지역별 특성이 뚜렷하고 멋진 숙소가 많으며 단체 패키지 상품이 적기 때문에 일정을 스스로 짜야 하는 부담이 큰 여행지다.

발리가 처음 관광지로 개발되었을 때만 해도 여행객들은 주로 사누르나 누사두아가 있는 동부 해안을 방문했다. 하지만 트랜드가 서쪽으로 옮겨가면서 서핑족과 배낭 여행자들을 위한 쿠따, 세련된 라이프스타일을 즐기는 사람들을 위한 스미냑, 장기 체류자들을 위한 창구 지역으로 여행객이 몰리기 시작했다.

내가 처음 발리에 갔던 2010년만 해도 젊은 배낭 여행객들은 쿠따, 여유 있는 여행자들은 스미냑으로 가곤 했었다. 그때 나는 막 '대리' 진급을 한 4년 차 직장인이었는데 날마다 반복되는 생활에 염증을 느끼고 있었다. 그래서 옛날의 추억을 되살리기 위해 배낭여행 스피릿으로 쿠따에 갔다. 거기에서 낮에는 서핑을 배우고 밤에는 세계 각국에서 온 서퍼들과 만나며 배낭여행자처럼 지냈다. 그러다 서핑 강사의 권유로 스미냑으로 숙소를 옮기게 되었는데 쿠따보다 비싸긴 했지만 쾌적했고 마음이 편했다. 그때 이제 내 인생에 배낭여행은 없을 거라는 생각이 들었다. 이제 더 이상 배낭 여행에서 자유도, 즐거움도 느끼지 못했고 오히려 몸과 마음이 불편하고 안전하지 못하다는 생각에 사로잡혔기 때문이다. 나이 탓인지 돈을 벌고 눈이 높아진 탓인지 모르겠지만 어쨌든 그것이 마지막 배낭 여행이었다. 그 뒤로 발리에 올 때마다 스미냑에 머물곤 했는데 시간이 지날수록 스미냑은 너무 상업화되어서 동남아의 흔한 관광지와 비슷해졌고 길거리는 호객하는 장사꾼들과 술 취한 청춘들로 가득해졌다. 예전의 세련되고 발리스러운 정취는 창구 지역으로 옮겨간 것 같았다.

하지만 창구는 인도가 없고 교통이 불편해서 우리는 이번에 스미냑에 머물기로 결정했고 도보로 중심지까지 이동 가능한 작은 풀빌라를 예약했다. 스미냑은 발리 내에서도 가성비 좋은 풀빌라들이 많은 지역이다. 반대로 대형 체인 호텔들이 별로 없기 때문에 누사두아에 비해 대형 체인 호텔의 가격이 비싼 편이다. 그래서 나는 누사두아에서는 대형 체인 호텔에 묵으면서 호텔 시설들을 실컷 누리고, 스미냑에서는 저렴한 가격으로 풀빌라에서 머무는 것을 선호한다. 이번 여행에서도 풀빌라에서 프라이빗한 가족 시간을 보내고 가끔 비치 클럽에 가서 스미냑의 힙한 분위기를 즐기려고 했다. 하지만 남편과 우진이는 숙소에서 거의 나오질 않았고, 나는 숙소 내 세탁기를 발견하고는 하루 종일 빨래를 돌리며 시간을 보냈다. 호텔을 떠나 빌라에 오니 뭔가 집 같은 기분이 들어서인지 일상으로 돌아간 기분이 들었다.

그래도 스미냑에 왔으니 꼭 가봐야 할 곳들이 있었다. 발리에 왔을 때마다 갔던 추억의 장소, 울티모(Ultimo), 쿠데타(Kudeta), 메티스(Metis) 였다.

울티모는 스미냑 메인 거리에 있는 캐주얼 다이닝으로 파스타와 스파게티를 실컷 먹어도 한화로 만 원을 지불하고 나오던 맛집이었다. 웨이팅이 긴 단점은 있었지만 음식이 아주 맛있었고 저녁에는 라이브 공연까지 있어서 스미냑 최고의 가성비 맛집이었다. 나는 처음 발리에 왔을 때 서핑 선생님의 추천으로 이 집에서 알리오 올리오 스파게티를 먹었는데, 마늘과 올리브 오일밖에 안 넣은 그 밋밋한 요리가 이토록 맛있을 수 있다는 걸 처음 알았다. 결혼 후에도 알리오 올리오를 먹을 때마다 남편에게 울티모 이야기를 하곤 했는데, 나중에 같이 와서 먹어보더니 입맛 까다로운 남편조차 감탄했었다. 그리고 그것은 우리 아이의 첫 알리오 올리오가 되기도 했다. 늘 달콤한 토마토소스 스파게티만 먹던 아이가 좋아할지 궁금했는데 다행히 아이의 입맛에도 맞았는지 한 그릇을 뚝딱 비웠던 4살 우진이가 떠오른다. 그렇게 울티모는 우리 가족에게 특별한 추억이 있는 곳이었다.

우리는 울티모를 빼놓고 스미냑을 얘기할 수가 없었다. 코로나가 한창일 때 울티모가 휴업했다고 들었는데 이번에 근처 건물로 확장 이전을 했다는 소식을 듣고 반가운 마음에 찾아 갔다. 예전보다 더 넓어진 2층 건물로 분위기나 종업원들의 복장이 더 세련되진 것 같았지만, 예전과 다르게 고급 레스토랑에서 볼 수 있는 가격을 보고 낙심했다. 추억이라도 떠올리려고 알리오 올리오를 시키니 왕새우가 들어가고 가격이 네 배가 되어 있었다. 결국 어디에서나 먹을 수 있는 평범한 프라운 알리오 올리오와 스테이크, 피자, 음료수를 거의 1,000k나 주고 먹으면서 마음이 씁쓸했다. 달라지지 않은 건 이름밖에 없었다. 추억이 사라진 기분이었다.

[예전의 울티모]　　　　　[지금의 울티모]

그래도 쿠데타가 남아 있어서 다행이었다. 쿠데타는 2010년 처음 발리에 왔을 때 그 당시 가장 인기가 많은 비치 클럽이었는데, 지금은 스미냑-창구 지역에 워낙 세련되고 시설 좋은 대형 비치 클럽들이 많이 생겨서 약간 구식이 된 느낌이었다. 처음 쿠데타에 왔을 때 바다 앞에 펼쳐진 베드에 누워 라운지 음악을 들으니 모든 스트레스가 소각되는 기분이었다. 삶이 이렇게 즐거운 건데 내가 왜 스트레스에 짓눌려 살고 있었을까.. 모든 것이 선명해지는 것 같았다. 만약 결혼을 하게 된다면 쿠데타에서 하고 싶다고 생각했던 것도 같다.

친구들과 발리에 왔을 때는 도착하자마자 쿠데타부터 갔다. 일단 샴페인 한 병을 시켜 우리가 발리에 있음을 만끽하고 저녁내내 못다한 속내를 풀어냈다. 나중에 아이와 함께 왔을 때도 쿠데타만큼은 마음껏 즐기고 싶어서 유모차를 끌고 주변을 하염없이 돌며 아이를 재우고 들어갔었다. 고맙게도 쿠데타는 여전했다. 원래 비싸서인지 가격도 많이 안 올랐고, 분위기도 음악도 모두 그 모습 그대로였다. 이제 아이도 제법 즐길 수 있는 나이가 되어 함께 바다와 음악, 석양과 발리를 즐겼다.

이 지역에 오면 꼭 가는 마지막 장소는 프랑스 캐주얼 다이닝인 메티스였다. 그곳은 불교와 연꽃을 테마로 아주 고급스럽고 모던한 인테리어가 인상적인 곳이었다. 마치 현대식 선사에 온 것 같은 분위기였는데, 섹시미가 넘치는 라운지 음악이 둠칫둠칫 퍼져서 왠지 부처님께 혼날 것 같은 기분마저 들었다. 이곳은 인테리어와는 다르게 프랑스 요리를 선보이고 있었는데 거위에겐 미안하지만 푸아그라가 아주 일품이었다. 나는 이곳에 올 때마다 스테이크, 푸아그라 등 다양한 요리를 주문해봤는데 한 번도 실패한 적이 없었다. 하지만 이번에 예약을 하려고 인터넷을 찾아보니 '휴업'이라는 글자가 보인다. 친구를 잃은 것처럼 속이 상했다. 🖋

TIP!

스미냑-창구의 비치 클럽 소개

1) 포테이토 헤드(Potato Head)

바다를 배경으로 인피니티 수영장이 펼쳐지고 수려한 디제잉 음악을 선보이는 스미냑의 랜드마크 비치클럽으로, 데이베드 예약이 선착순이라서 오픈 전 줄을 서야 하는 번거로움이 있음에도 매일 많은 사람이 찾는 곳이다. 입장료는 없으나 베드마다 미니멈 차지가 있다. 비치 클럽에서 수영장과 바다를 오가며 하루 종일 놀 수 있고 음식 만족도가 높은 편이다. 포테이토 헤드에서 운영하는 숙소 카타마마에 머무르면 투숙객 전용 공간에서 좀 더 조용하게 즐길 수도 있다. 2019년에 아이를 데리고 방문했을 때 수영장에서 아이와 놀고 싶었지만 젊은 서양 남녀들이 풀바에서 칵테일을 마시는 분위기라서 아이와 함께 즐길 수가 없어 아쉬웠다. 하지만 음식은 아이들 입맛에도 잘 맞았고 석양도 아름다워서 만족스러웠다.

2) 라브리사 (La Brisa)

창구에 있는 비치클럽으로 조명이 예쁘고 분위기가 좋아서 연인들끼리 방문하기 좋은 곳이다. 홈페이지에서 베드를 예약할 수 있어 기다리지 않고 들어갈 수 있다. 이곳은 베드보다 빈백이나 일반 테이블이 더 많고, 코로나 이전에는 밤이 되면 테이블이 사라지고 스탠딩 클럽으로 변신했는데 코로나 이후에는 저녁 시간에도 낮 시간과 동일하게 운영되고 있다. 미니멈 차지 없이 편하게 음료나 단품을 즐길 수 있는 좌석이 많고 음식 가격도 다른 비치 클럽에 비해 저렴한 편이라 석양만 보려고 잠시 들러도 좋을 것이다. 하지만 창구 지역의 비치클럽은 택시가 안 잡히기로 유명하므로 꼭 돌아갈 교통수단을 확보해 놓는 것이 좋다. 나 역시 택시가 안 잡혀 유모차를 끌고 1시간 동안 인도 없는 밤거리를 헤매며 숙소에 돌아간 적이 있다.

* 업체 제공 사진

3) 핀스 비치클럽 (Finns Beach Club)

창구에 있는 비치클럽으로 이 지역에서 가장 크고 사람이 많다. 입장료는 없지만 베드마다 미니멈 차지가 있어 홈페이지에서 미리 예약을 해야 한다. 수영장은 VIP와 일반 존으로 나누어 운영되고 VIP존의 사람이 적은 편이다. 그리고 베드 예약 시 미니멈 차지를 채우지 못하면 음식이나 와인으로 포장도 가능하다. 핀스는 가격이 비싸지만 만족도가 높은 비치 클럽으로 연인과 가족 모두에게 어울리는 분위기이다. 하지만 베드 미니멈 차지가 비싼 편이라 아이 동반 시 망설여지는 곳이기도 하다. 아이와 함께 가면 아이의 컨디션과 날씨, 분위기에 따라 일찍 돌아가는 변수가 종종 생기기 때문에 비싼 예약금을 걸기가 부담스럽기 때문이다. 하지만 현장 입장(Walk-in)으로 입장해서 대기 후에 무료 좌석을 안내받을 수도 있기 때문에 아이를 동반하는 가족들은 사람이 많은 일몰 시간대를 피해 방문해 보는 것이 좋을 것이다. 다만 이곳 역시 귀가 시 택시가 잘 안 잡히므로 숙소로 돌아가는 교통수단을 확보해 놓는 것이 좋다.

* 업체 제공 사진

4) 아틀라스 비치 페스트 (Atlas Beach Fest)

2022년 여름에 새로 오픈한 비치클럽으로 동남아시아에서 가장 큰 규모이다. 베드는 위치마다 미니멈 차지가 다르고 홈페이지에서 예약이 가능하며, 다른 비치 클럽과 다르게 입장료가 있다. (200k) 발리의 비치클럽은 대부분 3시 이전 입장 시 베드 미니멈 차지를 할인해 주는데, 아틀라스는 할인율이 50%로 매우 큰 편이다. 다만 이벤트가 있는 날은 할인이 없으니 미리 홈페이지를 확인해 보도록 하자. 내부에는 쇼핑몰처럼 옷 가게와 푸드 코트가 있고 엔터테이닝 시설이 많아서 마치 우리나라의 워터파크처럼 가족들이 편하게 즐길 수 있는 분위기이다. 또한 음식 종류가 다양하고 신축이라 시설이 쾌적하다.

E.P.18 배낭 여행자의 성지에서
가족형 레저 공간이 된 쿠따

사실 쿠따는 나에게 배낭여행자들이 장기로 머무는 카오산 로드˙같은 곳으로 남아 있다. 자유로움을 추구하는 서퍼들이 낮에는 바다에서, 밤에는 클럽에서 젊음을 방치하듯 즐기는 곳이랄까, 처음에는 그런 자유로운 분위기가 좋아서 쿠따에 가곤 했지만 나중에는 무질서하고 위험해 보이는 느낌을 받아서 언젠가부터 가지 않게 된 곳이었다.

이번 발리 여행 전에 앞서 방문한 지인에게 물어보니 '쿠따는 코로나 이후로 해변 쇼핑몰 쪽을 제외하고는 거의 폐허가 되었다고' 말했다. 코로나 전에도 상권이 천천히 스미냑-창구로 이동하고 있었고, 코로나의 여파로 배낭여행자들이 유입되지 않자 상가와 숙소들도 하나씩 사라지게 되었다. 하지만 쿠따의 해변은 여전히 매력적이고 그 해변을 따라 유명 체인 호텔들이 여전히 건재한 까닭에 해안가를 중심으로 쿠따의 상권이 다시 일어나고 있었다. 그 중심이 바로 '비치워크 쇼핑센터(Beachwalk Shopping Center)'이다.

사실 발리에서 대형 쇼핑몰은 찾아보기가 힘들다. 예전에 쿠따가 한창 전성기를 누릴 때 그 중심에 '디스커버리몰(Discovery Mall Bali)'이 있었고, 스미냑으로 상권이 이동했을 때는 '스미냑 빌리지(Seminyak Village)'가 생겼다. 하지만 모두 우리나라의 쇼핑몰에 비하면 작은 규모로 역세권 상가 정도라고 생각하면 된다. 이 외에도 누사두아와 짐바란의 호텔 근처에도 발리 컬렉션(Bali Collection)과 사마스타(Samasta Lifestyle Village)가 있지만 규모가 작은 편이다. 그나마 대형 쇼핑몰이라고 부를 만한 곳은 공항 근처의 몰 발리 갤러리아(Mal Bali Galeria)인데 여행객들이 체류하는 곳이 아니라서 쉽게 방문할 순 없다.

* 카오산 로드 (Khaosan Road) : 태국의 수도 방콕에 위치한 배낭여행자들의 성지

그런 의미에서 비치워크는 숙박 시설과 관광지가 모두 근처에 있어 여행자들이 가장 편하게 이용할 수 있는 쇼핑몰이 되었다. 실제로 코로나 기간에 방문했을 때 발리 어디에서도 경험하지 못한 온도 체크와 마스크 착용을 처음으로 권유받았다. 게다가 한국에도 갓 상륙한 '아라비카 커피(Arabica% Coffee) 매장이 있으니 입점 브랜드 관리는 물론이고 위생까지 철저하게 신경 쓰고 있는 느낌을 받았다.

비치워크와 더불어 쿠따에 다시 활기를 불어넣어 준 공신은 '워터봄(Water bom)'이다. 워터봄은 예전부터 있었지만 비치워크가 생기고 근처에 키즈 프랜들리 호텔이 많이 들어서면서 시너지를 내기 시작했다.

우리는 스미냑에 머물면서 우진이를 데리고 종종 쿠따에 갔다. 비치워크에서 바다도 즐기고 맛있는 음식도 먹으면서 돌아다니면 금세 반나절이 지나곤 했다. 하지만 비치워크에서 의외로 쇼핑은 안 하게 되었는데 거의 우리나라에도 있는 브랜드인데다가 가격은 더 비쌌기 때문이다. 처음에는 쿠따에서 우진이와 함께 가족 서핑 레슨을 받으려고 했다. 하지만 여행 카페에서 읽은 후기 중에 서핑을 하다 오염된 바닷물을 먹고 응급실에 갔다는 경험담이 많아 시도해 볼 엄두가 나지 않았다. 지난 번 식중독 사건 이후 아이의 건강에 대해 극도로 예민해져 있던 터라 아쉽지만 마음을 접었다.

나는 20대부터 스쿠버다이빙을 즐겼던 터라 물에 대한 공포가 별로 없어서 발리에 처음 왔을 때 망설이지 않고 서핑 스쿨에 등록했다. 하지만 첫 이틀 수업을 마치고 서핑은 내 취향이 아님을 깨달았다. 예측 불가능한 파도가 무서웠고 바닷물을 먹어가며 힘차게 손을 저어 파도를 향해 나아가는 과정이 전혀 즐겁지 않았기 때문이다. 파도를 타는 서퍼들의 영상은 정말 입이 벌어질 정도로 멋있었지만, 실제로 그 파도를 타기 위해 전진하는 과정들은 백조가 물밑에서 휘젓는 발짓처럼 하나도 우아하지 않았다. 보기에는 정말 멋진 스포츠라도 직접 경험해보고 나와 맞나 판단해 봐야 한다는 걸 다시 한번 느꼈다.

* 업체 제공 사진

TIP!

꾸따에서 서핑 강습 받기

꾸따 해변은 세계 10대 서핑 포인트로 뽑힐 정도로 파도가 좋은 곳이다. 이곳에는 예전부터 서핑 스쿨이 많아서 체험 프로그램부터 초급자/중급자 코스, 강사 코스 등 다양한 프로그램을 선택할 수 있다. 한국 서퍼들이 만든 서핑 스쿨도 몇 곳 있어서 영어로 강습을 받는 것이 불편하다면 한국 강사들에게 레슨을 받을 수도 있다. 요즘은 전문적으로 어린이들을 가르치는 프로그램도 있고 온 가족이 함께 레슨을 받을 수도 있다.

서핑을 배우기 좋은 연령에 대해 현지 강사에게 문의하니, 수영을 잘 못 하는 아이들도 체험은 가능하다고 한다. 하지만 서핑을 지속적으로 배우려면 생존 수영 정도를 할 수 있어야 하고, 균형을 잡고 파도를 견딜 수 있도록 근육이 어느 정도 발달해 있는 초등학교 고학년 정도의 아이들이 적합하다고 한다. 발리에 왔다고 무조건 서핑에 도전하는 것보다 내 아이의 연령과 수영 수준에 맞춰 레슨을 고려하는 것이 좋을 것이다.

Ep. 19 머물고 싶은 여행지, 창구

코로나 이전 2019년에 발리를 방문했을 때는 창구 지역에서 머물렀다. 그때는 스미냑이 너무 상업화되고 숙소 가격도 많이 올라서 더 이상 그곳에 머물고 싶지 않았다. 반면 창구는 스미냑보다 신축 빌라가 많아서 시설이 쾌적했고 상업 시설이 밀집해 있지 않아서 거리도 비교적 한산했다. 하지만 막상 창구에서 지내보니 길에 인도가 없어 도보 이동이 불가능했고 택시도 잘 안 잡혀서 이동 시마다 고생스러웠다. 게다가 아침저녁으로 오토바이 교통 체증이 심각했고 편의시설이 밀집해 있지 않아서 개인 교통수단이 없으면 생활이 매우 불편한 지역이었다.

하지만 장기 체류를 위해 머무는 사람들은 창구를 더 선호하는 편이다. 저렴한 장기 숙소를 구하기 쉽고 주변에 국제학교들이 있어 아이들을 위한 편의/교육 시설들이 더 많기 때문이다. 교통도 개인 오토바이를 이용한다면 크게 불편하지 않아 창구에 장기 체류하는 여행자들이 점점 많아지고 있다고 한다. 나 역시 아이 학교를 고려하지 않는다면 한 달 살기를 하고 싶은 지역은 단연 창구이다. 우붓처럼 외진 느낌이 없고, 사누르처럼 정적이지 않고, 스미냑처럼 번잡하지 않다. 거리에는 듬성듬성 분위기 좋은 카페들이 있고, 상점들은 과하지 않지만 자기만의 특색과 분위기가 있다. 바다도 있고 시설 좋은 비치클럽들도 많고 아이들이 즐길만한 레저 시설도 충분하다. 다만 창구의 국제학교는 월 단위의 단기 스쿨링을 받지 않고 있어 아쉬울 뿐이었다.

만약 아이가 미취학 연령이라면 창구에서 주 단위나 월 단위로 유치원에 등록할 수도 있다. 창구에는 외국인들이 다니는 유치원이 많은데 구글에서 'Kindergarten in Canggu'로 검색하면 알람 아뜰리에(Alam Atelier School), 스코비두(Skoebi-do Child Care)등 여러 기관들이 나온다. 이 밖에도 창구에는 단기로 등록할 수 있는 유치원이나 데이케어 기관이 많은 편이니 아이가 미취학이라면 근처의 유치원을 찾아 상담을 받아보는 것도 좋다.

우진이가 4살 때 창구에서 머물 때 일주일이라도 유치원을 경험할 생각으로 스코비두 유치원을 방문한 적이 있었다. 상담 선생님과 얘기를 하는 동안 우진이는 30분 정도 교실에서 아이들과 놀았는데, 한국의 유치원과 다르게 다양한 연령이 섞여 있고 자유 놀이 시간이 많아서 '교육'보다는 '보육'의 느낌이 강해 보내지 않았다. 유치원도 저마다의 취지와 스타일이 다르고 부모가 원하는 방향성도 다르니 꼭 방문해서 상담을 받아보고 선택해야 한다.

우리는 이번에 스미냑에서 머물렀지만 종종 창구에 가서 키즈 놀이시설을 이용하곤 했다. 창구는 주로 서양인들이 장기 거주하는 지역이라 키즈 놀이시설에도 서양 아이들이 많았다. 한번은 무료로 운영되는 키즈 시설에 방문한 적이 있었다. 아이들이 삼삼오오 모여 놀이를 하고 게임을 즐기고 있었는데 가만히 보니 좀 이상한 점이 있었다. 3~10세 정도의 서양 아이들이 30명도 넘게 놀고 있는데 주변에 부모로 추정되는 어른이 단 한 명도 없었다. 모두 내니(Nanny, 아이 돌봄을 위해 고용하는 사람)로 보이는 현지 여성들 뿐이다. 그들은 한쪽에 모여 앉아서 이야기를 나누거나 핸드폰을 보고 있었는데, 자신이 돌보는 아이들이 문제를 일으켜도 적극적으로 케어하지 않았다. 한번은 형제로 보이는 서양 아이들 두 명이 미끄럼틀 중간에 앉아 비켜주지 않아서 기다리던 우진이가 'I am waiting. (나 기다리고 있어)'라고 말한 적이 있다. 하지만 여전히 비켜주지 않자 우진이가 그들을 피해서 앞으로 넘어갔다. 우진이가 자신들의 앞으로 나오자 한 아이가 발로 힘껏 밀었고 우진이는 미끄럼틀 아래로 곤두박질쳤다. 다행히 잔디에 떨어져서 다치진 않았지만 거기에 있던 모두가 놀라서 쳐다봤음에도 그들의 보호자는 나타나지 않았다. 화가 끓어 올랐지만 꾹꾹 누르고 그 아이들에게 가벼운 경고를 하고 넘어갔다.

사실 내니가 돌보는 아이들에게 당한 것은 처음이 아니었다. 우붓에서 자주 가던 티티바투 스포츠 클럽에도 무료 놀이 시설이 있었는데 내니가 아이를 돌볼 때 자주 오는 곳이기도 했다. 그곳에서 만난 서양 아이들은 공동으로 사용하는 의자나 텐트 같은 시설을 독차지하고 자신보다 어린아이들에게 소리를 지르거나 때리는 등의 행동을 한 적이 많아 나는 눈을 뗄 수가 없었다. 그러거나 말거나 핸드폰만 보고 있던 내니는 내가 컴플레인을 한 후에야 성의 없는 목소리로 '문제를 일으키면 엄마한테 전화할 거야' 라고 말했다. 오후 6시가 지나서야 그들의 부모가 등장했고 내니에게 오늘 하루 별일 없었는지 물으며 아이들을 데리고 갔다. 시종일관 핸드폰만 붙잡고 있던 내니는 아이의 부모 앞에서 세상 성실하고 친절한 보호자가 되었고, 내니 앞에서는 소리 지르며 제멋대로 행동했던 아이들도 제 부모 앞에서 매우 공손하고 예의 바른 아이가 되었다. 그 모습을 지켜보니 잠시라도 남편과 데이트를 즐기려고 내니를 부를까 했던 생각이 쏙 들어간다.

　한번은 발리 여행 카페에서 '아이가 키즈카페에서 맞고 왔어요'라는 글이 올라오기도 했다. 엄마는 아이를 데리고 창구에 있는 유명 키즈 카페에 방문했는데, 두 명의 서양 아이들이 자신의 아이를 못 움직이게 붙잡고 공격을 했다고 한다. 하지만 아이들을 데려온 내니들은 보호자로서 제대로 된 사과 한마디 없이 자리를 떴고, 업체 측에서도 어쩔 수 없다는 입장이었다고... 피가 거꾸로 솟을 만한 일이지만 이 엄마는 너무 당황스러워서 제대로 된 사과도 못 받고 왔다고 한다. 같은 아이 엄마로서 정말 화가 나는 일이었다. 설령 영어가 부족해도, 성격이 수줍어도 이런 일은 그냥 넘어가서는 안 된다. 업체 관리자에게 경찰을 부르라고 말하고 CCTV를 요청해야 한다. 그리고 내니에게 경찰을 불렀으니 아이의 부모에게 전화하라고 말해야 한다. 단어의 나열이라도 좋으니 분명하게 말해야 한다.
　'Call police right now and show me CCTV, call their mom.'
　이렇게 간단한 영어로도 분명하게 얘기할 수 있다. 비록 경찰이 와서 당사자들끼리 얘기해서 해결하라고 할지라도 우리 아이가 억울하게 당한 사건에 대해 나는 최선을 다해 사과받았고 아이를 지켰으면 된 것이다. 아이는 훗날 이 사건을 '발리에서 서양 애들에게 맞은 일'이 아니라 '발리에서 엄마가 나를 지켜준 일'로 기억할 것이다.

하지만 모든 내니가 아이를 성의없게 돌보는 것은 아니다. 지인 중에는 아이를 내 자식처럼 돌봐준 내니와 지금까지 친구처럼 연락을 하며 지내는 경우도 있다. 또한 뽈랑이에서 만난 가족은 내니가 돌쟁이 둘째를 돌보고 있었는데, 정말 내 아이처럼 성심성의껏 돌보는 모습에 나조차도 고마운 마음이 들었다.

사실 발리는 내니 돌봄 비용이 저렴하고 좋은 내니들이 많기로 소문난 곳이기도 하다. 아이와 함께 한 달 넘게 지내면 분명 몸도 마음도 지치는 날이 온다. 특히 아빠 없이 엄마와 둘이 온 경우에는 정말 도움이 필요한 순간이 있을 것이다. 이럴 때 좋은 내니를 만나서 엄마도 아이도 더 즐거울 수 있다면 이보다 좋을 순 없을 것이다. 문제는 '어떻게 좋은 내니를 만나는가'일 것이다.

내니를 구하는 가장 쉬운 방법은 구글에서 베이비시팅(Babysitting) 업체를 찾아 연락하는 것이다. 업체를 통하는 경우 신원이 보장되고 원하는 조건에 맞는 내니를 선택할 수 있고, 문제가 생길 경우 업체에서 조율하고 책임질 수 있다는 장점이 있다. 하지만 지역적으로 가까운 곳에 거주하는 내니를 원한다면 숙소에서 추천받는 것이 더 좋다.

하지만 내니는 내 아이의 안전뿐만 아니라 정서에도 영향을 끼칠 수도 있는 사람이기 때문에 시간적 편의만을 기준으로 선택할 순 없다. 그리고 아이뿐만 아니라 엄마와도 같은 공간에서 지내는 일이 많기 때문에 엄마와 스타일이 맞는 것도 매우 중요하다. 이런 점들을 고려한다면 가장 좋은 방법은 한국인의 추천을 받는 것이다. 나라마다 양육과 위생 개념들이 다르기 때문에 이왕이면 한국 아이를 돌본 경험이 있는 사람, 그리고 그 부모가 내니에게 만족했던 사람이라면 더 좋을 것이다. 하지만 지인이나 여행 카페에서 추천을 받은 경우 신분을 보장해주는 프로세스가 없으므로 내니의 신분은 꼭 직접 확인하도록 하자. 주민등록증에 해당하는 서류를 요청하고 신분증과 대조하여 확인하는 과정이 필요할 것이다. 개인 공간에 쉽게 들어올 수 있고 더군다나 내 아이를 맡긴 사람이니만큼 돌다리도 두들기고 건너야 할 것이다.

TIP!

창구에서 아이들이 즐길만한 레저 시설 소개

1) 파크라이프 (Parklife)

창구 내륙 쪽에 위치한 키즈클럽으로 실내외 놀이 시설이 있고 음식도 맛있어서 인기가 많은 곳이다. 연령별로 프로그램이 운영되는 플레이스쿨(Play School)과 자유 놀이를 하거나 액티비티에 참여할 수 있는 키즈클럽(Kids Club), 방과 후 수업 프로그램인 애프터스쿨(After School)로 나누어 운영되고 있다. 시즌별, 요일별로 이벤트도 진행하고 있으니 SNS를 확인하고 방문하는 것이 좋다. 어른들은 무료로 입장이 가능하고 아이들 입장료는 150k인데 식사를 하는 경우 입장이 무료인 날도 있다.

* 업체 제공 사진

2) 타모라 갤러리 (Tamora Gallery)

작은 가게와 음식점이 모여 있는 타모라 갤러리의 야외 공간에 무료로 이용할 수 있는 놀이터가 있어서 이 지역 아이들이 방과 후에 많이 모인다. 무료이다 보니 내니와 동반한 아이들이 많은 편이라서 가끔 통제가 안 되는 아이들이 있으니 각별한 주의가 필요하다. 건물 내부에는 주니어 예체능 스튜디오인 Talent Studio

가 있어서 노래, 발레, 힙합, 재즈 댄스 등 수업에 참여할 수 있다. 저녁에는 놀이터에서 어린이 영화를 상영하고, 일요일에는 가족들을 위한 이벤트도 열린다. (홈페이지 일정 참조)

3) 핀스 레크레이션 클럽 (Finns Recreation Club)

핀스(Finns)에서 운영하는 스포츠 컴플렉스로 피트니스, 축구, 수영, 볼링, 테니스, 트램펄린, 사우나 등 시설을 갖추고 다양한 스포츠 강습 프로그램을 운영한다. 규모도 매우 크고 프로그램도 많아서 데이 패스를 사서 즐길 수도 있다. 내부에 있는 스플래쉬 워터파크(Splash Waterpark)는 워터봄보다 규모는 작아도 다양한 난이도의 슬라이드가 있어서 아이들에게 인기가 많다. 내부에는 츄비 하우스(Cubby house) 키즈 클럽도 있는데, 전담 직원이 아이를 케어해줘서 보호자 없이 입장하는 시설이다. 가격은 시간당 120k로 다소 비싸지만 2~3시간 패키지를 이용하면 30% 이상 할인을 받을 수 있다. 다른 키즈 카페에 비해 장난감이 많은 편이고 특별한 날에는 이벤트를 진행하고 있으니 문의 후 방문하도록 하자.

EP. 20 자동차 대신 마차가 다니는 곳, 길리 섬에 가다

여행지에도 유행이 있다. 신혼여행만 하더라도 2013년에는 너도나도 몰디브에 갔고 2015년부터는 하와이 열풍이었다. 2017년 이후에 결혼한 친구들은 유럽의 소도시에 많이들 갔다.

가족 여행의 경우 2010년대 초반에는 보라카이나 코타키나발루에 많이 갔는데 중반에는 다낭으로 이동했고 그다음은 괌이었다.

발리 내에서도 유행이 있다. 내가 처음 방문했을 2010년만 하더라도 우붓 일일 투어나 렘봉안섬 요트 투어가 유행이었다. 그다음은 스미냑의 비치클럽이 대세였고, 이어서 울루와뚜 지역에 고급 호텔과 클럽이 들어서면서 사람들은 남쪽으로 향했다. 2017년부터는 누사페니다 섬이 관광지로 부상하기 시작했고 우붓 투어도 깐따마니 화산 지역이나 북부 폭포 지역까지 확대되었다. 그럼 지금 한국인들 사이에서 가장 유행하는 발리 여행지는 어디일까? 발리 여행 카페에서 사람들의 글을 읽어보면 금방 알 수 있다. 바로 길리 트라왕안 섬이다.

길리 트라왕안은 발리섬과 롬복섬 사이에 있는 길리 제도의 세 섬 중에 하나로 지리적으로 발리보다 롬복에 훨씬 가깝다. 길리 제도는 길리 에어(Gili Air), 길리 메노(Gili Meno), 길리 트라왕안(Gili Trawangan)으로 이루어졌는데 세 섬 모두 바다가 깨끗하고 스노클링하기 좋은 곳으로 유명하다.

특히 길리 트라왕안(이하 '길리')는 세 섬 중에 가장 번화하고 관광객이 많은 곳인데, 우리나라에서는 2017년 방영한 인기 예능 프로그램 '윤식당' 촬영지로 알려지며 유명세를 타기 시작했다. 나 역시 발리를 몇 번이나 다녀왔음에도 '길리'라는 섬은 윤식당을 통해 처음 알게 되었다. 그 예능 프로그램에서는 유명 배우들이 길리의 해변 거리에서 한식당을 오픈하고 손님들에게 한국 음식을 대접하는 소소한 일상들을 보여 줬는데, 그림같이 예쁜 길리의 바다와 한없이 자유로워 보이는 여행자들의 모습을 보면서 꼭 가보고 싶다는 마음을 먹게 되었다. 이런 생각은 나뿐만이 아니었는지, 코로나 이전부터 길리 여행이 늘어나기 시작해서 코로나 이후 발리의 문이 다시 열리자마자 길리로 향하는 사람들이 대폭 늘어났다. 지금도 발리 여행 카페에서는 길리 여행에 대한 질문들이 수없이 올라오고 있고, 길리에서 발리보다 많은 한국인을 만날 수 있었다.

 그럼에도 불구하고 길리는 쉽게 선택할 수 있는 여행지는 아니었다. 발리의 서부 해안에서 출발하면 배를 탈 수 있는 빠당바이 항구까지 2시간 이상이 소요되고, 수속을 밟고 승선을 기다리는데 1시간 이상, 길리섬까지 운항 시간이 2~3시간이 걸리기 때문이다. 실제로 우리도 길리섬에 들어갈 때 오전 10시에 스미냑 숙소에서 출발해서 오후 6시가 되어서야 길리 숙소에 도착했다. 오고 가는데 이틀이 꼬박 소요된다고 생각하면 짧은 여행에서는 방문하기가 어려운 곳이다. 게다가 코로나 이후 배 요금이 대폭 인상되어 3인 가족 기준으로 왕복 2,000~3,000k 정도를 지불해야 하니 짧은 일정으로 다녀오기엔 아깝기도 하다. 그래서 보통 길리 여행은 3박 이상을 추천하고 있고 유아 동반 가족들은 아쉽지만 다음을 기약하는 경우도 많았다. 요즘은 사누르항에서 출발하는 배편도 재개했는데 하루에 오가는 배편이 많지 않아 시간을 맞추기 어렵고 배 시간도 오래 걸린다는 불만이 있었다.
 이런 점들 때문에 나도 처음에는 가까운 렘봉안이나 누사페니다에서 머무는 일정을 계획했었다. 하지만 시간이 지날수록 길리에 꼭 가보고 싶다는 마음이 커졌고, 긴 이동 시간이 우진이에게 힘들 수 있겠지만 한번 도전해 보기로 마음먹었다.

 길리로 들어가는 배편은 하루에 3~6회 정도가 있고 선박 회사의 홈페이지나 현지 여행사에서 표를 예매할 수 있었다. 나는 현지 여행사에서 숙소 픽드랍을 포함해 인당 790k에 왕복표를 예매했고 왓츠앱으로 미리 바우처를 받았다. 하지만 내가 예매한 날짜에 종교 행사로 항구가 폐쇄된다는 소식을 여행 카페에서 보게 되었다. 깜짝 놀라서 여행사로 연락해서 묻자 그제야 그날 배가 없음을 확인하고 날짜를 변경해 주었다. 숙소를 미리 예약해 놓고 다니는 여행자들에게 일정이 틀어지는 것은 매우 큰 손실이기 때문에 미리 확인하지 않았으면 큰일날 뻔했다.

픽업 차량은 약속 시간보다 한 시간 정도 늦게 우리를 데리러 왔고, 다른 숙소를 돌며 한참 손님들을 태우고 빠당바이 항구까지 가니 약 세 시간이 소요되었다. 수속을 밟고서도 한참 동안 배를 기다려 승선까지 하고 나니 또 두 시간이 지나 있었다. 배가 작으면 멀미로 고생한다는 말을 듣고 가장 크고 인기가 많은 배를 예약했더니 승선과 수하물 로딩이 너무 오래 걸리는 단점이 있었다. 배는 롬복과 길리 제도의 다른 섬들을 거쳐 마지막에 길리 트라왕안에 도착했다. 당초 두 시간으로 적혀 있던 정보와는 달리 하선까지 약 세 시간이 소요되었다. 하염없이 기다려야 하는 지루하고 변수가 많은 일정이었는데도 아이가 끝까지 잘 버텨줘서 기특하고 고마웠다.

길리에 도착하니 발리섬과는 분위기가 사뭇 다르다. 길에는 마차와 자전거만 있고 그 흔한 자동차나 오토바이가 한 대도 없다는 것, 그것만으로도 거리는 이국적이고 공기는 깨끗했다. 또한 길에서 만나는 현지인들이 모두 히잡을 쓰고 있고 섬 동쪽의 무슬림 사원에서는 기도 소리가 나고 있었다. 배를 타고 왔을 뿐인데 전혀 다른 나라에 온 기분이었다. 짐만 없었다면 천천히 걸어갈 수도 있는 길이었지만 항구에서 숙소까지 마차, 일명 페라리를 타보기로 했다. 아무리 가까운 거리라도 기본요금이 100k 정도로 비싸서 자주 타기에는 부담이 되었지만 길리의 정취를 느낄 수 있는 좋은 경험이었다. 마차를 타고 해변 도로를 달리다 보니 윤식당에서 본 바다, 자전거, 여행자, 해변의 식당, 내가 생각했던 것과 모든 것이 똑같았다. 오는 길이 고생스럽긴 했지만 길리에 오기 잘했다는 생각이 들었다.

길리는 자전거로 한 시간이면 돌 수 있는 작은 섬이지만 멋진 레스토랑이 가득

한 곳이었다. 특히 스미냑이나 우붓에서 관광객 물가를 체감하고 온 사람이라면 이곳의 식음료 가격이 매우 저렴하다고 느낄 것이다. 우리는 숙소에 짐을 풀고 메인 도로를 구경하면서 유명한 피자집에 가서 저녁을 먹었다. 이 동남아의 작은 섬에서 이탈리아 요리사가 화덕에 구운 피자를 먹는 것이 좀 아니려니했지만 '인생피자'라고 기억할 만큼 맛있었다. 우리는 길리에 머무른 4일 동안 발리의 고급 레스토랑에서 먹은 요리보다 더 만족스러운 식사를 했다.

* 히잡 : 무슬림 여성들이 외출 시 착용하는 베일

우진이는 이번에 처음으로 스노클링에 도전했는데, 한국에서 사 온 페이스 마스크 덕분인지 쉽게 물속에 적응하고 나중에는 천천히 물속을 관찰하는 여유까지 생겼다. 아이가 물속 세상에 관심을 갖게 되자 보여주고 싶은 것이 많은 엄마의 마음이 두근거리기 시작했다. 우진이는 어릴 때부터 해양 생물에 관심이 많아서 아쿠아리움을 가거나 바다에 관한 책을 읽는 것을 좋아했다. 또한 나는 한때 스쿠버다이빙을 즐겼던 터라 아이가 좀 자라면 바다에 데려가서 물속 세상을 보여주고 싶은 로망이 있었다. 꼭 스쿠버다이빙이 아니더라도 산호가 얼마나 영롱한지, 바닷속에서 만난 열대어는 얼마나 알록달록한지, 물속에서 만난 멸치 떼는 얼마나 반짝이는지 보여주고 싶었다.

마음먹으면 바로 실행해야 직성이 풀리는 나는 우진이가 스노클링에 관심을 갖기 시작하자 바로 다음 날 프라이빗 보트를 예약했다. 비치에서는 알록달록한 산호나 물고기들이 없고 거북이만 볼 수 있어서 아쉬웠기 때문이다. 막상 예약금을 내고 숙소로 돌아오니 남편은 산호 조각에 찔린 발바닥이 아프다고 하고, 아이는 아직 바다 한가운데에서 스노클링 하기에는 조금 무섭다며 발을 뺀다. 다음날에도 둘은 여전히 보트를 타고 스노클링 가는 것을 망설였지만 하기 싫으면 보트에서 뱃놀이라도 하자며 끌고 나왔다. 해변에는 우리가 빌린 작은 보트와 그 보트의 선장, 그리고 우리를 스노클링 포인트로 안내하고 고프로(Gopro) 사진을 찍어줄 가이드가 기다리고 있었다.

보트를 타고 나오니 바다 색이 다르다. 해변에서의 색도 너무 맑고 예뻤지만 바다 한가운데의 색은 마치 보석같았다. 깨끗함을 넘어 속에 뭐가 들어가면 저렇게 청량하게 반짝일 수 있는지 궁금할 정도였다. 구름 한 점 없이 파란 하늘 덕에 바다가 눈부시도록 파랗고 빛났다.

길리 트라왕안과 길리 메노 섬의 사이 정도에서 배가 멈췄다. 금방이라도 뛰어들고 싶은 마음인데 남편과 아들이 걱정되어 망설여졌다. 그런데 우진이도 예쁜 바다를 보자 마음이 바뀌었는지 한번 들어가고 보고 싶다며 장비를 착용한다. 작은 마스크, 작은 구명조끼, 작은 오리발… 아이의 작은 장비들이 너무 사랑스럽고 어느새 커서 이런 걸 할 수 있는 나이가 되었는지 새삼 대견했다. 이 모습을 놓치기 싫어서 카메라로 찍듯이 눈에 하나하나 담고 있는데 가이드가 아이는 자신에게 맡기고 엄마 아빠는 둘이서 오붓한 시간을 보내라며 우진이 손을 잡고 바다로 뛰어들었다. 가이드는 우진이에게 장비 착용 방법과 마스크에 물이 들어갔을 때 빼는 방법을 친절하게 설명해줬고 아이가 관심 갖을만한 예쁜 물고기들과 커다란 거북이들을 보여 줬다. 발바닥이 아프다며 망설이던 남편도 이끌리듯 바다로 들어갔고 우리는 가이드와 함께 세 포인트를 돌며 물고기와 거북이를 실컷 구경했다. 물속에 있는 석상들도 구경하고 영화에서나 볼만한 니모도 실컷 보고 거북이를 찾아다니며 수영도 했다. 프라이빗 보트를 두 시간만 예약한 것이 후회될 정도로 물속 세상을 마음껏 즐겼다. 사실 스쿠버 다이빙으로 깊은 물속에 들어가면 투과될 수 있는 빛이 적어서 알록달록 예쁜 산호와 물고기는 점점 적어진다. 이곳처럼 얕고 색이 다양한 바다는 오히려 스노클링으로 즐기는 것이 더 재미있는 것 같다.

추가 비용을 내고 다른 포인트에도 가볼까 고민을 하고 있는데 두통이 밀려온다. 페이스 마스크가 머리를 너무 압박해서인지 두통이 점점 심해져서 어쩔 수 없이 급하게 스노클링을 마무리했다. 나는 보통 여행 중에 팁을 후하게 주는 편이 아닌데, 가이드가 내 아이를 예뻐해 주고 잘 케어해주니 지갑이 저절로 열렸다.

오전에 스노클링을 하고 점심을 먹고 숙소로 돌아오니 하루가 끝난 것처럼 피곤했다. 물에서 노는 게 체력이 많이 소모되는 거라 어른들은 이미 기진맥진한 상태가 되었는데 왜 우진이는 쌩쌩한 걸까. 다시 밖에 나가자니 해가 너무 뜨겁고 피곤하기도 했다. 사실 우리는 길리에 오면 거의 바다에서 지낼 거라고 생각해서 가성비가 좋은 숙소를 잡았었다. 그러다 보니 숙소 내에서 놀 만한 공간도 없어 더운 오후 시간을 보내기가 좀 힘들었다. 다음에 길리에 온다면 꼭 시설 좋은 숙소에서 지내야지, 아니 그런 숙소에서 지내봐야 하니까 꼭 다시 와야지, 생각했다.

사실 길리에 오기 전까지 바다가 맑고 깨끗할 거라는 거 외에 큰 기대는 없었다. 20대에 스쿠버다이빙을 하면서 동남아 섬들을 많이 다녀봤던 터라 길리는 비록 처음이지만 왠지 대충은 알 것 같았다. 깨끗한 바다, 바다를 즐기러 온 사람들, 해변을 따라 이어져 있는 여행사와 기념품샵, 밤이면 클럽으로 변하는 분위기 좋은 카페들, 그리고 그곳에서 만취해서 저세상 텐션으로 밤을 즐기는 청춘들, 길리는 내가 가봤던 다른 섬들과 비슷한 점이 많았다.

하지만 길리만 가지고 있는 특별한 색도 있었다. 자동차나 오토바이 없이 마차와 자전거로 돌아다니는 사람들, 시계 없이도 시간을 알 수 있었던 모스크의 기도 소리, 비키니를 입어도 더운 날씨에 히잡에 긴 옷을 입고 자전거를 타고 가는 아가씨들, 석양 무렵이 되면 모든 자전거가 자석에 이끌리듯 소리 없이 서쪽을 향하고, 저녁이 되어 가로등이 켜지면 어디선가 하나둘씩 나타나는 옥수수 카트, 아무도 말하지 않아도 모두 알고 있는 길리만의 정취, 길리만의 향기가 있었다.

TIP!

길리에서 스노클링 즐기기

길리에서 거북이를 보러 스노클링을 하는 방법은 두 가지가 있는데, 첫 번째는 섬의 북동부 방면 터틀 포인트 해변에 가서 비치 스노클링을 하는 것이고, 두 번째는 보트를 대여하거나 퍼블릭 보트 투어에 참여해서 보트 스노클링을 하는 것이다.

비치 스노클링은 해변의 비치바에 자리를 잡고 자유롭게 비치로 걸어 들어가서 스노클링을 즐기는 것이다. 물론 비치바에서 간단한 식음료를 주문해야 자리를 잡을 수 있다. 보통 오전 시간에 거북이가 잘 나타난다고 알려져 있다. 비치 스노클링을 할 때는 산호 조각에 발을 다치기 쉬우니 꼭 아쿠아슈즈를 신도록 하자.

퍼블릭 보트 투어는 보통 5~8시간으로 시간이 긴 편이고 낮에 진행하는 데이 투어와 해질녘에 하는 선셋 투어가 있다. 가격은 업체마다 다르고 개인의 네고 능력에 따라 제각각이나 보통 인당 150~300k 정도이다. 하지만 투어 인원이 많아 스태프가 일일이 케어해 주지 않아서 아이 동반 여행에서는 프라이빗 보트 대여를 많이 하고 있다. 프라이빗 보트는 스태프가 안전에 대해 더 신경을 써주지만 가격이 다소 비싸고 아이가 스노클링을 즐기지 않을 수도 있어서 우선 비치에서 비치 스노클링을 시도해 보고 아이가 스노클링에 익숙해지면 프라이빗 보트를 빌리는 것을 추천한다. 프라이빗 보트 대여는 2시간에 500~800k 정도이며 시간이 추가될수록 가격도 올라간다. 보트 투어 시 고프로 사진 촬영 옵션을 추가하면 기억에 남을만한 가족사진을 남길 수 있다.

EP. 22 길리에서 만난 인생 선셋, 인생 은하수

길리에서는 해가 뉘엿뉘엿 지기 시작하면 모두 자전거를 타고 한 방향으로 달린다. 섬의 서남쪽 해변에 선셋을 보러 가는 것이다. 우리 역시 자전거를 타고 선셋을 보러 가려고 했다. 섬의 3시 방향 숙소에서 머물던 우리는 석양을 보러 7시 방향으로 가야 했는데 시계 방향으로 가면 빠르지만 번화가를 지나가야 했고, 시계 반대 방향으로 가면 좀 더 시간이 걸리지만 한적한 길로 갈 수 있었다. 아직 일몰까지 시간이 좀 남은 거 같아서 시계 반대 방향으로 돌아가기 시작했는데 이런... 생각지도 못한 비포장 길이 나온다. 그냥 비포장이 아니고 산호석과 조개가 깔려 있어 자전거를 끌고 가야 하는 길이다. 그냥 가도 힘든 마당에 우진이까지 태우고 자전거를 끌고 가는 남편은 땀이 줄줄 흐른다. 사람들이 다 시계 방향으로 가는 이유가 있었구나.. 정보가 없으면 몸이 고생이다. 하지만 고생을 해야 또 여행이 재미있는 법이다. 이렇게 글을 쓸 수 있는 추억도 생기고 말이다. 사실 누사두아에서 호캉스만 하며 지낸 부분은 기억에 남거나 특별한 사건들이 없어서 글을 쓸 때 좀 힘들었음을 고백해 본다.

포장과 비포장길이 반복되더니 아직 반도 못 왔는데 벌써 해가 지기 시작한다. 선셋 포인트에 빨리 가고 싶은 마음에 땅만 보며 패달을 굴리고 있는데 갑자기 앞을 보니 온 하늘이 붉다. 밥 아저씨가 붓으로 빨강과 주황, 핑크색 물감을 묻혀 캔버스에 톡톡 찍어 놓고 큰 붓으로 섞어주면서 '참 쉽죠잉?' 하는 것 같은 한 폭의 그림이었다. 우리 셋이 자전거를 길가에 세우고 넋을 놓고 석양을 감상하고 있었더니 저쪽에서 어떤 현지 남성분이 '한국 분이세요? 여기 윤식당이에요! 라면 먹고 가세요!' 라며 부른다. 윤식당? 내가 아는 그 윤식당? 자세히 보니 옆에 있는 나무에 윤식당 포스터가 붙어 있다. 윤식당 촬영 장소였다는 곳을 보니 지금은 한국 사람들에게 신라면을 끓여 주는 작은 휴게소가 되어 있었다. 그곳은 섬에서 11시 방면에 있는 비포장도로 옆이었는데 이렇게 외진 장소에 있었다는 것이 좀 의외였다.

우리가 주위를 둘러보고 있으니까 가게 주인이 다시 한번 부른다. '여기 다른 한국 사람도 있어요! 같이 신라면 먹어요!' 아무도 없는 외진 곳 같았는데 한국 사람이 있다고 해서 돌아보니, 가게 앞 해변에서 20대로 보이는 한 여성분이 해먹에 누워 있고 그 근처로 현지 총각들이 어슬렁거리며 말을 걸고 있다. 애미의 민감한 촉으로 뭔가 위험해 보이는 것 같아서 '한국 분이세요?' 라고 불러보니 그 여성분이 우리 쪽으로 돌아보는데 낯익은 얼굴이다. 길리섬에 들어오는 배를 기다릴 때 옆에 있었던 한국 여성분이신데 잠시 얘기를 나눈 적이 있었다. 괜찮은지, 혹시 도움이 필요한지 묻자 해맑은 얼굴로 웃으며 괜찮다고 대답했다. 안 괜찮은 건 내 마음뿐인 것 같았다. 마음 같아선 당장이라도 그 여성분을 데리고 가고 싶었지만, 오지랖을 부리면 서로 불편해질 것 같아서 떨떠름한 마음으로 돌아섰다.

사실 남의 일 같지 않아서 불안했었다. 나 역시 20대에 배낭여행을 다니면서 위험한 순간들이 많았다. 문제는 그 당시에 그 사건이 위험하다고 생각해본 적이 없다는 것이다. 현지인이 호의를 베풀면 내가 복이 많나 보다 생각하며 덥석 받았다. 투어에서 만난 부부의 집에서 며칠 묵은 적도 있고, 우연히 만난 현지인의 집에 초대받아 간 적도 많았다. 모르는 사람이 숙소까지 태워다 준다고 할 때도 사양하지 않았다. 그때는 낯선 곳에서 날 환대해주는 모든 사람들이 좋았고 그들을 믿었다. 운 좋게도 나쁜 일이 피해 간 자의 오만인 줄도 모르고 그저 좋았다. 하지만 나이가 들고 아이를 키우며 옛일들을 떠올려 볼 때 가끔 간담이 서늘해진다. 내가 예전에 아무렇지 않게, 아니 오히려 행운이라고 생각했던 많은 여행들이 너무 위험했었다. 내 자식에게는 절대로 추천하고 싶지 않은 여행이었다. 내가 여행을 가면 차마 말리지는 못하고 성당에 가서 기도를 하고 계시던 엄마가 떠올랐다. 엄마가 되고 나니, 내가 해맑아서 눈치채지 못한 일들이 얼마나 위험했었는지, 지켜주고 싶지만 지켜줄 수가 없는 엄마의 마음은 얼마나 답답했을지 이제야 보이는 것이 있다. 그 여성분은 윤식당 앞에서 오로지 석양의 아름다움만 보였겠지만, 나는 그녀의 뒤에서 서성거리며 쑥덕거리는 남자들이 보였다. 내 뒤에서도 저런 사람들이 얼마나 많았겠는가.

엄마의 마음으로 언니의 마음으로 꼭 전하고 싶다. 제발 안전한 곳만 다니길, 나는 운이 좋다고 자만하지 말길, 안전을 담보로 무모한 도전하지 말길, 혼자 여행하는 단단하고 멋진 여성분들께, 그리고 언젠가는 배낭을 메고 세상으로 나아갈 우리 아이에게 꼭 전해주고 싶다.

황홀한 선셋이 점점 진해지더니 금세 어둠이 내린다. 또 열심히 달려 원래의 목적지였던 선셋 포인트까지 도착하니 언제 석양이 있었냐는 듯이 완전한 밤이 되어 있었다. 여기서 석양을 봤으면 더 예뻤을까.. 아쉬운 마음을 뒤로하고 다시 숙소 방향으로 패달을 밟았다. 가는 도중 인적이 드물고 가로등도 없는 길이 나오자 마음이 불안해졌다. 예전이라면 이런 길은 낭만이었는데 지금은 내 아이의 안전을 보장할 수 없는 모든 상황들에 위협을 느낀다. 좀 더 빨리 패달을 밟고 있는데 뒤에 오던 남편과 아이가 하늘을 보라고 소리친다. 별이 떼 지어 있다. 이게 별인지 은하수인지 알 수도 없게 별이 흐드러지게 피어서 시내처럼 흐른다. 목이 아픈 줄도 모르고 한참 올려다봤다. 내 생에 가장 황홀했던 선셋과 가장 놀라웠던 밤하늘을 모두 본 날이다. 잠을 자려고 누웠다가 그 광경이 떠올라서 아드레날린이 분비되는 바람에 오랫동안 잠을 이루지 못했다.

그다음 날에도 해가 저물자 선셋 포인트로 향했다. 이번에는 정시에 선셋 포인트에 도착하기 위해 빠른 길로 갔지만 구름이 많아 어제의 감동을 재현하지 못했다. 아쉬운 마음에 구름 사이로 드문드문 보이는 핑크빛 하늘을 숨은 그림 찾기 하듯 들여다보고 있었는데 주변을 보니 혼자서 빈백에 앉아 책을 읽는 여자가 보인다. 그 사람을 보니 나도 아이를 챙기는 의무에서 벗어나 온전한 나만의 시간을 갖고 싶다는 생각이 들어 다음에는 혼자 길리에 와야겠다는 생각이 들었다. 그때 한참 동안 해변에서 돌아다니던 남편과 우진이가 돌아오더니 흔해보이는 산호 조각들을 내 앞에 늘어놓았다. 남편은 가져온 산호 조각을 하나하나 맞추더니 우진이 이름을 만들었고, 우진이는 고사리같은 손 가득 담아온 산호 조각으로 'I ♡ you' 모양을 만들어 나에게 보여줬다. 갑자기 혼자 했던 여행에서 내가 느꼈던 외로움이 떠올랐다. 다음에는 꼭 사랑하는 사람과 같이 와야지 생각하곤 했는데, 이렇게 아름다운 곳에서 나를 사랑해주는 사람들과 함께 있는데도 '혼자 있고 싶다'는 생각을 하다니... 행복의 파랑새를 찾으러 먼 여행을 떠난 이야기가 생각났다. 너희가 내 파랑새인데, 내 옆에서 이렇게 웃으면서 팔랑팔랑 날고 있는데 내가 다른 곳을 보며 파랑새를 찾고 있었구나. 미안하고 고마운 마음이 살포시 겹쳐진다.

길리에서 며칠 동안 서양 음식만 먹었더니 한국 음식을 절실하게 먹고 싶어서 인터넷을 찾아보았다. 신기하게도 이 외진 섬에도 한식당이 있다. 한국인 다이빙 업체에서 함께 운영하는 식당인데 김치찌개와 닭볶음탕까지 먹을 수 있다길래 한걸음에 달려갔다. 그런데 오늘 마침 준비한 김치가 떨어졌다고.

밖으로 나와보니 가게 앞에서 현지인들이 모여앉아 김치를 담그고 있었다. 둥글게 앉아 화기애애하게 채소를 다듬고 있는 모습을 보니 어릴 때 엄마들이 모여 수다를 떨며 김장을 하던 모습이 생각나서 미소가 지어졌다. 김치를 담그는 현지인들 사이에 야물고 당차게 생긴 한국인 여자분이 그들을 진두지휘하고 있다. 여행 계획을 세울 때 남편에게 스쿠버다이빙 체험을 해주고 싶어서 길리섬의 한국인 다이빙 업체를 찾아본 적이 있었는데, 홈페이지에서 봤던 그 여자 사장님이신 것 같았다. 물론 남편의 스쿠버다이빙은 우진이가 크고 난 후 같이 배우자며 다음을 기약했지만, 이렇게 우연히 만난 이 예쁘고 씩씩하신 사장님에게 나는 자꾸 눈길이 갔다.

나도 한때 동남아의 섬들을 여행하며 다이빙을 했었고, 거기에서 만난 한국인 사장님들을 보며 언젠가 가장 예쁜 섬에 정착해서 내 샵을 차리는 것이 막연한 꿈이었다. 언제 품었던 꿈이었는지는 확실하게 기억 나지 않지만 그 꿈을 접었던 때는 기억이 난다. 막 취업을 하고 답답한 마음에 휴가를 내고 떠난 필리핀 다이빙 여행에서 한국인 업체 사장님들의 모임에 우연히 합석하게 되었다. 거기에서 한국인 사장님들이 적나라하게 들려주시는 고된 현실 이야기를 듣고 꿈에 대한 야심이 한풀 꺾여 있었는데, 나중에 여자 사장님과 둘만 남았을 때 허심탄회하게 털어놓으신 이야기에 다이빙 샵을 차리고 싶다는 생각을 접게 되었다. 꿈을 향해 한 발자국도 나아가지 않았는데 얘기만으로도 질려버렸다. 휴가를 마치고 회사로 돌아가서 얼마나 열심히 일하기 시작했는지, 회사 상사들이 필리핀에 가서 도박 빚 지고 온 거 아니냐며 농담할 정도였다. 그렇게 듣기만 해도 어려웠던 일들을 이 외딴섬에서 일궈내고 현지인들에게 김치를 만들게 하고 있는 이 당찬 여성을 보면서, 한편으로는 부러웠고 또 한편으로는 역시 내 깜냥이 아니었다고 스스로 위안도 해본다.

 길리를 떠나는 날, 오전 배를 타야 해서 아침부터 바빴지만 길리에서 꼭 해보고 싶은 일이 있어 새벽부터 자전거를 타고 섬의 10시 방향으로 갔다. 그곳에는 바다가 보이는 넓은 방갈로에서 플라잉 요가를 할 수 있는 요가원이 있었다. 자전거를 타고 섬을 한 바퀴 돌았던 날에 그곳 간판을 보고 여러 차례 전화해 봤지만 연락이 닿질 않았다. '아니면 말고'의 정신으로 인터넷에 떠도는 예전 정보를 보고 선라이즈 클래스에 참여하러 아침 일찍 찾아갔는데, 아니나 다를까 선라이즈 클래스는 없어지고 선셋 클래스만 운영한다고 한다. 아쉬운 마음에 요가 공간이라도 보려고 2층에 올라가니 탁 트인 전망에 시원한 바닷바람이 불어 정말 상쾌했다. 여기에서 선셋을 보면서 요가를 할 수 있다니... 당장이라도 1박 더 연장하고 싶은 마음이 굴뚝같았지만 다음을 기약하며 내려오는데, 직원이 여기까지 왔으니 혼자서 요가라도 하고 가라고 권한다. 처음에는 좀 망설였지만 이런 멋진 공간에서 조금이라도 몸의 호흡을 느껴보고 싶어 혼자서 짧은 수련과 명상을 했다. 나는 혼자 있었지만 혼자가 아닌 것 같았고, 길리도 처음 왔지만 처음이 아닌 것 같았다. 그리고 마지막도 아닐 것 같았다. 언젠가 다시 와서 오랫동안 머물러야지 생각하며 숙소에 돌아와 짐을 챙겼다.

 길리에서 돌아오는 길은 갈 때보다 더 험난했다. 항구에서 대기만 2시간, 배를 타고 2시간 반 걸려 발리섬에 도착하니 빠당바이 항구가 호객 행위로 난장판이다. 배표에 포함된 셔틀버스를 찾으러 여행사 사무실에 갔는데 계속 기다리라고만 할 뿐이다. 사람들은 자신의 차를 찾아 속속 타고 있는데, 아직 차가 배정되지 않았으니 계속 기다리라고만 한다. 가만히 있다가 호구가 될 것 같아서 직원을 재촉하니 그제야 차가 다 차서 자리가 없다고 말한다. 빠당바이 항구 셔틀의 수법은 익히 들어서 알고 있었다. 차가 없다거나 오래 기다려야 한다고 말해서 추가 요금을 내고 프라이빗 차량을 대절하게 만드는 것이다. 어떤 사람은 호객꾼이 안내해준 차를 타고 도착지에 와서야 셔틀버스가 아니었으니 돈을 내라고 말한 적도 있다고 하니 각별한 주의가 필요하다.

직원을 붙들고 빨리 셔틀버스 준비해 달라고, 안되면 택시비를 지불하라며 들들 볶으니 할 수 없다는 듯 어디선가 차를 한 대 마련해 온다. 사누르에 간다는 노부부와 창구에 가는 아가씨 한명을 더 태우고 2시간을 더 달려 사누르에 도착했다. 그런데 호텔에 내려주면서 운전사가 돈을 요구한다. 너희를 가장 먼저 데려다 줬으니까 추가 요금을 줘야 한다며. 동선상으로 봐도 당연히 가장 가까운 우리를 먼저 내려주는 게 맞고 설령 우리를 위해 동선을 변경했다 하더라도 그건 우리가 요청한 것이 아니었고 약속된 요금은 이미 지불된 상태였다. 사실 운전사가 어려 보이고 안전하게 태워다 준 것이 고마워서 팁을 좀 준비해 뒀었는데 이렇게 나온다면 단 한 푼도 주기가 싫어진다. 내가 쉽게 끝내고 싶어서 돈을 준다면 이 어린 운전사는 이렇게 돈을 버는 방법을 체득할 것이기 때문이다.

길리는 오갈 때 난이도가 있지만 분명 방문할 만한 가치가 있는 곳이었다. 길리는 요즘 인도네시아를 찾는 여행자 사이에서 가장 인기가 많아서 여행 카페에서 길리 여행에 대한 질문이 종종 올라오곤 한다. 가끔 '발리 일주일 여행 중에 길리에 가고 싶은데 가능할까요?' 라는 글을 보곤 하는데, 의견은 각각 다르겠지만 내 경우에는 열흘 이상 여행 시에만 추천하고 싶다. 귀한 여행 시간 중에 오가는 데 이틀은 꼬박 소요되고, 특히 배편이 기상의 영향을 많이 받는 관계로 여행 마지막 날이 포함된다면 귀국 비행기를 놓칠 수도 있기 때문이다. 그리고 영유아 동반 시에도 길리를 추천하고 싶진 않다. 스노클링은커녕 바다에서 물놀이도 어려운 영유아들은 해변에서 모래놀이를 하는 것밖에 할 것이 없기 때문에 이동 중에 부모나 아이 모두 고생만 할 수 있기 때문이다. 하지만 어느 정도 스노클링이 가능한 아이, 해양 생물에 관심이 많은 아이라면 정말 잊지 못할 추억을 만들 수 있을 것이다. ✒

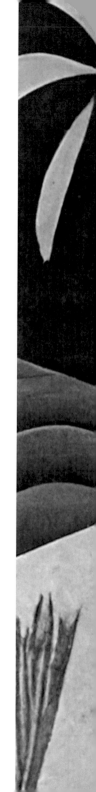

#4 사누르에서 살아보기

Created by Younkyung and AI

EP. 23 사누르에서 현지인처럼 살아보기

　발리는 여섯 번째였지만 사누르에 간 것은 처음이었다. 우붓이 전통 마을이라면 스미냑은 신도심이고 사누르는 구도심이다. 우붓에는 예술인들이 많이 살고, 쿠따는 서퍼들이 머무르고, 창구는 디지털 노마드 가족들이 장기로 체류한다. 그에 비해 사누르는 은퇴한 호주, 유럽의 노년층이 많이 거주하는 지역이다. 여행책을 봐도 사누르에는 그럴듯한 관광지나 핫플레이스가 없었고 나 같은 여행객들에게는 매력이 없는 동네였다. 동부 해안이라 바다가 있지만 깨끗하거나 시설이 좋은 곳도 아니었다. 그래서 이번에 마지막 3주 동안 사누르에 머무르게 된 이유는 순전히 우진이의 학교 때문이었다. 8월에는 발리의 모든 국제 학교가 개학을 하므로 여름 캠프가 없다. 그래서 정규 학기 중에 단기 스쿨링이 가능한 학교를 찾아 사누르에 오게 된 것이다.

　사누르의 새 숙소에 짐을 풀고 동네를 한 바퀴 돌자마자 나는 단박에 이 동네가 좋아졌다. 내가 보기에 사누르는 특색 없는 동네가 아니라 오래 머물기 좋은 지역이었다. 무엇보다 길마다 잘 정비된 인도가 있어서 좋았고, 그 길에 담긴 크고 작은 식당과 카페가 정감 있었다. 우붓처럼 운치 있거나 창구처럼 세련되진 않았어도 아담하고 차분한 분위기가 마음에 들었다.

특히 해변에 위치한 비치 카페들이 마음에 쏙 들었는데, 스미냑의 비싼 비치 클럽처럼 한번 들어가면 돈이 아깝지 않도록 신나게 놀아야 하는 분위기가 아니라, 가족과 저녁 먹으며 비치에서 놀 수 있는 소박하고도 자유로운 분위기였다. 비싼 식당들 사이사이로 가볍게 식사를 해결할 수 있는 현지 식당이 있어서 좋았고, 여행객으로 북적거리지 않고 조용하고 한가하게 시간을 보낼 수 있는 카페들이 있어서 좋았다. 무엇보다 사람들이 들떠 있지 않아서 좋았다. 들떠 있는 여행자들 속에서는 열심히 여행하지 않으면 손해를 본다는 생각에 늘 쫓기는 듯 바쁜 여행을 하게 된다. 하지만 이곳은 달랐다. 여행 같지 않고 일상 같은 날을 보낼 수 있을 것 같았다.

동네 구경을 마치고 사누르에서 가장 큰 한식당에 가서 된장찌개와 해물파전, 비빔냉면을 먹으니 오래된 체증이 내려가는 느낌이었다. 풀리지 않았던 욕구가 해소된 기분이랄까. 나는 평소에도 한식을 별로 안 좋아해서 아쉽지 않다고 생각했는데 나이는 못 속인다. 오랜만에 한식으로 배부르게 먹고 나니 진심으로 사누르가 더 좋아졌다. 시내 중심에도 정감 있는 이모님이 운영하시는 한식당이 있어 한식은 물론 분식까지 다양하게 먹을 수 있었고, 메인 도로에는 외국 식품을 파는 그랜드 럭키(Grand Lucky Mart)가 있어서 햇반이나 한식 레토르트 국 종류까지 살 수 있었다. 저녁 식사를 마치면 이탈리아 사람이 운영하는 가게에서 젤라또를 하나씩 사 들고 해변을 산책하는 일과가 일상처럼 평온했다.

우리가 사누르에 지내는 동안 대부분의 생활이 만족스러웠는데 딱 한 번 불미스러운 일이 있었다. 사누르의 물가는 발리의 다른 지역에 비해 저렴한 편인데, 딱 하나 '세탁'이 좀 비싼 편이었다. 나는 빨래를 자주 하는 편이어서 새 숙소로 이동하면 바로 근처의 세탁소를 알아보곤 했는데 그나마 가격이 저렴한 세탁소가 있어서 그곳에 옷을 맡겼다. 다음날 가서 돈을 지불하고 빨래를 찾고 있으니 직원이 숙소가 어디인지 물어봤다. 혹시 배달을 해주나 해서 알려줬는데, 숙소에 돌아와 보니 처음 보는 사람이 자신을 그 세탁소에서 온 직원이라고 소개한다. 우리가 돈을 안 내고 빨래를 가져가서 받으러 왔다고. 분명 세탁소에서 돈을 냈다고 말하니 영수증을 보여 달란다. 나는 발리에서 세탁소를 이용하면서 영수증을 받아본 적이 없었다. 대부분 영세한 업체이고 현금으로만 거래하기 때문에 별도로 영수증을 써준 적이 없었기 때문이다. 다행히도 호텔 매니저가 중재해줘서 싸움이 커지진 않았지만, 나는 혹시라도 그가 저녁에 해코지를 하러 올까봐 무서워서 잠을 제대로 잘 수가 없었다. 며칠 후에 남편이 먼저 귀국하면 우진이와 나, 둘이서 3주를 지내야 하는데 다시 이런 일이 생기면 너무 무서울 것 같아서 좀 더 규모가 크고 보안이 좋은 호텔로 옮기기로 마음먹었다.

사실 한 달 살기에 있어서 가장 중요한 선택은 '아이 학교'와 '숙소'라고 생각한다. 두 가지가 안정되면 한 달 살기가 만족스러워진다. 우리는 우붓에서 일주일씩 숙소를 옮겨 다니며 생활했기 때문에 아무래도 한곳에 머물러 지내는 '살아보기'의 느낌이 덜했다. 남편이 합류한 후에도 계속 누사두아, 스미냑, 길리를 여행했기 때문에 보통의 짧은 여행과 다름이 없었다. 하지만 사누르에서 한곳에 정착해 3주 동안 지내다 보니 이제야 '체류자'가 된 느낌이 들었고, '아이 학교'와 '숙소'에서 안정감을 느꼈기 때문에 사누르에서의 생활이 매우 만족스러웠다.

특히 엄마와 아이만 머무는 여행에서는 숙소의 중요성이 더 커진다. 실제로 숙소 때문에 스트레스를 받거나 안전에 위협을 느낀 경우를 주위에서 많이 봤기 때문이다. 우리가 사누르에서 만난 가족 중에는 매우 저렴하게 구했던 숙소에서 다른 투숙객이 폭력적인 행동을 하며 난동을 부렸던 경우도 있었다. 가끔 숙소에서는 잠만 자고 차라리 더 좋은 곳에 많이 놀러 간다며 저렴한 숙소를 예약하는 경우가 있는데, 엄마와 아이만 투숙하는 경우에는 최소 한화 5만원 정도의 숙소를 추천하고 싶다. 2~3만원 대의 저렴한 숙소의 경우 데스크에만 직원이 있고 보안이 별도로 없는 경우가 많고, 그 숙소에 숙박하는 다른 투숙객과 충돌이 생길 가능성이 더 크다. 문제는 투숙객 간에 충돌이 발생할 경우 이를 현명하게 중재해줄 매니저가 부재한다는 사실이다.

한번은 우붓에서 알게 된 한국인에게 아주 가성비 좋은 장기 숙소를 추천받은 적이 있었다. 숙소가 저렴하고 위치가 좋아서 다음에 장기로 왔을 때 머물고 싶어 구경하러 갔는데, 오히려 현지인이 저 숙소에는 서양인 장기 투숙객 중 문제가 있는 사람들이 많아서 위험하다고 말린 적도 있었다. 아빠가 동행하는 경우에는 조금 저렴한 숙소에 도전해 볼 수도 있었지만 엄마와 아이만 체류하는 상황이라면 숙소 예산을 좀 높이는 것을 추천한다. 사실 발리 내에서만 비교해 보아도 5성급 호텔이 최소 15만원 정도이니, 5만원에 보안이 좋고 시설도 괜찮은 4성급 정도의 호텔에 머물 수 있다는 건 꽤 괜찮은 조건이라고 생각한다.

　우리는 여러 호텔을 알아보다가 메인 로드에 위치한 4성급 호텔 중 어린이 전용 풀장과 키즈클럽, 놀이터가 있는 곳을 선택했다. 이곳은 거실과 베드룸이 분리되어 있었고 거실 한쪽에는 꽤 큼지막한 주방도 있어서 직접 음식을 만들어 먹을 수도 있었다. 곧 우리를 두고 떠나야 해서 계속 불안해하던 남편도 이 숙소에 와서 보안과 시설을 확인하더니 그제야 마음을 놓았다. 나는 이 숙소의 직원들이 아이들과 잘 놀아주는 점이 마음에 들었고, 수영장에 아이들 안전을 봐주는 전담 직원이 있어서 매우 안심이 됐다.

남편이 한국으로 먼저 들어가던 날, 우리는 새벽 6시에 일어나 부스스한 얼굴로 일출을 보러 갔다. 사누르에 온 후부터 아침마다 일찍 눈이 떠져서 바다로 산책하러 나가곤 했는데 일출이 너무 곱고 예뻐서 남편이 가기 전에 꼭 보여주고 싶었다. 마침 해변에 투명 바닥 보트를 대여해 주는 곳이 있어서 우리는 배를 타고 천천히 노를 저으며 일출을 기다렸다. 하늘이 석양이 지는 것처럼 서서히 붉게 물들어 갔다. 구름 한 점 없는 하늘 위로 부드럽지만 강렬한 태양이 떠오르고 있었다. 열정적인 태양이 아닌 자애롭고 우아한 빛이었다. 저만치 작은 물고기 떼가 수면 위로 뛰어오르고 있었고, 낭만을 아는 남편은 '바다 위의 피아노' 연주곡을 틀었다. 우리 셋, 아직 잠도 덜 깬 얼굴로 넋을 놓고 빠져든 그 아름다운 일출, 피아노 소리, 멀리서 붉은 빛에 젖어 드는 아궁산의 자태, 막 일어난 해가 출렁이는 물결에 비쳐 수줍게 반짝이는 모습까지... 모든 것이 한 폭의 그림이었다. 이로써 우리는 발리 여행 중에 인생에서 가장 멋진 일출, 석양, 별을 모두 보았다. 우리 가족에게 주는 발리의 선물 같았다.

EP. 24 우리 아이의 첫 초등학교 *SIS*

사누르에 도착한 다음 날부터 우진이는 SIS(Sanur Independent School)에 다녔다. 처음 SIS에 등교한 날, 우진이보다 오히려 내가 더 걱정이 많았다. 그동안 단기 스쿨링 문의와 수속을 진행하면서 SIS와의 커뮤니케이션이 원활하지 않았기 때문이다. 입학 서류 준비나 학비 안내에 대해서도 기준이 명확하지 않았다. 예를 들어 우진이는 이 학교에서 운영하는 '2 Days Free Trial(2일 무료 청강 수업)'을 먼저 해보고 3주를 더 다닐 예정이었는데, 학비가 4주로 청구되어 있어서 얘기를 하자 수정되었다. 그 후에는 학교 측에서 보내오는 서류들에 대해서 한 번씩 더블 체크를 하게 되었다.

그리고 이전에 SIS에 아이를 보냈던 학부모들에게서 입학 전에 등록금과 학비를 일괄 납부해야한다고 들었는데, 그렇다면 이틀 무료 수업 후에 등록을 결정한다 하더라도 학비는 미리 지불해야 자리가 확보된다는 뜻이 된다. 혹시나 아이가 적응을 못 하고 등원을 거부할 수도 있어 퇴로를 마련해 주고 싶었는데 다소 난감했다. 학교에 이 부분에 대해 문의했더니 '2일 무료 수업 후에 학비를 내도 자리가 있을 가능성이 크다'는 모호한 답변을 받았다. 아마도 코로나 이후에 학생 수가 줄어서 기준이 조금 관대해지긴 했지만 혹시 모를 상황에 대비해 100% 확신을 주지 않는 것 같았다. 또한 입학 서류나 학교생활에 대한 문의 과정에서 담당자와의 커뮤니케이션에 다소 불확실함을 느꼈기 때문에 만일의 상황에 대비하여 학비를 제외한 등록금만 선입금했다.

사실 이 학교는 코로나 직전 한 반의 50% 이상이 한국인이었던 적이 있어서 너무 상업적이라고 평가하는 사람도 있다. 하지만 나도 결국 SIS를 선택할 수밖에 없던 것처럼 국제학교의 단기 스쿨링을 원하는 학생들과 학부모들에게 이 학교밖에 옵션이 없을 때가 있다. 그 이유에 대해 설명하기 위해 발리의 다른 국제학교 디앗미카(Sekolah Dyatmika), BIS(Bali Island School), AIS (Australian Independent School Bali)를 비교해 보았다.

	SIS	디앗미카	AIS	BIS
학비/1년(한화)	941만원	1.030만원	1.440만원	1.860만원
커리큘럼	캠브릿지. 호주 교육과정	캠브릿지	호주 교육과정. IB	IB
교사 수	20명	84명	70명	54명

　22년~23년 Grade1(1학년)을 기준으로 비교해 볼 때 입학/등록금을 포함한 학비는 위 표와 같다. (방과 후 수업, 언어 서포트 프로그램, 환불성 보증금 제외)

　학비만 보면 SIS가 가장 저렴해서 메리트가 있어 보이지만, 각 학교의 웹사이트에서 학교 시설과 교육 커리큘럼, 교직원 등의 정보를 확인하면 확연한 차이가 느껴질 것이다. 비교가 어렵다면 구글에서 각 학교의 이미지만 검색해도 차이를 느낄 수 있을 것이다. SIS가 규모나 시설 면에서도 다른 학교들에 비해 작고, 교사 수, 운영하는 커리큘럼 면에서도 매우 소박한 학교임을 알 수 있다. 나는 모든 학교를 직접 찾아가 보진 못했지만, SIS에 다니면서 알게 된 학부모 한 분이 '발리 국제학교 축구 토너먼트'에 자녀가 참가하면서 많은 국제학교를 돌아보게 되었다고 한다. '다른 학교도 비슷하겠지' 생각했다가 다른 학교의 시설과 규모에 깜짝 놀랐다고 말했다.

　이런 정보들을 종합해 볼 때, 우리 아이가 발리에 장기 체류하는 거주자라면 어느 학교에 보내고 싶겠는가? 학비가 조금 저렴한 SIS보다 시설과 커리큘럼이 더 체계적인 다른 학교들에 더 눈길이 갈 것이다. 그래서 디앗미카나 AIS의 경우는 자리가 없어서 대기하는 경우도 많다고 하니 이런 국제학교들이 단기 학생들에게 문을 열어줄 리 만무하다.

　상황이 이렇다 보니 SIS의 입장에서는 오히려 적극적으로 '단기 스쿨링' 학생을 유치하기 위해 노력하고 있다. 한번은 발리의 비치 카페에서 한국인 교민 가족을 만난 적이 있는데, 그 아이들도 다른 국제학교에 가기 위해 대기하는 동안 SIS에 다닌 적이 있다고 했다. 이렇게 오고 가는 단기 학생들 때문에 정규 학생들은 수업에 불편을 겪게 될 것이고, 그로 인해 정규 학생 비율이 줄어들 수밖에 없을 것이다. 실제로 인터넷에서 SIS의 리뷰를 검색해보니 학교 임원진이 바뀐 후로 단기 스쿨링이 많아져서 수업의 퀄리티가 떨어졌다는 리뷰를 볼 수 있었다. 그럼에도 불구하고 단기 스쿨링으로 인해 학생과 재정의 공백을 채워줄 수 있으니 SIS 입장에서는 진입 문턱을 낮춰 거주 비자 없이도 다닐 수 있는 '단기 스쿨링 프로그램'을 적극적으로 홍보하고 있는 것이다.

결론적으로 SIS는 관광비자로 단기 체류하는 여행자들에게 있어 좋은 옵션이 될 수 있지만, 사실상 정규 학생 비중이 낮고 학비 대비 시설이나 커리큘럼이 우수한 학교는 아니라는 것이다.

사실 어느 도시나 단기 스쿨링을 운영하는 학교들은 사정이 비슷하다. 상식적으로 생각해도 평판이 좋고 학생도 많은데 굳이 단기 스쿨링을 운영해서 재학생의 불만을 키울 필요는 없기 때문이다. 이런 이유로 동남아의 주요 도시에서 단기 스쿨링을 운영하는 국제학교는 위치적으로, 또는 커리큘럼이나 시설 측면으로 평가가 좋지 않아 재학생 수가 부족한 경우가 많다. 간혹 인기가 많은 학교에서도 우수한 학생을 유치하기 위해 레벨테스트를 거쳐 단기 스쿨링을 받아주는 곳도 있지만 매우 극소수이고, 그마저도 우수한 학생들이 단기 스쿨링을 통해 정규 과정으로 들어오는 것을 목적으로 운영하는 곳이 많다.

내가 이렇게 발리의 국제학교들을 비교하는 것은 SIS에 대해 부정적으로 평가하고 싶어서가 아니다. 발리에서 단기 스쿨링을 희망하는 사람들에게 객관적인 상황을 설명하고 싶어서 비교했을 뿐이고, 내 경우는 이런 상황을 알고서도 선택할 수 있는 옵션이 없었기 때문에 오히려 SIS의 단기 스쿨링 프로그램이 고맙기까지 했다. 그리고 결론적으로 우리는 SIS에 3주 동안 다니면서 기대했던 것보다 더 만족스러운 학교생활을 했다.

처음 우진이를 데리고 SIS에 등교하는 날, 제대로 신청이 되긴 했는지 마음이 내내 불안했었는데 의외로 우진이를 위한 모든 준비가 되어 있었다. 1학년 담임 선생님은 우진이의 이름이 부착된 책상과 책을 마련해 놓으셨고 혹시 영어가 어려울까 봐 적응에 도움을 주시려 노력하셨다. 사실 우진이가 SIS에 간 건 7세 8월이라서 한국에서는 아직 유치원에 다니지만 발리에서 처음으로 초등학교에 입학한 것이었다. 학교 규칙이나 학습도 경험해보지 못한 아이라서 걱정을 많이 했는데 SIS가 편안한 시골 학교 분위기라서 우진이도 어렵지 않게 적응을 할 수 있었다. 오히려 시설이 좋고 규칙이 엄격한 학습식 국제학교에 갔다면 아이가 적응하느라 힘든 시간을 보냈을지도 모른다.

우진이는 영어를 잘하는 편은 아니지만 2년 동안 엄마표로 읽어준 영어책 덕분인지 수업을 이해하거나 친구들과 소통하는 데는 큰 문제가 없었다. 특히 원어민 교사의 딸인 Lily가 학교 구경도 시켜주고 친구들도 소개해줘서 아이가 첫날부터 학교생활에 흥미를 갖게 되었다. 예전엔 한국 아이들의 비율이 높았다고 해서 걱정했었는데, 다행히 우진이가 들어간 1,2학년 통합반에는 전체 12명 학생 중 우진이 포함 3명이 한국인이었다.

수업 내용이 어렵진 않을까 걱정했는데 수학, 과학도 한국의 유치원보다 쉬운 수준이었고, IT 과목은 게임 위주라서 아이가 흥미로워했으며, 인도네시아어 (Bahasa) 시간에 노래를 배워와서 엄마에게 불러주기도 했다. 매일 숲에서만 놀던 애가 하루 종일 학교에 앉아 있으려니 좀이 쑤실 것 같았는데 의외로 학교가 재밌고 수업이 흥미롭다고 말했다. 초등학교에 막 입학한 아이에게 커리큘럼이나 학교 시설보다 더 중요한 것은 편안한 분위기와 자상한 선생님이라는 것을 다시 한번 느낀다. 우진이는 호기심이 많은 성격이라 선생님께 미흡한 영어로 많은 질문과 요청을 쏟아냈지만 선생님은 항상 과하지 않은 친절로 아이를 도와주셨다.

만약 아이가 저학년이고 단기 스쿨링을 계획하고 있다면 그 학교의 규모나 커리큘럼, 입시 결과 같은 객관적인 평가 지표보다 아이가 편안하게 적응할 수 있는 분위기인지 살펴보는 것이 매우 중요한 것 같다.

  3주 동안 학교에 다닌다고 절대 영어가 드라마틱하게 늘진 않는다. 심지어 하루 10시간 영어만 하는 캠프에 가도 갑자기 영어가 술술 입에 붙진 않는다. 하지만 각자의 학습 정도에 따라 부족한 부분이 채워질 수는 있는 것 같다. 우진이는 SIS에서 3주 동안 공부하면서 영어 말하기에 자신감이 좀 생겼다. 그동안 엄마가 읽어주는 영어책을 듣기만 하고 정작 대답은 한국어로 하면서 말하기를 꺼려했는데, 영어가 꼭 필요한 환경에 들어가니 신기하게도 '우리 아이가 이렇게 말할 줄 알았나' 싶은 문장들을 더듬더듬 만들어 가고 있었다. 하지만 우진이의 경우 2년 동안 영어책 듣기, 따라 읽기, 영어 DVD 시청 등으로 꾸준한 영어 노출이 있었고, 뿔랑이 캠프에서 약간의 워밍업을 한 상태라서 SIS에서의 영어 수업이 도움이 되었다고 본다. 한국에서 영어 노출이 거의 없었던 아이라면 큰 효과를 기대하기 어려울 것이다.

  예전에는 아이 영어를 위해 해외 한 달 살이를 한다는 가족들이 많았지만, 이제는 다들 실상을 알고 목표를 수정하고 있다. 아이들에게 영어에 대한 필요성을 인지시켜 주고, 세상이 이렇게 넓고 다양하다는 것도 보여주고, 다른 나라 아이들과 친구가 될 기회를 주는 정도이다. 또한 그동안 빡빡한 학원 스케줄에 힘들었을 우리 아이에게 휴식 같은 시간을 주고, 더불어 아이 뒷바라지에 힘들었을 부모에게도 수고의 의미로 일상에서 벗어나는 셀프 선물을 주고 싶어서이기도 하다.

TIP!

국제학교에 문의하는 방법

국제학교를 컨택하는 것이 어려워서 무조건 전문 에이전시를 통하는 사람들도 있다. 이런 경우 조금 편할 순 있지만 선택의 폭이 좁아진다는 것을 명심하자. 유학원이나 여행사 같은 에이전시는 자신들과 계약이 맺어 있는 특정 학교를 추천하거나, 동일한 학교라도 직접 수속하는 것보다 비용이 비싸지기 때문이다. 그리고 코로나 이후에 정책이 대폭 수정된 학교들이 많기 때문에 에이전시의 말만 믿지 말고 직접 학교 공식 홈페이지에 들어가 안내를 읽어보고 문의를 해보는 것이 좋다. 대부분의 국제학교는 입학 문의를 응대하는 전문 직원이 있어서 이메일로 궁금한 점에 대해 문의하면 친절한 답변을 해준다. 영어에 자신이 없더라도 온라인 번역기를 이용하면 쉽게 번역할 수 있으니 직접 문의해 보는 방법을 추천한다.

나는 캠프와 단기 스쿨링을 알아보기 위해 발리에 위치한 7개의 국제학교에 연락했는데 대체로 1~2일 내 빠른 답변이 왔고 영어로 소통이 원활했다. 하지만 유독 내가 선택한 뿔랑이, SIS 두 학교가 답변이 느린 편이어서 조금 속이 탔다. 서류를 보내고 입금을 하는 프로세스에서 담당자의 답변이 느려지면 수속 과정에서 진을 뺄 수 있기 때문에 재촉해야 한다. 가장 쉬운 방법은 학교 공식 왓츠앱으로 메일에 대한 답변을 신속하게 해달라며 요청하는 것이었다.

또한 유학원을 통하지 않고 직접 문의하면 원칙적으로 불가한 부분도 담당자 재량껏 유연하게 대응해준다는 장점이 있다. 내 경우에도 원래 SIS 입학 전에 학비를 미리 제출해야 했는데 직접 와서 현장에서 납부해도 된다는 안내를 받았고, 심지어 현장에서 학비를 낼 때도 혹시 코로나에 걸려 결석할 경우를 대비하여 1주일씩 나누어서 지불해도 되냐고 문의했더니 흔쾌히 승낙해줬다.

TIP !

사누르의 유치원 소개

자녀가 미취학 아동이라면 사누르에서 유치원에 다닐 수도 있다. 요즘은 초등 고학년만 올라가더라도 해야 할 일들이 많아지기 때문에, 한 달 살기에 도전하는 가족들의 자녀 연령이 점점 낮아지고 있는 추세이다. 또한 발리에서 첫째 아이를 국제학교에 보내게 되면서 둘째 아이를 위한 유치원을 알아보는 경우도 많기 때문에 여기에서는 사누르에서 다닐 수 있는 유치원을 소개하고자 한다.

* 비용 : 2022년 여름 기준

1) 치키몽키스(Cheeky Monkeys Learning Center)

사누르의 번화가에 위치한 유치원으로 정규 수업에 참여하는 프로그램과 아이를 돌봐주는 데이케어로 나누어 신청을 할 수 있다. 유아를 전문으로 하는 교육 기관이다 보니 흥미로운 프로그램이 많아 거부감 없이 적응할 수 있을 것이다.

정규 수업은 일일 350k이며 점심과 간식으로 40k가 추가된다. 데이케어는 매일 12시부터 16시까지 최소 2시간 이상 이용할 수 있는데, 2시간 기준 150k이며 1시간에 50k씩 추가된다. 여행객이 많은 시즌에는 정규 수업 인원이 마감되어 데이케어만 이용할 수 있는 경우가 많으니 미리 문의해봐야 한다. 이메일보다는 왓츠앱으로 문의 시 더 신속하게 답변을 들을 수 있다.

(왓츠앱 : +62 821 4589 3575)

2) 스코비두 (Skoebido Child Care)

창구와 사누르에 있는 데이케어 센터로 점심 식사 후 12시 반에 하원하는 Half Day와 3시에 하원하는 Full Day 프로그램이 있다. Half Day는 점심과 간식 포함 일일 180k이며, Full Day는 230k로 비교적 저렴한 편이다. 창구에 머물 때 스코비두에 가서 상담을 받은 적이 있는데 비슷한 연령대의 아이들이 선생님들의 감독 하에 자유롭게 뛰어 놀고 있어 매우 평화로워 보였고, 데이케어지만 영어, 체육, 미술, 과학 등의 간단한 유아 수업을 진행하고 있었다. 하지만 유치원이 아닌 데 이케어인 만큼 '교육'보다 '보육'을 위한 시설임을 감안해야 할 것이다. 오전 시간 에 방문하면 점심 전까지 2시간 무료로 체험할 수 있으니 아이와 함께 직접 방문 해서 체험 후에 결정해보자.

(왓츠앱 : 사누르 +62 812 3919 4038, 창구 +62 851 0047 4573)

3) 리틀스타스 (Little Stars Early Learning Center)

리틀스타스는 루마끄실(RUMAH KECIL Kids Learning Center) 바로 옆에 위치 하여 두 곳을 비교하여 선택하는 경우가 많았는데, 2022년 가을부터 루마끄실이 단기 등록을 받지 않으면서 리틀스타스의 인기가 많아졌다. 이곳은 만 2~6세까 지 다닐 수 있는 유치원과 초등학교도 함께 운영하고 있다.

유치원의 경우 일일 345k이며 오후 2시에 하원을 한다. 초등학교도 등록금 없이 일일 등록이 가능하니 짧은 여행 중에 발리의 학교를 경험해보고 싶다면 신청해 보도록 하자. 초등학생은 일일 365k로 비용 면에서 유치원과 큰 차이가 없다.

4) SIS (Sanur Independent School)

SIS에도 만 4~6세를 위한 유치부가 있지만 초등 1~2학년과 한 건물을 사용하고 있고 교실 분위기도 학교와 비슷해서 유아를 위한 전용 공간이라는 느낌이 들지 않는다. 그리고 무엇보다 초등학생과 마찬가지로 등록비와 초기비용(Resource Levy)을 내야 하기 때문에 한 달 이하로 머무는 가족들에게는 적합하지 않다. SIS 유치부의 등록비와 초기 비용은 기간에 상관없이 3,500k이며, 학비는 주당 1,670k이다. 가끔 방학 시즌을 맞아 등록비를 할인해주는 프로모션도 진행하니 학교 홈페이지를 방문하여 확인해 보도록 하자.

EP. 25 발리 새 공원에서 맞은 마흔번째 생일

    남편이 먼저 한국으로 돌아가고 나는 예상치 못하게 멘탈이 붕괴되어 얼얼한 하루하루를 보냈다. 사실 남편은 한국에서도 야근이나 주말 출근이 많은 편이라 우리끼리, 또는 다른 가족들과 노는 일이 잦았다. 그래서 아빠 없이 두 달 동안의 여행을 시도할 용기가 있었는지도 모른다. 그리고 지난 3년간 코로나로 인해 부부가 한 공간에서 재택을 하게 되면서 서로에 대한 소중함이 다소 희미해진 탓도 있었다. 고백하자면, 언제든지 고개만 돌리면 보이는 남편은 각자 일을 마치고 퇴근해서 만난 남편보다 반갑지 않았다. 함께 재택을 했음에도 내 업무 시간이 더 자유로운 관계로 식사 준비는 거의 내가 한 것도 그 이유 중 하나였을 것이다.

    그러던 중 꿈같은 발리 두 달 살기를 떠났고, 처음에는 Y 가족과 함께 있어서인지 남편이 보고 싶기는커녕 전화하는 것도 자주 잊었다. 하지만 시간이 지날수록 남편의 빈자리가 커져갔고 아이도 아빠를 너무 보고 싶어 했다. 그러다 남편을 만나니 애틋한 감정이 다시 돌아온 느낌이랄까. 결혼 10년 차에 느끼기 어려운 서로에 대한 소중함이 다시 생긴 것 같았다. 남편이 항상 우리 뒤에서 안전을 신경 써주고 무거운 짐을 들어주면서 함께 있다는 사실이 너무 감사했다. 우진이와 둘이 있을 때 나는 아이의 보호자로서 온전한 어른이어야 했는데, 남편과 함께 있으니 조금 실수해도 괜찮았고 남편을 보호자 삼아 가끔 아이처럼 응석을 부릴 수도 있었다.

    이번에 특히 좋았던 점은 남편과 함께한 첫 '머무는 여행'이었다는 점이다. 보통 해외여행을 갔을 때에는 항상 스케줄을 정해 놓고 시간에 쫓기며 이동했고, 여유 있게 쉬는 날에도 무엇을 먹을지, 뭘 즐길지 검색하느라 진정한 휴식을 취하지도 못했다. 그래서 여행을 마치고 집에 돌아가서야 이제야 제대로 쉴 수 있다는 느낌이 들 정도였다. 남편이 여행에 합류하고 나서 누사두아, 스미냑, 길리까지도 이전과 별반 차이 없는 분주한 여행이었는데, 사누르에 자리를 잡고 나서야 비로소 머무는 여행의 여유가 시작되었다.

남편과 나는 함께 우진이를 등원시키고 작은 카페에 앉아 책을 읽거나 업무를 보며 우리의 평소 주말 모습대로 각자의 시간을 즐겼다. 혼자서 요가원에 갔다가 남편이 자리 잡은 카페에 가서 함께 점심을 먹고 도란도란 서로의 일과를 들려주던 일, 바닷가를 산책하며 앞으로 우진이에게 어떤 부모가 되어야 할지 고민과 계획을 나누던 일, 우진이는 모래놀이를 하고 우리는 비치 카페에 앉아 석양을 즐기며 와인을 한 잔 마시던 일, 함께 장을 보고 세탁물을 찾아오던 그런 일상적이고 소소한 순간들이 남편을 더 그립게 만들었다.

남편이 가고 나니 남편의 빈자리가 너무 크게 느껴져 한동안 마음이 휑했다. 조금 오버스럽게도 남편이 나를 기다리던 카페를 보면 눈물이 그렁그렁 맺혔고, 함께 들었던 음악만 들어도 우울했다. 나는 언제나 우진이와 둘이서도 잘 돌아다녔기에 당연히 괜찮을 줄 알고 계획한 일이었지만 이렇게 버거운 감정에 압도당할 줄은 몰랐다. 말 그대로 부정적인 감정과 우울에 짓눌린 기분이었고 때마침 남편이 간 다음 날은 내 생일이었다. 당장이라도 남편을 따라 들어가고 싶었고 이렇게 우울한 마음으로 여행을 계속한들 무슨 의미가 있겠나 싶었다.

갑자기 들이닥친 우울에 나조차도 황당해서 한참을 생각해 보니, 그 속에는 해외 생활 중에 경험한 과거의 감정이 함께 녹아 있었다. 유학 중에 부모님이 다녀가셨을 때 엄마가 입었던 옷에서 체취가 사라질까 봐 빨래도 못했던 그 마음, 해외에서 근무할 때 친구들이 놀러 와 시끌벅적 지내다가 어느새 혼자 남았을 때 밀려오던 외로움, 한 구석에 숨어 있던 옛 감정들이 비슷한 상황이 되자 어찌 알고 잘 찾아와 들러붙었고 이제 이 우울함은 지금의 상황만이 아닌, 먼 곳에서 사랑하는 사람들과 분리되어 홀로 남겨졌던 과거의 모든 감정의 총체였다. 어떻게든 이 감정에서 빠져나가고 싶었다. 나는 서둘러 채비를 하고 우진이를 데리고 '발리 새 공원(Bali Bird Park)'에 갔다.

이곳은 내부가 생각보다 아담했지만 시간별로 액티비티를 재미있게 진행하고 있어서 곳곳을 돌아다니며 구경하기 좋았다. 특히 규모가 큰 '발리 사파리'나 '발리 동물원'과는 다르게 여러 종류의 새만 모아 놓아 체험과 쇼가 더 다채로웠다. 우진이는 여기에서 3시간을 머물며 모든 종류의 체험과 쇼에 혼자서 참여했다. 나는 멀찍이서 줌을 당겨 사진을 찍어주기만 했는데도 새만 보면 오싹해졌다. 그때마다 우진이는 체험하다가 달려와서 새를 쫓아주고 우리 엄마에게 가지 말라며 새들에게 으름장을 놓았다. 우진이가 새들에게 얼마나 잔소리를 해대는지 웃기기도 하고 기특하기도 하면서 우울이 조금씩 옅어졌다.

새 공원에서 신나게 놀고 나와서 우진이가 한식당에 가자고 한다. 오늘따라 한국 음식을 먹고 싶은가 생각했는데 엄마 생일이니까 미역국도 시키고 엄마가 좋아하는 김밥도 먹자며 어른스럽게 말한다. 우진이와 한식당에서 저녁을 먹고 집에 돌아오니 또다시 우울한 마음이 스멀스멀 올라오기 시작했는데 이 작고 소중한 아이가 종이접기로 하트를 접어 생일 선물이라며 건넨다. 기분이 안 좋은 엄마를 위해 무언가 해보려는 아이의 노력에 미안하기도 하고 재밌기도 하면서 우울을 이겨낼 힘이 생기는 것 같았다. 아빠처럼 엄마를 지켜주겠다며 어른스럽게 말하는 아이, 그리고 언젠가 정말 내 보호자가 될 내 아이를 보니 저 밑에 가라앉아 있던 행복한 마음이 다시금 위로 떠 올랐다. 둘도 없을 소중한 순간을 덧없는 우울로 헛되이 보내지 말자는 생각이 저절로 들었다. 생각해보니 과거에 경험했던 남겨진 순간 역시 이렇게 극복했었다. 곁에 있는 사람들에게서 위안을 받고 힘을 얻고, 다시금 웃으면서 나에게 이 순간이 소중한 경험이라는 걸 되새기면서 말이다.

우울할 때는 과거의 우울들이 한꺼번에 손잡고 밀려오더니, 다시 힘을 내기 시작하니 과거에 용기를 냈던 순간들도 한꺼번에 몰려와 힘을 북돋아 준다. 이래서 용기를 내본 경험은 소중하다. 인생의 어느 순간 다시 무너졌을 때 그것으로부터 벗어날 힘을 주니 말이다.

TIP!

사누르 주변의 키즈 액티비티 소개

1) 발리 새 공원 (Bali Bird Park)

사누르와 우붓 사이에 위치하며 250종의 1000마리 조류를 볼 수 있는 곳이다. 규모가 큰 편은 아니지만 한국에서는 쉽게 볼 수 없는 새들을 눈앞에서 관찰하고 만지고 피딩하는 체험을 할 수 있어 아이들에게 인기가 많다. 시간별로 다채로운 체험과 쇼가 진행되는데 특히 내 머리 위에서 새가 모이를 먹는 체험과 펠리컨에게 물고기를 던져 주는 체험이 이색적이다. 내부의 작은 영화관에서는 10분 분량의 4D 영화를 상영하는데 새를 주제로 만든 영화라서 아이들이 관심 있게 볼 수 있고 잠시 더위를 피해 가기에 좋다. 새 이외에 코모도왕도마뱀을 구경할 수 있지만 피딩 쇼는 주 1회 진행하고 있으니 미리 스케줄을 확인하고 가도록 하자.

빨리 돌아보면 1시간 내로 관람을 끝낼 수 있고, 체험과 쇼를 찾아다니며 천천히 즐겨도 3시간 내외면 충분하니 이동 시간을 고려하여 반나절 정도로 시간을 잡으면 된다. 입장료는 어른 385k, 어린이 195k로 비싼 편이지만, 클룩, 와그, 트리플 등 예매 전문 사이트를 이용하면 다소 저렴하게 구매할 수 있다.

2) 발리 파충류 공원 (Bali Reptile Park)

발리 새 공원과 입구를 마주하고 있는 곳으로 함께 방문하기 좋다. 규모는 작은 편이지만 전담 가이드가 처음부터 끝까지 설명을 해주며 동행하기 때문에 관람객의 만족도가 높은 편이다. 입장료는 200k로 규모에 비해 비싼 편이지만 가이드 비용이 포함되어 있다. 뱀, 이구아나, 거북이 등 여러 종류의 파충류를 직접 만져볼 수도 있고 악어에게 닭고기를 피딩하는 체험을 100k 추가 요금을 내고 할 수 있다. 파충류 공원 역시 예매 전문 사이트를 이용하여 저렴하게 구매할 수 있다.

3) 거북이 보호,교육 센터 (Turtle Conservation Center)

발리에는 새끼 거북이 방생 체험을 할 수 있는 곳이 몇 군데 있다. 사누르와 누사두아 사이에 위치한 거북이 보호&교육 센터(Turtle Conservation and Education Center), 사누르의 신두해변에 위치한 거북이 보호 센터(Turtle Conservation Sanur), 그리고 쿠타 해변에서 비정기적으로 열리는 거북이 방생 행사, 짐바란, 누사두아 지역의 고급 호텔에서 자체 프로그램으로 진행하는 거북이 방생 행사 등이다. 거북이 보호&교육 센터는 원래 자발적인 기부금 형식으로 운영이 되다가 22년 8월부터는 거북이 한 마리당 18 USD를 온라인으로 선지불해야만 예약이 확정된다. 하지만 거북이 관련한 생태 교육부터 거북이 입양 의식, 보트를 타고 나가 해변에서 방생하는 모든 과정들이 체계적이고 교육적이라서 만족도가 매우 높다. 위에서 나열한 다른 방생 체험들도 참여해 봤지만 짧은 설명 후에 해변에서 거북이를 방생하고 인증서를 받는 간단한 체험으로 진행되어서 내용 면에서 차이가 컸다. 거북이 보호&교육 센터는 인기가 많아 꼭 예약하고 방문해야 하며, 운영 시간이 오전 10시에서 오후 1시 반으로 짧은 편이다. 일요일에는 운영하지 않으니 참고하여 일정을 잡아보자.

4) 히든 캐년 탐험 (Hidden Canyon Beji Guwang)

한국 관광객들에게 알려진 곳은 아니지만 익스트림 스포츠를 좋아하는 서양 관광객들이 많이 찾는 곳이다. 가이드를 따라 비밀스러운 협곡을 탐험하는 캐녀닝인데, 숙련된 가이드가 전담하여 안내하기 때문에 위험도가 높진 않고 아이 동반시에는 천천히 이동하여 약 2시간 정도가 소요된다. 협곡마다 사진을 찍을 수 있는 멋진 포인트가 있고 마지막 스폿에서는 그네를 타며 사진을 찍을 수 있는 곳도 있다. 가격은 인당 120k로 가이드가 포함된 것을 고려하면 매우 저렴한 편이며, 하루에 2번, 10시와 2시에 출발할 수 있으니 시간을 맞춰 방문하도록 하자. 방문시에는 맨발이나 슬리퍼 대신 아쿠아슈즈나 뒤꿈치가 막혀 있는 샌들을 착용해야 한다. 미취학 자녀는 조금 위험할 수 있고 초등학생 이상의 자녀와 동반이 가능하다. 또한 우기에는 계곡의 수위가 높아져 위험할 수 있으니 건기에 시도하는 것을 추천한다.

[거북이 보호,교육 센터]   [히든 캐년 탐험]

EP. 26 사누르의 이웃들과 단골 가게

　남편이 가고 난 뒤 우진이와 나는 잠시 휘청거렸지만 다시금 마음을 가다듬고 서로 의지하며 여행 속의 일상으로 돌아왔다. 우진이는 SIS에서 빠른 속도로 적응해갔고, 나 역시 서로 의지할만한 지인들을 사귀고 나의 루틴을 만들어 나가기 시작했다. 사실 Y와 지낼 때나 남편과 함께 다닐 때는 다른 사람들과 친분을 나눌 여유가 없었다. 대부분 아이들을 케어하거나 다음 일정을 알아보느라 정신이 없었고, 그러다가 조금 짬이라도 날 때면 서로 대화하면서 시간을 보낼 수 있었기 때문이다. 게다가 나는 잘 모르는 사람들에게 먼저 다가가는 주변머리가 없었다. 그랬기 때문에 처음 며칠은 혼자서 요가원과 카페만 다니면서 밀린 일을 하고 글을 쓰며 우진이의 하교 시간을 기다리곤 했다. 그러다가 SIS에 다니는 한국인 학부모들과 서서히 인사를 하게 되었고, 숙소에서 만난 한국인 가족들과도 친분을 쌓게 되어 나름 발리에서의 이웃이 생겼다. 지금 생각하면 그들과의 교류가 이번 여행을 가장 재미롭게 만들어 준 요인이 아니었나 싶을 정도로 이웃이 생긴 후 발리에서의 일상이 풍요로워졌다.

　나의 발리 이웃들은 하나같이 평범한 분들이 아니었다. 코로나가 끝나기도 전에 발리 장기 여행을 선택한 것, 교육으로 유명한 도시도 아니고 이렇게 호젓한 마을에서 아이를 학교에 보내는 것만 봐도 해외 살이에 대한 내공을 느낄 수 있었다. 게다가 현지인과 흥정을 하거나 여행 일정을 세팅할 때의 숙련된 내공은 아우라마저 느껴지는 정도였다. 이분들의 공통점은 미혼 시절 배낭여행을 많이 했다는 점과, 이미 여러 번 발리를 방문했다는 점이었다. 갓난쟁이를 포함한 세 아이를 데리고 길리에 갔다는 가족도 있었고, 4살짜리 어린 아이와 오토바이를 타고 우붓을 누볐다는 가족도 있었다. 우리는 젊은 시절 배낭을 메고 게스트하우스를 누비며 여행했던 내공으로, 이제는 아이를 데리고 머무는 여행을 하고 있었다. 이 흥미로운 이웃들과의 만남으로 나와 우진이는 재미있는 사누르 생활을 할 수 있었다. 나는 이웃들과 함께 요가를 하고 맛집도 방문하고 카페에서 시간가는 줄 모르고 수다도 떨었고, 우진이는 하교 후에 학교 친구들과 근처 카페나 바닷가에서 놀고, 숙소에 돌아오면 숙소 친구들과 놀며 알찬 발리 생활을 즐겼다.

멋진 이웃들 덕분에 아이들을 데리고 사누르의 키즈 프랜들리 카페를 많이 방문하게 되었는데 이 때문에 사누르의 매력에 더 빠져들게 되었다. 우붓이나 스미냑에서는 아이들을 위한 장소가 매우 제한적이었는데 사누르에서는 너무 많아서 오늘 어디에 가야 하나 고민이 되는 정도였다. 괜히 장기 거주에 적합한 지역이라는 말이 나온 게 아니었다. 그중에서 우리가 특히 좋아했던 장소는 커다란 나무 놀이터가 있는 샷건(Shotgun)과 해변에서 아이들이 노는 걸 바라보며 칵테일을 한잔 할 수 있는 비치 카페 지니어스(Genius)였다.

한번은 숙소에서 만난 이웃과 비치 카페 지니어스에 간 적이 있었다. 아이들이 해변에서 또래의 한국인을 만나 다 같이 놀이를 시작하자, 우리는 뒤편 테이블에 앉아 있는 그 아이들의 부모와도 가볍게 인사를 나누었다. 아이들은 해변에서 코코넛 열매를 주워 나무 그루터기에 던져 누가 코코넛을 먼저 깨는지 시합을 했다. 남자아이들 4명이 나무에 오르내리며 코코넛 던지기 놀이를 하고 있는 걸 보니 마치 원숭이 4마리가 놀고 있는 것 같아서 웃음이 났다.

그렇게 해맑게 놀고 있는 아이들 뒤로 붉은 무엇인가가 둥실 떠오른다. 이미 하늘은 깜깜해졌기 때문에 소원을 밝히는 등불 같은 걸 하늘에 띄운 줄 알았다. 하지만 아이들이 저건 달이라며 저마다 소리친다. 내 생에 저렇게 붉디붉은 달은 본 적이 없어서 달이 아니라고 장담하듯 말했는데, 그 붉은 것이 점점 떠오르며 자태를 나타낸다. 저건 분명 달이었다. 매일 아파트 사이로 보이던 그 노란 달이 아닌 해수면에서 붉게 떠오른 생소하고 낯선 붉은 달이었다.

진짜 달이라고 아이들이 소리치자 카페에 앉아 있던 모든 사람들이 일어나 그 진귀한 달을 쳐다보고 촬영한다. 아까 인사를 나눈 한국분들 중에는 발리에 10년 넘게 거주한 교민도 있었는데, 그분 역시 이런 달은 처음 봤다고 하니 정말 진귀한 달임은 틀림없었다. 붉은 달이 점점 수면 위로 올라가자 붉은색이 옅어지고 노란빛이 돌면서 우리가 아는 그 달의 모습이 나온다. 하지만 보통의 달보다 훨씬 큰 슈퍼문이었다. 달의 붉은 빛에 한 번 감탄하고, 큰 모습에 두 번 감탄하며 내 생에 가장 멋진 달구경을 한 날이었다.

다 같이 멋진 광경을 공유하고 나니 카페에 있는 사람들의 분위기가 더욱 무르익었다. 아이들 덕에 인사를 나눈 발리 교민분과 합석을 해서 발리 생활에 대한 얘기를 나눴는데 한인 교회, 한인 학교 등에 대한 정보를 얻을 수 있었다. 특히 한인 학교는 토요일마다 자원봉사로 이루어지는데, 아이들이 한국에 귀국한 후에도 교과 과정에 어려움을 느끼지 않도록 한국 교과서를 공수해 와서 학년별로 가르치고 있다고 한다. 다음에 발리에서 장기로 머물게 된다면 교류나 학습을 위해 꼭 방문해 보고 싶었다.

TIP!

아이와 함께 즐길 수 있는 사누르 카페

1) 샷건 (Shot gun Social Bali)

맛있는 크레프트 비어와 피자를 먹을 수 있는 캐주얼 펍으로 드넓은 잔디와 커다란 나무 밑 트리 놀이터가 있어 아이 동반 가족들에게 인기가 많다. 아이 동반 시 컬러링 페이퍼와 색연필 등을 제공해주고 직원들이 아이들에게 친절해서 아이 동반 가족 모임이 많은 곳이다.

저녁이 되면 나무에 걸려 있는 알전구들이 더욱 아름다운 운치를 자아내어 분위기가 아름답다. 요일마다 다채로운 공연도 있어 관람도 하면서 즐길 수 있다. 22년 여름에 방문했을 때는 금요일마다 라틴댄스, 토요일은 라이브밴드, 일요일은 재즈공연이 있었고, 일요일 오후에는 패밀리 펀데이 이벤트를 진행했다.

2) 지니어스 비치 카페 (Genius Cafe Sanur)

지니어스는 사누르 남쪽에 위치한 비치 카페로, 원래는 멤버십으로 운영되는 코워킹 플레이스지만 해변에 위치하고 분위기가 좋은 이유로 아이 동반 가족들이 많은 곳이다. 보통 업무를 위해 찾는 사람들은 카페 내부에 자리를 잡고, 아이들이

나 반려견과 동반한 사람들은 외부의 테이블과 빈백에 자리 잡는다. 이곳에서는 매일 저녁 7시까지 음료 1+1 행사를 하고 있어 칵테일이나 음료수를 부담 없이 즐길 수 있고, 목요일 저녁에는 영화 상영과 어린이 동반 고객 음식 1+1 행사도 하고 있어 아이들이 매우 좋아한다. 어떤 메뉴를 시켜도 실패가 없고 코워킹 플레이스답게 인터넷 속도가 매우 빨라서 장기 투숙객에게 인기가 많다.

3) 버드 하우스 (Byrd House Bali)

사누르에서 유일하게 아쉬웠던 점은 비치 카페에 수영장이 없다는 점이었는데, 이 지역에서 유일하게 수영장과 바다를 함께 즐길 수 있는 비치 카페가 바로 '버드 하우스'이다. 단 수영장은 200k 이상을 주문해야 사용 가능하며 베드에 따른 차등 요금은 없다. 분위기도 매우 세련된 편이어서 사누르에서 브랜드 행사를 할 때 자주 사용되는 장소이기도 하다. 짧은 시간 즐기기에는 다소 아쉬운 면이 있지만 주말에 아이들과 하루 종일 수영장과 바다를 오가며 즐기기에 좋다.

사실 두 달 살기의 마지막 장소인 사누르에서는 여기저기 돌아다니는 일정에 조금 지쳤던 것 같다. 그래서 요가원도, 마사지도 한 곳으로만 정해서 단골로 다니게 되었고 카페도 몇 곳을 정해 놓고 돌아가며 다니게 되어 나름의 루틴이 생기게 되었다.

사누르에서의 나의 루틴은 이러했다. 우진이와 아침을 먹고 고젝으로 택시를 불러 학교에 데려다준다. 아이를 등원시키고 고라이드로 오토바이를 불러 사누르 중심가에 있는 요가원에 간다. 나는 이번 여행에서 아이와 오토바이를 타지 않겠다고 남편과 약속해서 아이없이 혼자 이동할 때만 고라이드를 불러서 다니곤 했는데, 비록 직접 운전하는 맛은 없어도 오토바이 뒤에 타고 달리는 아침 공기가 참 좋았다.

팔로산토스 향이 은은하게 퍼지는 숲속 요가원에서 요가를 마치고 요가 선생님들과 간단한 담소를 나눈 후에 잘란잘란* 걸어서 단골 마사지샵에 간다. 이번에는 마사지샵도 여기저기 돌아다니기가 싫었고 시설 좋은 마사지샵도 누가 마사지를 해주느냐에 따라 만족도가 천차만별이었기에, 가성비 좋은 곳을 단골로 만들어 나와 잘 맞는 마사지사를 지정하여 3주 내내 마사지를 받았다.
단골 마사지사를 만나는 나만의 방법이 있는데, 구글에서 평점이 좋고 저렴한 샵을 찾아 그곳에서 가장 난이도 있는 마사지를 선택하는 것이다. 보통 오일을 바르고 하는 발리니스 마사지는 신입조차 할 수 있어 경력이 오래되고 인기가 많은 마사지사를 처음부터 만나기가 힘들기 때문이다. 하지만 압이 센 건식 마사지인 딥티슈 마사지(Deep Tissue Massage) 또는 시아츄 마사지(Shiatus Massage)는 보통 경력이 오래된 에이스 마사지사들이 주로 맡고 있어서 경력이 많고 내공 있는 마사지사들을 만날 수 있다. 사누르는 장기 투숙객이 많은 편이어서 인기가 많은 곳은 꼭 며칠 전에 예약을 하고 방문해야 한다.

* 잘란잘란(Jalan Jalan): '산책한다'는 뜻을 가진 인도네시아어. 국내 최대의 '인도네시아 여행 카페'의 이름도 '잘란잘란'이다.

185

요가 수업이 없는 날에는 아이를 등원시키고 SIS 학부모들과 만나 비치 카페나 맛집에 가서 점심때까지 이야기를 나눴다. 주로 아이들 이야기였지만 젊은 시절 게스트 하우스에서 만났을 법한 비슷한 추억거리를 가진 동갑내기분들이 계셔서 얘기를 나누다보면 아주 옛날부터 알고 지낸 것처럼 친근하고 좋았다. 그렇게 얘기를 나누고 있으면 그분들의 외국 친구들도 하나씩 모여들어 어느 순간 그 옛날에 게스트 하우스의 흔한 풍경이 연출되었다. 대화의 소재도 예전과 비슷했다. '이 분들은 옛날에 중국에서 만나서 프로포즈 했대!', '이 분은 티벳 여행도 해봤대!', '와~ 갓난 아기까지 데리고 오래 체류하는 거야? 대단한데!' 같은 여행 포스 충만한 대화를 나누다보면 정말 예전으로 돌아간 것 같은 기분마저 들었다.

　점심은 보통 현지 음식점에서 나시짬뿌르를 먹거나 일식당에서 롤이나 라면 같은 간단한 음식을 먹고, 내가 가장 좋아하던 카페 '브래드 바스켓'에 가서 '큐브 콜드 브루'를 먹으며 일하곤 했다.

　3시에는 우진이를 데리러 학교로 갔고 오후 스케줄이 없을 때는 학교 도서관에 가서 책을 읽거나 운동장에서 줄넘기나 농구를 하며 시간을 보내곤 했다. 또는 학교 근처에 있는 '구디스 베이커리(Goddes Bakery)'에 가서 달콤한 케이크를 먹으며 서로의 하루 일과를 조잘거리기도 했고, 금요일 저녁은 한 주 동안 수고했다는 의미로 그랜드럭키 마트나 프라자르논 (Plaza Renon)에 가서 장난감을 하나씩 사주곤 했다.

　그리고 가끔은 학교나 숙소에서 만난 이웃들과 함께 비치 카페나 수영장에서 저녁까지 먹으며 시간을 보내기도 했는데, 그렇게 시끌시끌 함께 놀다가 우리 둘이 숙소로 돌아가는 길은 늘 조금 쓸쓸했다. 그래서 숙소에 돌아오는 길에 '팬앤코 (Pan & Co)'에서 푹신푹신한 팬케이크을 하나씩 먹으며 우울한 마음을 날려버리곤 했는데 이것 때문인지 나중에는 숙소로 돌아오는 길이 조금은 기대가 되고 즐거웠다. 팬케이크를 먹고 숙소에 돌아가는 길은 200m밖에 안되는 짧은 직선거리라서 아빠와의 약속을 깨고 오토바이를 타는 우리만의 작은 일탈도 했다. 우진이가 늘 아빠한테 자랑을 해대는 바람에 걸리긴 했지만... 우리는 이렇게 소소한 재미들로 일상 같은 여행을 채워 나가고 있었다.

TIP!

사누르의 요가원 소개

1) KOA 샬라 요가원 (Koa Shala)

첫눈에 마음에 들었던 곳이다. 은은한 팔로산토스 향과 깨끗하게 관리되는 요가 도구들, 그리고 다정하고 세심한 선생님들까지 마음에 들어서 가장 많이 방문했던 곳이기도 하다. 이곳은 사누르 메인 거리에 위치하며 고급 마사지샵과 헤어샵이 함께 운영되고 있는데, 예쁘고 고요한 정원을 바라보며 요가를 하면 저절로 힐링이 된다. 요가는 1회에 90k로 우붓보다 훨씬 저렴하며 요가와 45분 마사지 패키지가 250k, 요가와 90분 마사지 패키지가 420k이다. 보통 오전 9시와 오후 5시, 하루에 2타임 수업이 진행되고 있고, 아이가 SIS에 다니는 경우 아이를 조금 일찍 등원시키고 와야 수업에 참여할 수 있다. 인기가 많은 수업은 제시간에 도착해도 자리가 없는 경우가 있으니 되도록 일찍 도착해서 자리를 잡는 것이 좋다.

2) 파워오브나우 오아시스 (Power of Now Oasis)

사누르 남쪽, 지니어스 카페 옆에 위치한 바다가 보이는 요가원으로 샬라에서 보이는 경치가 매우 아름다운 곳이다. 요가는 1회 100k이고 요가 티처 양성 과정도 운영하고 있다. 요가 수업은 오전 9시 30분, 오후 5시로 하루에 2타임만 운영되고 있으며 오전 수업이 오후 수업 대비 난이도가 높은 편이다. 하타요가와 인요가, 빈야사 등 다양한 스타일의 요가 수업을 진행하고 있어 어떤 요가 스타일이 나에게 맞는지 골고루 체험해보기 좋다. 요가 샬라 앞 작은 울타리에 이 요가원이 상징인 소 한 마리가 있는데, 그 소를 스승이라고 여겨 요가를 하러 방문하는 사람들마다 소에게 먼저 인사를 드리고 샬라로 올라간다.

3) 우아 샥티 요가원 (Umah Shakti Yoga Bali)

구글에서 가장 평점이 좋은 사누르 소재 요가원으로 하타, 플라잉, 파워 요가 수업을 운영하고 있다. 하타와 파워 요가는 75k, 플라잉 요가는 120k로 다른 요가원들보다 저렴한 편이다. 보통 평일에는 오전 8시 반, 오후 6시 수업을 운영하고 있어서 SIS 학부모들은 시간을 맞추기 어려우나 프라이빗 요가 수업을 신청할 수는 있다. 파워오브나우와 마찬가지로 요가 티쳐 양성 프로그램을 운영하고 있고, 침술, 힐링 호흡, 명상 등의 다양한 힐링 프로그램도 운영하고 있다.

4) 마야 리조트 (Maya Sanur Resort & Spa)

전문 요가원은 아니지만 사누르 중심에 위치한 마야 리조트에서도 합리적인 비용으로 요가를 즐길 수 있다. 고급 리조트인 만큼 시설과 조경이 매우 좋고, 비용 또한 5회에 399k, 10회에 599k로 전문 요가원보다 저렴하다. 또한 요가 수업에 등록하면 마야 리조트의 웰빙 멤버십 카드가 발행되는데, 이 카드로 등록 기간 동안 피트니스 센터와 수영장을 무료로 이용할 수 있으며 식음료도 20% 할인된다. 요가는 오전 7시와 9시, 오후 2시 반과 5시로 하루에 총 4 타임 진행되며 빈야사, 하타, 인 요가, 필라테스와 명상도 포함된다.

[코아 요가]   [파워 오브 나우 오아시스]

EP. 27 제이맘의 사교육은 계속된다

사실 두 달 살기를 계획할 때 가장 걱정이 되었던 건 다름 아닌 '학원'이었다. 유치원에서는 감사하게도 두 달 동안 자리를 보전해준다고 했지만 어렵게 대기하다 들어간 학원에서 나오면 다시 들어가는데 또 한참이 걸릴 것이고, 그나마 다시 들어가도 진도를 따라가기 어려울까 봐 걱정이 되었다. 우진이는 그래도 유치원생이라 이런 걱정들을 쿨하게 털어버릴 수 있었지만 정말 초등학생 이상은 해외 한 달 살기에서 학원 걱정이 가장 클 것이다.

나 역시 발리에 체류하는 동안에도 나름 루틴 유지와 사교육에 힘을 썼다. 사교육이라고 해서 한국에서처럼 거창하게 유명 학원에 등록하거나 방과 후 수업을 하는 정도는 아니었지만, 나름 '발리에서도' 유지할 수 있는 학습 습관을 지키고, '발리에서만' 즐길 수 있는 색다른 활동들을 경험하게 하고 싶었다.

우진이는 한국에서 저녁을 먹은 후에 엄마와 영어, 수학 공부를 하고, 잠자리에 들기 전 한 시간 정도 한국어, 영어책을 골고루 읽어주는 루틴을 유지하고 있었다. 한국어책은 과학, 사회, 수학, 미술 영역에서 골고루 선택했고, 특히 창작 책은 서로의 생각을 나눌 수 있는 주제로 직접 도서관에서 한 권 한 권 골랐다. 영어책은 내용보다 난이도에 맞는 좋은 표현이 있는 책을 선택해서 읽어줬다. 그리고 금요일 저녁에는 루틴을 끝낸 후에 온가족이 함께 '게임 나잇' 시간을 가졌는데 주로 수나 공간지각 능력을 키우기 위한 보드게임이나 간단한 카드 게임을 하며 늦게까지 TGIF를 즐겼다. 나는 그렇게 매일 반복되는 루틴의 힘과, 룰을 깨고 마음껏 즐길 수 있는 일탈이 주는 힘을 믿었고, 아이에게도 반복과 강약의 조화를 느끼게 하고 싶었다. 다행히도 우진이는 여태껏 큰 불평 없이 루틴을 지속했고 외출 후 늦게 귀가한 날조차도 본인이 그 루틴을 지키기 위해 노력했다.

그래서인지 발리 두 달 살기를 준비하면서 과연 우리가 특수한 상황에서 이 루틴을 유지할 수 있을 것인지 조금 우려스러웠다. 이왕 학원까지 쉬는 김에 편하

189

게 지내보자며 캐리어에서 태블릿 PC와 워크북을 모두 꺼내버렸다가도, 저녁 시간에 TV만 보고 있진 않을까 걱정이 되어 다시 챙기기를 반복했다. 결국 최대한 루틴을 유지해 보기로 하고 복습 수준의 쉬운 워크북과 보드게임, 몇 권의 책을 챙겨들고 여행길에 올랐다.

결론적으로 우진이는 발리에서 머무는 동안 매일 정해진 루틴을 반복했고 그것이 아이의 학습에 도움이 되었다기보다 안정감을 줬다고 본다. 하루는 숙소에 늦게 들어와서 내가 너무 피곤하길래 루틴을 건너뛰고 일찍 자자고 제안한 적이 있는데, 우진이는 매일 하던 일과를 하고 책도 읽고 자야 마음이 편하다며 내가 잠든 시간에도 할 일을 야무지게 끝내고서 잠이 들었다. 내가 아이에게 너무 루틴을 강요한 것이 아닌가 죄책감마저 들었는데, 입장을 바꿔 생각하니 나 역시 새로운 환경에 적응할 때 예전부터 해오던 일을 계속함으로써 안정을 되찾곤 했다.

이 루틴을 위해 책을 공수하는 것이 필수였는데, 우붓의 쁠랑이 스쿨에서는 방학 중에 도서관을 이용할 수가 없어 책을 구할 수 없었다. 그래서 앞에서 소개한 폰독 도서관에 가서 책을 읽기도 하고, 잠자리에서는 온라인 도서관 앱을 이용하여 책을 읽어줬다. 그리고 사누르에 온 후에는 SIS 도서관에서 한 번에 2권씩 책을 대여해줘서 잠자리 책 읽기를 계속할 수 있었다. 나중에는 열심히 책을 읽는 우리를 보고 특별히 대여 권수를 늘려주기도 해서 더 편리하게 이용할 수 있었다.

이렇게 아이의 책 육아에 진심인 엄마는 나뿐만이 아니었다. 한번은 여행 카페에 '초등 저학년 책을 드림한다'는 글이 있어 읽어봤더니, 한 달 동안 읽을 아이 책을 다 가지고 오셨다고 한다. 요즘은 온라인 도서관 서비스가 잘 되어 있다지만 아무래도 지면 책이 주는 독서의 느낌과는 많이 달라서 짐 용량이 여유 있다면 나도 다 짊어지고 오고 싶은 정도였다. 물론 미취학 아동의 책은 대부분 양장본이라서 부피가 커서 포기했지만, 초등 고학년 정도가 된다면 자신이 읽을 책을 몇 권 챙겨 오는 것도 루틴을 유지하는 데 도움이 될 수 있을 것이다.

TIP!

여행지에서 아이 책 공수하는 방법

책 읽기에 진심인 부모라면 여행지에서도 그 루틴을 깨고 싶지 않을 것이다. 여기 몇 가지 노하우를 적어보았다.

만약 종이책을 고집한다면 부피는 줄이되 하나를 읽어도 내용이 좋은 책을 골라야 할 것이다. 그래서 나는 여행 준비에 앞서 국내 독서 논술 업체에서 수업용 교재로 만든 미니북을 중고 마켓에서 구매하곤 한다. 전문가들이 수많은 국내외 도서 중 선별했다는 점에서 믿음이 가고, 내용이 긴 책들은 발췌해서 만들었기 때문에 여행지에서 매우 요긴하게 읽을 수 있다. 미니북이기 때문에 부피가 적은 것은 두말할 것도 없다.

그리고 태블릿 PC에서 전자책을 이용할 수도 있다. 보통 성인들이 이용하는 책 구독 서비스는 아이들 책이 매우 제한적이기 때문에 어린이책을 전문적으로 다루는 앱을 이용하여 유료로 책을 구독할 수 있다. 유료 서비스를 잘 활용할 자신이 없다면 본인이 거주하는 지역의 도서관에 회원 가입한 후 '교보도서관' 앱을 다운받아 사용해보자. 내가 가입한 도서관을 선택하면 무료로 전자책을 대여해주는 서비스가 있는데 한 번에 2권으로 전자책 대출 권수가 제한적이긴 하지만 일반 책은 물론 아이 책도 꽤 다양해서 유용하게 사용할 수 있다.

또한 해당 학년의 필독 도서 리스트를 만들어서 해당 콘텐츠를 찾아 유튜브로 틀어주는 방법도 있다. 학교나 교육부에서 추천하는 필독 도서들은 보통 유튜브에 콘텐츠가 있기 마련이다. 하지만 이 경우에 아이들이 유튜브의 다른 콘텐츠로 새 나가는 경우가 있기 때문에 프리미어 서비스에 가입하여 다운로드 한 후 해당 콘텐츠만 보여주는 방법을 추천한다.

마지막으로 현지에서 책을 공수하는 방법인데, 우붓에서는 앞서 얘기했던 폰독 도서관에서 회원 등록 후 책을 대여할 수 있고, 사누르에서는 SIS 도서관에서 학생들에게 책을 대여해준다. 또한 사누르의 어린이 시설 '키즈카페 사누르 (Kidz Cafe)'에서는 매주 수요일 4~6시에 책을 읽고 교환하는 'Book Club/ Book Swap' 이벤트가 있어 이곳에서 책을 구매하거나 교환할 수도 있다.

한번은 사누르에 태권도를 배울 수 있다는 곳이 있다는 소문을 듣고 찾아갔다. 사누르 남쪽에 위치한 키즈 카페였는데 댄스, 수학, 다른 수업들은 일일 클래스로 진행되었지만 태권도는 학원처럼 월 단위로 등록해야만 수업에 참여할 수 있었다. 우진이는 한국에서 2년 동안 태권도를 배워 왔고 국기원에서 품띠도 땄기 때문에 태권도에 나름 자부심이 있어서 내심 이 수업을 기대했었다.

수업이 시작되자 현지인 사범님은 초등 고학년 정도 되는 조교 아이들을 한 무리 데리고 등장하셨고, 사범님의 구령 하에 조교 아이들이 돌아다니며 수강생들의 자세를 잡아주는 시스템이었다. 그런데 키즈 카페의 놀이 공간에서 진행되는 수업이고 어린 조교들이 가르쳐주는 형식이라서 우진이는 수업에 참여하다가 블록을 가지고 놀다가 엄마한테 와서 조잘조잘 얘기하는 등 집중을 하지 못했다. 그렇게 몇 번을 참여했던 우진이는 '저 조교 형이 태권도를 나보다 못하는 거 같은

데 계속 틀린 자세를 가르친다.'라며 태권도를 그만두고 싶어했다. 다른 나라에서 다른 방식의 훈련도 도움이 될 거라 생각했지만, 태권도 종주국에서 나름 품띠까지 딴 아이의 자부심을 존중해주기로 했다.

 발리에서 가장 가르치고 싶은 것은 수영이었다. 발리에는 숙소마다 수영장 시설이 있고 물에서 노는 시간이 길기 때문에 꼭 이 기회에 수영을 가르쳐 보고 싶었다. 우진이는 한국에서 6살에 수영 학원에 다닌 적이 있었다. 그때 유리창 너머로 수영 수업을 지켜보고 있다가 다른 아이가 사고가 날 뻔한 장면을 목격했고, 그 후로는 그 장면이 자꾸 생각나서 결국 수영 학원을 그만두게 되었다. 강사는 새로운 아이들이 물에 익숙해지도록 레일을 따라 한 바퀴 돌게 했는데, 한 아이가 미끄러져서 물에 빠졌다. 바닥을 짚고 일어나면 허리까지 오는 낮은 높이였는데도 아이는 당황해서 허우적댔고 강사는 다른 아이들을 가르치느라 그것을 보지 못했다. 결국 유리 밖에서 지켜보던 엄마들이 유리창이 깨지도록 두들겨서 강사가 아이를 구해줬다. 그래서인지 다시 수영을 배운다면 강사가 아이를 전적으로 케어할 수 있는 1:1 수업을 받게 하고 싶었다.
 발리는 일반적으로 한국보다 인건비가 저렴하니 당연히 수업료도 저렴할 거라고 생각했는데 내 오산이었다. 숙소로 강사가 와서 아이들에게 수영을 가르치는 업체의 가격은 45분에 500k로 한국만큼 비쌌다. 이곳에서 1:1 레슨을 받는 아이들은 대부분 외국인이기 때문에 발리 특유의 외국인 가격이 적용된 것이다. 결국 페이스북의 사누르 커뮤니티에서 수영 개인 레슨 강사를 구하는 글을 올려 50분에 200k라는 좋은 가격을 받아 수업을 진행하게 되었다.

우진이의 수영 선생님은 수업 때마다 물속에서 쓸 수 있는 장난감들을 많이 가져왔는데, 머리를 물속에 넣어야 할 때도 장난감을 사용했고, 저쪽 끝까지 발차기로 이동해야 할 때도 장난감을 사용하여 흥미롭게 수업을 진행했다. 한국의 어떤 수영 학원보다도 만족도가 높은 레슨이었다. 아쉽게도 선생님 스케줄로 인해 주 2회밖에 레슨을 받지 못했지만 5번의 수업 끝에 우진이는 물에 대한 공포가 없어져 멀리서 달려와 캐논볼을 한다든지, 머리를 물에 넣고 숨을 참으며 잠영을 한다든지, 짧은 거리에서 물 위로 얼굴을 내밀어 호흡하며 나아가는 등의 기초적인 생존 수영을 배우게 되었다.

사실 아이가 집에 오면 오붓하게 가족 시간을 보내는 것을 선호하는 부모도 있다. 여기까지 와서 루틴을 지키고 사교육을 시키며 책을 읽어주는 것이 어찌 보면 너무 극성스러워 보일 수도 있다. 하지만 앞서 언급했듯이, 나는 기본적으로 아이와 집에서 노는 것이 성격에 맞지 않다. 그 대신 하루하루를 액티비티로 채워주고 여기저기 데리고 다니며 새로운 체험을 해주는 몸이 바쁜 육아를 선호한다. 그래서 나에게는 하교 후의 일과를 체험이나 사교육, 루틴 등으로 채워 주는 것이 중요했고, 역설적으로 저녁에는 아이와 책을 읽으며 교감하는 시간이 더더욱 소중했다. 하지만 모든 가족의 스타일이 다르므로 정답은 없다. 그 가족만의 가치와 문화를 해외 살이에서도 계속 지켜나간다면 그것만으로도 아이는 안정감을 느낄 수 있을 것이다.

TIP!

사누르의 예체능 학원

1) 사누르 키즈 카페 (KidzCafe Sanur)

사누르 남쪽에 위치한 키즈 카페로 어린이를 위한 놀이터와 레스토랑, 다양한 수업 프로그램을 운영하는 장소이다. 수업은 영어, 수학, 프랑스어, 발리니스 댄스, 크래프트, 쿠킹 클래스, 태권도 등 매일 다양하게 진행되며 페이스북을 통해 다음날 프로그램이 공지된다. 그중에서 태권도는 유일하게 월 단위로 등록해야 하는 수업으로 매주 화,목요일 4~5시에 수업이 있으며 등록비 75k와 월 수강료 250k를 지불해야 한다.

이곳에서는 가끔 어른들을 위한 줌바나 에어로빅 수업, 옥토버 페스티벌, 바틱 데이 등의 행사가 열리니 스케줄을 확인하고 방문해 보도록 하자. 꼭 클래스에 참여하지 않는다고 해도 조그마한 놀이터와 맛있는 키즈 메뉴가 있어 아이들을 데리고 방문하기 좋다. 하지만 놀이 시설은 2~6세 정도의 미취학 아동들에게 적합한 수준이어서 초등 이상의 아이들은 태권도 수업밖에 참여할만한 게 없다.

2) 리가 테니스 클럽 (Liga Tennis Sports Club Sanur)

발리에서 흔치 않은 실내 코트로 개인이나 그룹 레슨을 받을 수 있다. 이곳에서 아이들이 테니스 수업을 받는 동안 부모는 피트니스, 수영장, 사우나 등의 시설을 사용할 수 있어 온 가족이 함께 운동을 즐길 수 있다. 하지만 이곳 회원들은 주로 장기 투숙객이고 텀(Term) 단위로 클래스가 오픈해서 중간에 빈자리가 있어야 들어갈 수 있으니 미리 문의하는 것이 좋다.

주니어 그룹 테니스 레슨은 주 1회 등록 시 200k, 주 2회 등록시 회당 150k이며(7주 이하 등록 기준), 4~7세는 월수금 오후 4시에, 8~10세는 화목 오후 4시에 그룹 레슨이 있다. 성인의 경우 피트니스 이용료는 1일에 250k, 1주에 600k이며 회당 350k에 퍼스널 트레이닝(PT)도 받을 수 있다. 성인 테니스 개인 레슨은 강사 레벨에 따라 230k~600k까지 다양하다.

3) 탤런트 스튜디오 (EVB Talent Studio Sanur)

창구와 사누르에 있는 주니어 예체능 스튜디오로 노래, 연기, 발레, 힙합댄스, 재즈댄스, 케이팝 댄스 등 다양한 예체능 수업을 운영하고 있다. 보통 5세부터 초등 3~4학년까지의 여자아이들이 많으며 홈페이지에서 1회 무료 수업 신청을 할 수 있다. 수강료는 10회 기준 회당 180k, 20회 기준 회당 105k이다. 이곳 역시 텀(Term) 단위로 클래스가 오픈되고 텀이 끝날 때마다 수업 별로 발표회를 진행하고 있다.

EP. 28 여행을 더욱 풍성하게 만들어주는 현지인 친구들

사누르에서 한국 이웃들을 사귀면서 발리 생활이 활기차졌다면, 빤떼 씨를 알게 되면서 발리 생활이 더욱 풍성해졌다. 빤떼 씨는 SIS에서 만난 이웃이 소개해 준 현지인 가이드인데 한국말을 얼마나 잘하는지 정치, 경제, 문화에 이르기까지 지식과 어휘가 동시에 풍부한 분이었다. 한번은 빤떼 씨와 차를 타고 가던 중 '딸기밭'이라고 쓰인 표지판을 본 적이 있는데 발리에서 딸기가 나냐고 묻자 빤떼 씨는 '고랭지 농업으로 고원에서 재배해요'라고 대답했다. 한국을 한 번도 안 가본 외국인의 대답이라고 하기에는 전문 용어를 이해하는 수준이 한국 사람과 비슷했다. 빤떼 씨는 내 이웃 분과 예전부터 친구처럼 지내는 사이였다. 그래서 그 이웃분의 소개로 만난 나에게도 처음부터 고객이 아닌 친구처럼 대해 주었다.

빤떼 씨는 코로나 이전까지 한국 여행사에 소속된 가이드로 일을 해왔다. 하지만 코로나가 터지고 3년이라는 긴 시간 동안 수입이 거의 없자 생활이 힘들어 졌다. 오랫동안 한국어를 공부하고 발리 관광에 대한 전문 지식을 쌓았지만 누구도 통제할 수 없었던 역병 앞에 많은 것이 바뀌어 버렸다. 세계적인 팬데믹 상황에서 어느 나라인들 타격이 없었겠냐마는 관광이 주 산업인 발리는 우리 생각보다 더 타격이 컸다. 수많은 여행사가 문을 닫고 음식점과 숙박업소가 사라지면서 일자리를 잃고 고향으로 돌아간 사람들도 많았고, 예전에는 고객이 줄을 섰던 가이드들도 고객 기사로서 생계를 연명하고 있었다.

그동안 나는 해외여행를 하면서 한국어가 가능한 가이드를 찾은 적이 거의 없었다. 투어 비용만 더 비싸지고, 오히려 '한국어'를 사용하여 친근하게 다가온 후에 바가지를 씌우는 경우도 종종 봐왔기 때문이다. 그래서인지 이번이 여섯 번째 발리 여행임에도 한국어 가이드를 찾은 적이 한 번도 없었다. 그래서 처음에는 빠떼 씨의 전문적인 지식과 한국어 솜씨에 무척 놀랐고, 그다음에는 우직하고 진심이 묻어나는 성품과 친절함에 매료되어 다른 발리 사람들과도 대화하고 싶다는 생각이 자연스럽게 일어났다.

 사실 나는 매일 만나는 호텔 직원이나 요가 강사, 학교 직원이나 단골 음식점 직원, 마사지사나 세탁소 아주머니와 사적인 얘기를 나눠 본 적이 없었다. 심지어 택시 기사가 왜 발리에 왔냐고 질문해도 '그냥'이라고 애매하게 얘기해서 더 이상의 대화를 차단해버리는 정도였다. 내 거주지를 알고 있는 택시 기사에게 어떠한 추가적인 정보도 남기고 싶지 않아서였다.

 젊은 시절 배낭여행을 다니던 때와는 다르게 지금 나의 여행은 매우 보수적으로 변해 있었다. 혹시라도 예상치 못하게 닥칠 수 있는 모든 위험을 차단하고 싶어서였다. 사실 여행의 모든 변수는 사람으로부터 나오기 때문에, 어떤 사람인지 확인할 수 없는 현지인과의 소통은 되도록 피하고 신분이 확실하다고 여겨지는 소수의 한국인과만 교류해왔던 것이다. 그랬기에 호텔이나 음식점, 택시 등 기본적인 서비스에 필요한 최소한의 소통을 제외하고 현지인과의 사적인 대화를 가급적 피해왔다. 이런 변화는 특히 아이가 생기면서 더 완고해졌는데, 아이와 함께 있을 때 예상치 못한 일이 벌어지는 것을 피하고 싶어서 점점 더 보수적으로 행동했던 것 같다. 혹은 나이가 들면서 '내가 아는 선에서만 행동하는' 꼰대가 되었을 수도 있다.

 하지만 빠떼 씨와의 대화를 통해 잊고 지냈던 여행의 묘미가 다시금 떠올랐다. 그것은 현지인의 삶이 나에게 스며들었던 경험이었고, 그들과 진심을 나눴던 경험이었다. 그 경험으로 인해 그 여행지에 대한 이미지가 결정되었다. 나는 추위에 떨고 고산병에 시달렸던 티벳 여행도 오체투지하며 한몸을 바치던 티벳인들의 고아한 정신과 해맑은 웃음으로 기억했고, 한여름 무더위에 고생하고 외로움에 눈물짓던 터키 여행도 현지인들의 따뜻한 환대와 긍정적인 삶의 태도로 기억하지 않았던가. 역시 여행은 사람이 다였음을 너무 오랫동안 잊고 지낸 것 같았다.

나와는 반대로, 숙소에서 만난 한 동갑내기 이웃은 나처럼 젊은 시절을 배낭여행으로 꽉 채운 경험이 있었지만 지금도 여전히 그때처럼 여행을 하고 있었다. 그녀는 가는 곳마다 친절한 현지인들의 도움을 받아 문제를 해결했고, 생각지 못한 어려움이 생길 때도 나처럼 피하기는커녕 현지인들과 함께 어려움을 극복하곤 했다. 그래서인지 그녀에게는 도움이 필요할 때마다 먼 곳에서 달려와 주는 내니가 있었고, 갑자기 쏟아지는 폭우에 잠시 들어와 쉬라며 커피를 내주는 이웃이 있었다. 처음에는 나에게 한 번도 생기지 않았던 일들이 왜 그녀에게는 일상처럼 펼쳐지는 건지 신기하기만 했는데, 열린 마음을 갖은 사람은 다른 사람을 끌어들이는 에너지가 생긴다는 것을 이해하게 되었다.

빤떼 씨 덕에 발리 사람들과 열린 마음으로 소통하고 싶다는 생각이 들게 되자 그 관심이 자연스럽게 나의 단골 가게 직원들에게로 이어졌다. 사누르에서 꾸준하게 마사지를 받고 있던 가게에서 마사지사에게 처음으로 이름을 물어봤다. 그녀는 내가 대화 없이 조용히 마사지를 받는 것을 좋아한다는 것을 알기에 항상 묵묵하게 마사지만 해왔는데 갑작스러운 질문에 당황해하는 것 같았다. 다음날에는 더 대화를 해보고 싶어서 일부러 눈을 마주치며 얘기할 수 있는 풋마사지를 선택했다. 성숙해 보였지만 알고 보니 나보다 열 살이나 어린 와디는 집안의 장녀였는데 집안의 유일한 아들이었던 오빠가 세상을 떠나자 부모님의 생계를 책임져야 하는 가장이 되어버렸다. 발리에서는 여자가 결혼을 하면 가정의 일에 충실해야 하므로 더 이상 친정 부모님의 생계를 책임질 수가 없어 결혼을 포기했다고 말하는 와디의 표정이 슬픈지만 당당했다. 발리의 가부장적인 전통 가족 제도에서는 시댁 가족의 허락 없이 경제 활동을 하거나 친정 부모님께 돈을 드리지 못하기 때문에 어쩌면 그 결혼제도의 굴레에서 벗어나 스스로의 가족을 책임질 수 있는 독립적인 삶을 택했다는 당당함, 하지만 여전히 전통적인 관념에서 자유로울 수 없다는 슬픔이 혼재되어 있었다.

낮에는 마사지를 하며 돈을 벌고, 저녁에는 동생들과 조카들을 보살핀다는 착실하고 야무진 와디, 비록 그녀의 삶의 무게를 덜어 줄 순 없어도 그녀가 이방인의 발을 만지며 가족을 위한 돈을 버는 동안 누군가는 그녀의 말에 온전히 귀를 기울이고 앞으로의 삶을 응원하고 있다는 사실이 위안이 되었으면 했다. 아니 어쩌면 남의 삶에 위안을 주려는 거 자체가 오만인지도 모른다. 내가 와디보다 경제적으로는 더 풍족할지언정 더 책임감 있게 삶을 살아간다거나 주어진 환경에 만족하며 살고 있는지는 확신할 수 없기 때문이다. 와디와 그렇게 대화를 나누고 나니 우리는 더 이상 마사지사와 손님이 아닌 친구가 되어 있었다.

그 후에도 나는 매일 마주치는 학교 선생님이나 호텔 직원, 요가 선생님들과 열린 마음으로 대화를 나누고 연락을 주고받았고 그 덕에 발리 생활이 몇 배로 풍성해졌음을 느꼈다. 그리고 그 고마움을 그들에게 도움이 되는 방식으로 표현하고 싶어 고민을 했다.

발리를 배경으로 줄리아 로버츠가 연기한 영화 '먹고 기도하고 사랑하라 (Eat, Pray, Love)'에서 그녀가 발리에서 만난 치료사 모녀의 꿈을 이뤄주고자 지인들에게 펀딩을 받아 호텔을 차려주는 장면이 나온다. 나는 그럴만한 능력은 없었지만 우리 한국인에게는 강력한 온라인 기반의 입소문 파워가 있지 않은가. 나는 나만의 방식으로 고마움을 표현하기 위해 여행 커뮤니티 카페에 내가 만난 이들을 적극적으로 홍보했고 글이 올라가자마자 예약 전화가 빗발친다는 연락을 받고 너무 흐뭇했다. 나는 과장 없이 평소 내가 봐왔던 그들의 능력과 성격을 그대로 쓴 것 뿐이었다. 나의 추천 글로 물꼬가 터진 빠떼 씨는 그의 성격대로 최선을 다해 한국인 손님들을 가이드했고, 나처럼 그의 진심을 알아본 손님들이 다시 그를 추천하는 일이 반복되면서 빠떼 씨는 다시 예전처럼 몇 달 스케줄이 가득 찬 인기 가이드가 되었다. 그는 내가 한국에 돌아온 이후에도 몇 번이나 고맙다는 문자를 보내곤 했지만, 사실 잊고 있었던 여행의 묘미를 다시 느끼게 해준 것에 대해, 그리고 발리에서 지내는 동안 우리 모자에게 든든한 의지가 되어 준 것에 대해 나는 오히려 감사하고 있다.

TIP!

발리에서 한국어 가이드를 찾는 방법

예전에는 많은 사람들이 한국어 가이드 전문 업체를 통해 예약했는데, 코로나 이후에는 프리랜서로 활동하는 가이드가 많아져서 이들에게 개별적으로 연락을 취하는 일이 많아졌다. 여행에서 좋은 가이드를 만나면 그 여행의 만족도가 높아지기 때문에 여러 사람의 후기를 보고 가이드를 지정하여 일정을 상의하는 것을 추천한다. 보통 네이버 인도네시아 여행 카페 '잘란 잘란'에서 한국어 가이드 후기를 읽고, 나와 성향이 맞을 것 같은 가이드를 선택해 예약을 한다. 발리의 한국어 가이드들은 대부분 카카오톡 계정이 있고 한국어 타이핑도 능숙하기 때문에 쉽게 문의할 수 있다. 요즘 몇몇 한국어 가이드가 가격을 대폭 인상하고 사전 양해 없이 다른 가이드를 보내고, 손님과의 협의 없이 커미션이 많은 유사한 관광지로 코스를 바꾸는 등의 행동을 한다는 글을 자주 보았다. 여행에서의 이런 불쾌함을 최소화하기 위해 가이드와 사전에 아래 사항에 대해 확실하게 협의를 하면 좋을 것이다.

1) 여행 코스와 소요 시간, 초과 시간 오버 차지

대부분 6시간, 10시간, 12시간 단위로 신청해서 견적을 받을 수 있고, 시간 초과에 따른 오버 차지를 미리 확인해야 한다. 보통 1시간 내 오버에 대해서는 별도의 비용 없이 진행해 준다.

2) 포함 사항과 불포함 사항

발리는 가이드와 차량 비용이 저렴한 편이지만 그밖에 관광지 입장료나 체험 가격은 비싸기 때문에 예상치 못한 비용에 당황할 수도 있다. 미리 불포함 사항을 확인하여 추가로 지불해야 하는 금액을 감안하여 예산을 짜면 좋을 것이다.

3) 차량 정보

보통 가이드는 자신의 차량으로 손님을 태우고, 인원이 많은 경우 업체에서 렌트를 해오기도 한다. 렌트하는 경우 당연히 비용이 더 들기 때문에 자차를 이용해 투어를 가는 것을 선호한다. 이를 대비하여 차종과 탑승 인원, 트렁크 용량 등을 미리 확인한다면 좁고 불편하게 이동하는 일이 생기지 않을 수 있다.

4) 특별 요청 사항

아이가 어린 경우 유아용 카시트를 요청할 수도 있고, 먹지 못하는 음식이나 알레르기가 있는 경우에도 가이드가 미리 대비할 수 있도록 알려주는 것이 좋다. 보통 가이드들은 시원한 물을 상시 준비하여 차에서나 관광 중에 언제나 마실 수 있도록 하는데, 만약 특별히 원하는 식음료가 있다면 미리 얘기해 보도록 하자. 그 밖에 투어를 위해 준비해야 하는 사항을 물어보면 가이드는 현지 날씨나 관광 코스에 따라 필요한 물건들을 알려 줄 것이다.

꼼꼼하게 확인하고 예약했음에도 불구하고, 일부 가이드들은 웃돈을 준다는 손님을 위해 몇 달 전부터 예약된 손님을 일방적으로 취소하기도 한다. 이런 경우에는 원래 예약한 가이드에게 다른 가이드를 소개해 달라고 할 수도 있지만, 이런 상황에 대비하여 급하게 연락할 수 있게 다른 가이드의 연락처를 미리 2~3개 정도 알아 놓는 것이 좋다.

가이드와 함께 한 일정이 만족스러웠다면 추가로 팁을 주기도 하는데, 이는 의무사항이 아니지만 많은 사람이 팁을 지불하고 있는 것은 사실이다. 그렇다고 여행이 만족스럽지 않거나 불편한 사항이 있는데도 팁을 줄 필요는 없다.

EP. 29 사누르에서 축제 즐기기

아무리 발리에서 한 달 살이를 하고 있어도 외국인이 정보를 얻는 루트는 다양하지 않다. 보통 해당 지역의 한국인 커뮤니티에서 많은 정보를 얻을 수 있고, 영어가 가능한 사람들은 페이스북의 거주 지역 커뮤니티에 가입해 더 다채로운 정보를 얻을 수도 있다. 일정한 지역에 머무른다면 그 지역의 주보를 활용하는 방법도 있다. 하지만 정작 현지인들에게서 생생한 정보를 들을 기회는 흔치 않다. 여행자가 주로 만나는 현지인들은 대부분 관광업에 종사하는 사람들로 외국인들처럼 문화적 여유를 누릴 수 있는 기회가 상대적으로 적기 때문이다. 나 역시 처음에는 앞에서 나열한 루트로 발리 생활에 대한 정보를 얻곤 했는데 요가원에서 만난 현지인 강사와 수강생들과 교류하게 되면서 더욱 생생한 지역 정보를 얻을 수있게 되었다. 특히 요가 강사의 SNS에는 사누르의 맛집과 이벤트 정보들이 넘쳐났는데 현지인들만 아는 생생한 정보를 얻을 수 있어 매우 유용했다.

하루는 하교한 우진이를 데리고 어디를 가야 할지 몰라 방황하고 있었는데 요가 강사가 SNS에 사누르 빌리지 페스티벌 (Sanur Village Festival)에 다녀온 포스팅을 올렸다. 저렴한 입장료에 밤새도록 이어지는 공연, 사누르 맛집이 총출동한 먹거리 부스, 어린이를 위한 놀이 시설이 있다기에 꼭 한번 방문하고 싶었다. 일정을 확인하니 1시간 후에 공연이 시작된다고 해서 부랴부랴 택시를 잡아타고 행사장으로 갔더니 생각보다 그 규모가 컸다. 너른 벌판의 양 끝에는 대형 무대가설치되어 있고 무대 주위로는 홍보 부스와 먹거리 부스들이 펼쳐져 있었다. 또한 공연장 밖으로는 아이들을 위한 에어바운스와 트램펄린, 미니 낚시장 등이 마련되어 있어 야외 키즈 카페를 연상케 했다. 단순히 동네 축제 정도로 생각했는데 행사 규모나 공식 스폰서 수만 봐도 발리에서 손꼽는 큰 행사임이 틀림없었다. 입장료를 내고 안으로 들어가고 나니 아직 공연 시작 전이라 여유 있게 브랜드 홍보 부스와 플리 마켓을 구경했다. 마켓에서는 우리나라처럼 아기자기한 물건들을 팔았고 홍보 부스에서는 최신 기술을 활용한 브랜드 홍보 체험을 무료로 진행하고 있어 우진이가 흥미로워했다.

하늘이 붉은 노을로 물들자 본격적인 축제가 시작되었다. 축제의 서막은 역시나 행정구역장과 후원 기업 대표의 인사말로 시작되었고, 현지 고등학생들로 보이는 해맑은 아이들이 나와 전통춤을 추며 공연의 시작을 알렸다. 이어서 광장의 양 끝에 위치한 무대에서 밴드 공연을 시작했고 사람들은 양 무대 사이의 먹거리 부스와 테이블에 앉아 음식과 음악을 즐겼다.

밴드 공연은 유명 초청 밴드라기보다 지역에서 활동하는 인디 밴드 느낌이었지만 그들의 열정적인 에너지에 몸이 절로 들썩였다. 간단히 구경이나 하려고 왔는데 기대했던 것보다 분위기가 좋아 흥이 올라왔고 근처 숙소에 묵는 SIS 이웃에게 사진을 보내며 함께하자고 제안했다. 이웃들이 흔쾌히 합류해서 어른들도 아이들도 모두 즐겁게 축제를 즐겼다. 이때까지만 해도 외국인은 우리밖에 없는 것 같았고 피크 시간까지도 테이블이 가득 차지 않아 여유있게 공연을 즐길 수 있었다. 이렇게 재미있는 축제인데 왜 외국인들이 별로 없을까 궁금해서 한국인 커뮤니티나 페이스북 지역 커뮤니티를 살펴봤지만 축제에 대한 정보가 아직 없었다.

축제 마지막 날에도 우리는 숙소에서 만난 이웃들과 함께 다시 한번 행사장을 찾았는데, 전과 다르게 외국인들이 정말 많았다. 이번에는 마지막 날이어서인지 행사장이 축제를 즐기러 온 사람들로 가득 찼고, 늦은 시간까지도 계속 사람들이 입장하고 있어 집으로 돌아가는 게 아쉬울 정도로 열기가 가득했다.

특히 이날 우연히 관람하게 된 공연이 너무 인상적이었는데, 프로그램 표를 보니 전통 공연 위주라서 지루할 거 같아 무대에서 멀리 떨어진 곳에 자리를 잡고 저녁을 먹고 있었다. 그런데 우진이와 이웃 아이가 공연이 재미있을 것 같다며 슬금슬금 앞으로 가서 자리를 잡았다. 때마침 힌두교 신화를 바탕으로 한 전통 공연이 시작되었는데 얼마나 화려하고 스펙타클한지, 내용을 잘 모르는데도 그 화려한 무대와 춤에 빠져들었다. 지금까지 발리에서 3~4번의 전통 공연을 봤는데,

사실 무대와 의상은 화려했지만 내용면에서 좀 이해하기 어려워서인지 다소 지루했던 기억이 난다. 하지만 이번 공연은 내용과 상관없이 웅장한 연출과 화려한 군무만으로도 눈이 즐거워 한시도 지루할 틈이 없었다. 아이들도 같은 마음이 었는지 맨 앞자리에서 환호하고 박수치며 공연을 마음껏 즐겼다. 이렇게 고퀄리티의 공연을 가장 앞자리에서, 그것도 거의 무료로 즐겼다는 사실이 뭔가 여행에서 뜻밖의 행운을 만난 기분이었다.

더 자세한 정보가 궁금해서 '사누르 빌리지 페스티벌 (Sanur Village Festival)' 홈페이지를 찾아보니 공연 외에도 연날리기, 요가, 바디페인팅, 서핑, 거북이 방생, 사진 전시회 등 다양한 프로그램이 사누르 곳곳에서 진행되고 있었다. 특히 축제의 일환으로 진행된 연날리기 대회(Sanur International Kite Competition)은 인도네시아 전역과 해외 지역의 연 애호가들이 모이는 축제로 팬데믹 이후 처음 재개하는 행사라 꼭 구경해보고 싶었지만, 정보를 발견했을 때는 이미 행사가 끝난 뒤여서 아쉬움이 남았다.

축제는 재미있게 즐겼지만 문제는 귀가였다. 행사로 인해 도로가 일부 통제되어 방문객들은 대부분 도보나 오토바이로 행사장을 찾고 있었는데, 우리는 오토바이도 없었고 행사장 앞에서 택시를 부를 수도 없어 돌아가는 길이 난감했다. 그래서 예외적으로 고라이드(오토바이 택시)를 불러 숙소까지 가게 되었는데, 기사가 길을 잘못 드는 바람에 예상치 못하게 주택가를 돌게 되었다. 나는 혹시라도 기사가 우리를 다른 곳으로 데려갈까 봐 노심초사 핸드폰만 쥐고 있었는데 우진이는 오토바이를 타고 동네 구석구석을 누비니 아주 신이 났다.

다행히 안전하게 귀가하고 나니 오토바이에서 봤던 골목길의 모습이 자꾸 생각난다. 이런 것이 내가 좋아했던 발리의 모습이었는데 말이다. 생각해보니 차를 타고 큰 도로만 다닐 때는 편하긴 해도 풍경에 대한 감상이 없었다. 오토바이를 타고 작은 길로 들어서야 비로소 내가 발리를 얼마나 좋아하는지가 느껴졌다. 빨리 아이가 커서 같이 오토바이를 타고 골목 구석구석을 누비고 싶다는 생각이 잠시 들었다가, 작은 얼굴에 꼼꼼하게 로션을 바르고 있는 조그마한 뒤태를 보니 계속 이렇게 작고 소중했으면 좋겠다는 생각이 들었다.

TIP!

발리에서 축제 즐기기

팬데믹으로 취소되었던 발리의 축제들이 2022년부터 다시 시작되었다. 아직 완벽하게 예전의 모습을 회복하지 못했지만 그만큼 번잡하지 않아 여유롭게 즐길 수 있는 장점도 있다. 축제 기간에 발리를 방문한다면 시간을 내어 축제에 참여해 보도록 하자.

1) 발리 아트 페스티벌 (Bali Arts Festival)

발리의 고유하고 독특한 전통 예술을 알리기 위해 정부 주관으로 진행되는 축제로 1979년부터 이어진 발리 대표 축제 중 하나이다. 이 축제에서는 문학, 패션, 공예, 그림, 요리, 전통 및 현대무용, 음악에 이르기까지 다양한 공연과 전시를 관람할 수 있다. 축제는 6월 둘째 주에 덴파사르 시티에서 대규모 퍼레이드를 시작으로, 개막 이후 Werdhi Budaya Arts Centre에서 한 달 동안 공연 및 전시가 운영된다. 축제 기간 중 이곳을 방문하면 오후 2시부터 저녁 늦게까지 여러 분야의 공연과 전시를 관람하며 발리 예술의 정수를 느낄 수 있다.

2) 발리 스피릿 페스티벌 (Bali Spirit Festival)

전 세계 요가인들을 우붓으로 불러 모으는 발리의 대표 축제로, 매년 요가, 명상, 치유 분야의 종사자들이 이 축제에 참여하기 위해 한곳에 모인다. 요가와 더불어 힐링 음악과 춤, 만트라 미술, 비건 푸드, 명상 도구, 자아 탐구 등의 다양한 워크숍에 참가할 수 있어 영적 치유에 관심이 많은 사람들이 해마다 참여하고 있다. 이 축제는 1일권, 3일권 및 일주일 패스를 판매하고 있으며, 음악 애호가를 위해 음악 공연과 워크숍으로 구성된 '뮤직 패스'도 별도로 판매하고 있어 요가 수련자

뿐 아니라 어린이나 가족 단위로도 방문하여 즐길 수 있다.

  장소는 우붓에서 가장 큰 요가원인 요가반을 중심으로 개최되고 보통 5월 초~6월 초에 열린다. (2022년은 5월 19~22일, 2023년은 5월 4~7일 예정) 이 축제에 참여했던 지인의 경험담에 의하면, 요가 워크숍은 비기너부터 숙련자까지 전 레벨을 대상으로 하는 경우가 많아서 요가를 수련해온 사람이라면 다소 쉽게 느껴질 수 있다고 한다. 하지만 의외로 음악이나 댄스 분야에서 매우 만족스럽게 공연을 관람했다고 하니 참고하여 계획을 세워보자.

3) 발리 연 페스티벌 (Bali Kite Festival)

  앞서 얘기한 사누르 빌리지 축제에서도 연날리기 대회를 열고 있지만, 이번에 소개하는 발리 연 페스티벌은 그보다 큰 규모의 유서 깊은 연 축제이다. 발리 문화에서 연날리기는 힌두교 신들에게 감사와 존경을 표하는 상징적 행위였는데, 이제는 전통적인 계절 축제로 자리 잡았다. 이 축제에 참여하기 위해 발리의 각 마을에서는 팀을 조직하고 역할을 분담하여 대회를 준비한다. 2022년 축제 기간에는 총 1500개의 연이 하늘을 덮고 있었다고 하니 그 규모를 짐작해 볼 수 있다. 한국의 연날리기 행사를 생각하면 그리 재미있을 것 같진 않지만 대회에 출품하는 연은 남자 10명이 들어야 할 정도로 사이즈가 크고 디자인이 독특하다. 또한 수백 개의 연이 한꺼번에 하늘을 나는 모습은 쉽게 접할 수 없는 특별한 경험이 될 것이다.

  2022년에는 7월 29일부터 31일까지 사누르의 메르타사리(Mertasari) 해변에서 열렸고 각 팀에서 준비한 깃발, 음악 등이 어우러져 매우 흥분감이 넘치는 대회였다고 한다. 이 대회에서는 베스트 디자인, 긴 비행시간 등 분야별 수상이 이루어지는데 상금이 매우 많기로 유명하다.

  그밖에 우붓 재즈 페스티벌(Ubud Jazz Festival)과 사누르 빌리지 페스티벌(Sanur Village Festival)은 앞서 설명한 바 있으니 홈페이지에서 일정과 장소를 확인하여 방문해 보도록 하자.

EP. 30 SIS의 극성 엄마가 된 제이맘

SIS 2주차에는 거북이 방생 체험과 모래성 만들기 대회가 신두 해변(Pantai Sindhu)에서 열렸다. 행사는 신두 해변에 위치한 거북이 보호 센터 (Turtle Conservation Sanur)에서 새끼 거북이를 한 마리당 50k에 입양해 바로 앞 해변에 놓아주는 세레모니로 시작했다. 모든 과정이 10분 만에 끝나버려 조금 허무하기도 했고, 우진이는 이미 여러 차례 거북이 방생 체험을 해봤던 터라 다른 센터와 비교했을 때 이번 학교 행사가 다소 체계적이지 못하다는 생각도 들었다.

그다음은 이름도 거창한 모래성 만들기 대회(Sand Castle Competition)였는데 조를 나누어 SIS를 가장 잘 표현하는 모래 작품을 만드는 팀을 선발하는 대회였다. 하지만 대회라고 하기에는 좀 부족할 정도로 그냥 친한 아이들끼리 모여 모래놀이를 하는 정도의 활동이었다. 특별히 팀을 구성해주지도 않아서 아이들은 자율적으로 삼삼오오 모여 앉았고, 고학년 아이들은 학교의 상징이나 로고를 이용하여 나름 작품을 만들고 있었지만 저학년끼리 모인 그룹은 모래놀이를 하다가 지겨워 바다에 가서 물을 퍼오며 놀았다. 때마침 해변 바로 옆에서 공사를 하고 있어 해변에 공사장 매연이 자욱했고, 10시가 넘어 해가 나오기 시작하자 아이들은 땀을 삐질삐질 흘리며 뻘겋게 익어갔다.

사실 이번 행사는 학교 차량 운행이 없어 부모들이 각자 집합 장소로 픽업을 해야 했는데, 행사 시간이 2시간밖에 되지 않은 관계로 아이를 데려다주고 2시간 후에 다시 와서 학교까지 데려다줘야 하는 번거로운 일정이었다. 그래서 부모들은 행사 장소 근처의 카페에서 일을 하거나 다른 학부모들과 대화를 하는 등 2시간 동안 그곳에서 아이들을 기다렸다. 보통 서양 가족들은 아이를 데려다주고 곧장 카페로 향했고, 동양 가족들은 기다렸다가 아이 행사 사진이라도 몇 장 찍고 자리를 옮겼다. 하지만 우리네 열정적인 K맘, K대디, K할머니들은 (엄마와 할머니가 함께 한 달 살이를 하는 가족도 있었다.) 아이들이 뙤약볕에서 땀을 삐질삐질 흘리고 있는 모습이 안타까워 5분에 한 번씩 아이들 옆에 가서 땀을 닦아 주고 시원한 물을 건네주고 아이 옆에 서서 그늘이 되어 주는 등 자리를 떠나지 못했다.

그러다 보니 나중에는 학교 관계자와 한국 부모들만 남게 되었는데, 우리는 스스로 '한국 엄마들 극성이라고 소문나겠다며' 농담을 했지만 사실은 조금 신경이 쓰였다. 한국에서라면 모두 비슷하니 크게 개의치 않았겠지만, 오로지 한국 부모들만 남아 있는 모습을 보니 우리가 아이들을 너무 온실의 화초처럼 키워서 아이가 스스로 문제를 해결하는 능력이 부족하면 어쩌나 걱정이 되었다. 그런 걱정이 들면서도 행사가 끝날 때까지 자리를 떠나지 못하는 내 모습이 스스로 좀 웃기기도 하고 안타깝기도 했다.

SIS 3주차에는 인도네시아의 독립 기념일을 축하하는 행사가 열렸다. 이날은 인도네시아가 일본으로부터 독립한 날로, 한국의 독립기념일보다 이틀 뒤인 8월 17일이었다. 거리에는 독립기념일을 축하하는 국기와 포스터가 곳곳에 걸렸고 사람들은 국기 색의 옷을 입거나 액세서리를 착용하기도 했다. 독립기념일 당일은 국경일이라 학교도 쉬기 때문에 그 전날인 8월 16일에 기념행사와 운동회가 함께 열렸는데, 학교에서는 학생들이 인도네시아 국기 색인 하얀색 또는 빨간색 티셔츠를 입고 행사에 참여할 것을 권장했다. 마침 빨간색 옷이 없어 근처 기념품 샵을 돌아다니다가 사이즈가 맞는 티셔츠를 발견하고 얼른 사서 입혔는데 선생님이 보시더니 웃음을 터뜨리신다. 그 옷은 인도네시아 대표 맥주인 '빈땅' 로고가 새겨진 기념 티였던 것이다. 학교에 들어가니 직원들이 흰색과 빨간색이 섞인 리본으로 머리를 묶고 팔찌를 만들어 예쁘게 치장하고 있어 나도 리본을 좀 얻어 손목에 찼다. 남의 나라의 국경일이었지만 우리나라와 비슷한 아픈 역사를 가지고 있기에 진심으로 그들의 기념일을 축하하는 마음에서였다.

사실 나는 그날 해야 할 일이 좀 많아서 무거운 마음으로 무거운 노트북까지 들고 아이를 데려다주러 갔었다. 귀국이 얼마 안 남았기 때문에 한국에 돌아간 후에 해야 할 일들을 준비해야 했기 때문이다. 게다가 프리랜서로 일하고 있는 곳에서 새로운 일을 제안했기 때문에 시간을 갖고 천천히 검토해야 했다. 하지만 이제 곧 귀국이라 생각하니 슬프기도 했고, 여기에서 날마다 이렇게 여유 있게 지내다가 한국에서 다시 업무를 시작할 마음에 심란한 기분이 들었다. 그래서인지 해야 할 일들을 계속 미루며 괜히 안 해도 되는 것들을 꺼내어 현실을 외면하고 있었다. 마치 고등학생 때 시험을 앞두고 평소엔 관심도 없던 온갖 TV 프로그램을 보게 되는 것처럼 말이다.

그런 상황이었기 때문에 아이들의 행사 모습을 '딱 한 번만' 보고 가고 싶어 잠시 운동장에 들렀다. 아이들은 제법 늠름한 모습으로 운동장에 서서 기념행사에 참여하고 있었고, 저만치 뒤에서 몸을 베베 꼬면서도 최대한 예의를 지키려 노력하고 있는 우진이의 모습이 기특하고 재밌어서 웃음이 났다. 멀리에서 아이들을 지켜보고 있었더니 한 직원이 와서 같이 행사에 참여하지 않겠냐고 묻는다. 심란한 일들을 외면하기 위해, 기다렸다는 듯이 얼른 승낙하고 직원들과 함께 행사를 지켜보며 잔일을 도왔다.

기념행사가 끝나고 본격적으로 운동회가 시작되었다. 유치원부터 중학생까지 전교생이 모여 혼합팀을 짜고 섹션별로 움직이며 여러 경기에 참여하여 점수를 매기는 형식이었는데, 저학년 아이들은 시합 중에 이탈하여 흙 놀이를 하거나 닭에게 모이를 주는 등 우왕좌왕했고, 자기 팀을 제대로 찾지 못하거나 경기 중에 그만하고 싶다며 울기도 했다. 나는 그런 모습들이 오히려 작은 학교만의 풋풋한 모습으로 다가왔고, 고학년 아이들이 게임에서 이탈한 아이들을 찾고 다니거나 유치원 아이들의 경기를 도와주는 모습이 정겨웠다. 선생님들 역시 체계적으로 경기를 운영하진 않았지만 승패에 상관없이 웃고 즐기는 모습이 가족 같아서 보기 좋았다.

우진이가 5살 때부터 코로나가 시작되어 모든 단체 행사들이 취소되었으니, 이번이 우진이의 첫 운동회인 셈이었다. 형, 누나들 사이에서 열심히 경기에 참여하는 모습이 너무 기특해서 사진을 찍다가 다른 한국인 아이들의 사진을 찍어 부모들에게 보내주기도 했는데, 그 사진을 보고 근처에 있던 한국인 부모들이 다시 학교로 오게 되면서 또다시 행사장은 케이맘으로 채워지게 되었다. 학부모들이 관람하고 있는 걸 부담스러워할까봐 직원에게 우리가 여기 있어도 되냐고 묻자, 원래는 학부모들도 참석하는 행사였는데 다른 학부모들은 오시라고 공지를 해도 참석을 안 해서 매번 한국 부모들만 참석하곤 한다고 답했다. 오히려 와줘서 감사하다며 인사를 건네는 친절한 선생님들 덕분에 극성 엄마 체면이 좀 살았다.

TIP!

SIS 프로그램 100% 활용하기

SIS는 규모가 작은 학교지만 여러 가지 프로그램을 진행하고 있어 관심만 있다면 잘 활용할 수 있다. 보통 학교에 대한 주간 소식은 매주 학부모 그룹 채팅방에 배포되고 상시 프로그램은 교사나 행정실에 문의하면 된다.

고학년이 수업하는 건물 1층에는 상시 사용할 수 있는 도서관이 있는데 규모가 크진 않지만 그림책, 문고 서적, 지식 책 등 여러 분야의 도서를 구비하고 있어 열람 및 대여를 할 수 있다. 이 도서관은 아이들은 물론 학부모들도 이용할 수 있고 어른들을 위한 문학, 비문학 작품들도 많아서 책을 좋아하는 사람이라면 잘 활용할 수 있을 것이다. 단 한국어책은 없어 이 기회에 부모들도 영어를 공부해 보도록 하자.

SIS에서는 학기별로 다양한 방과 후 수업을 진행하고 있다. 22년 가을 학기 기준으로 영어, 프랑스어, 일본어, 코딩, 미술, 요리, 태권도, 식물 가꾸기, 농구, 축구/풋살, 보드게임 중에 요일별로 수업을 선택할 수 있으며, 3시에 정규 수업이 끝나고 3시 10분부터 4시 10분까지 수업이 진행된다. 비용은 회당 60k로 정규 수업 학비에 비해 매우 저렴한 편이며, 각 수업은 주 단위로 등록할 수 있지만 이미 납입한 비용은 환불이 불가하다.

또한 매년 인근 국제학교들과 축구 토너먼트를 개최하는데, 주로 고학년 아이들 위주로 팀을 구성하여 다른 학교로 원정 경기를 간다. 특히 영어에 서툰 아이일수록 운동을 통해 자신감을 키우고 또래와 친해질 수 있으니 이러한 활동에 적극적으로 참여하면 좋을 것이다.

EP. 31 지프를 타고 달리는 바투르산 투어

발리에서 짧은 여행을 하는 사람들은 보통 발리 동부나 남부 관광지로 코스를 짜서 일일 투어를 나가곤 한다. 하지만 발리에 머물며 적응하고 생활하는 것 자체가 낯선 하루하루의 연속이라서 주말에 또다시 여행 속의 여행을 떠날 엄두가 나지 않았다. 하지만 사누르에서의 생활도 학교도 웬만큼 적응이 되고나니 여기에만 있는 것이 시간이 좀 아깝다고 느껴져 여행을 알아보기 시작했다.

사실 취미가 등산인 나는 발리의 수많은 체험 중 '바투르 산(Mt. Batur)' 등반을 가장 해보고 싶었지만, 새벽 1시에 픽업하여 정상에서 일출을 맞이하는 일정을 도저히 아이와 함께 도전할 엄두가 나지 않아 포기했던 터였다. 그런데 '클룩'에서 발리 액티비티 상품을 검색하다 보니 바투르 산에 사륜구동차를 타고 올라가서 일출을 보는 투어가 있었다. 마침 독립기념일 휴일에 마땅히 세워 놓은 계획이 없었기 때문에 망설임 없이 이 투어를 선택하게 되었다.

바투르산 일출 지프 투어는 여러 업체의 상품이 있었는데, 보통 일출을 보고 난 후 화산지형 박물관이나 자연 온천을 방문하는 등 옵션을 선택할 수 있었다. 하지만 내가 선택한 '전문 포토그래퍼와 함께하는 일출 여행' 상품은 아쉽게도 이러한 옵션을 선택할 수가 없었다. 사실 일출을 보고 나서 노천에 몸을 담그는 온천욕을 하고 싶은 마음이 굴뚝 같았지만... '온천욕은 한순간 기쁨이지만 사진은 오래 남는다'는 생각으로 '전문 포토그래퍼' 상품을 선택했다.

아무리 등산을 하지 않는다고 해도 일출 시각에 맞춰 도착해야 하기 때문에 픽업 차량이 새벽 3시에 우리를 데리러 왔다. 나는 혹시라도 못 일어날까 봐 예민해져서 밤새 잠을 이루지 못했고, 그 시간에 처음 일어나보는 비몽사몽 한 우진이와 함께 차에 탔다. 우리를 데리러 온 데와타 씨는 친절하고 배려심 있는 기사로 우진이가 누워서 잘 수 있게 편안한 자리를 만들어 주었고 여행 내내 안전하게 운전해 주었다. 바투르산으로 향하는 차 안에서 빗방울이 떨어지길래 날씨를 찾아보니 어젯밤 예보와는 다르게 바투르 지역에 아침까지 비가 내린다고 나온다. 하필 일출을 보러 투어를 가는 날에 비소식이라니.... 깜깜한 새벽에 비 소식을 접하고 아이는 차 속에서 쪽잠을 자고 있는 모습을 보니 불안한 마음이 밀려온다. 다행히 데와타 씨가 바투르에 사는 친구에게 전화를 걸어 날씨 상황을 확인해 주었고, 흐리긴 하나 비는 안 온다는 희망적인 소식을 전했다. 2시간 정도 달려 바투르 산 아래에 있는 휴게소 같은 곳에 도착하니 우리를 태우고 갈 지프차들이 줄지어 서 있다. 그곳에서 우리 지프 기사이자 포토그래퍼인 아구스 씨를 만나 우리는 지프차에 올라탔다.

  하지만 예상치 못한 일이 생겼다. 비가 안 오는 것만으로도 감사해서 흐린 날씨는 감수할 수 있었지만 새벽에 산간 지역에 오니 우리나라의 초겨울 날씨만큼이나 춥다. 날씨가 추우니 긴팔을 입으라는 리뷰를 보고 얇은 긴팔을 두세 개 껴입었지만 그것만으로는 부족할 정도로 온몸이 덜덜 떨렸다. 업친 데 덮친 격으로 바투르 산에 가는 지프차들은 하나같이 창문이 없는 오픈카이다. 사진에서 보긴 했지만 당연히 여닫을 수 있는 창문이 있을 줄 알았지, 이렇게 시원하게 뻥 뚫린 차일 줄은 생각도 못 했다. 내가 지프에 올라타서 덜덜 떠는 모습을 보고 데와타 씨가 잠시만 기다리라더니 트렁크를 열어 겨울용 솜이불을 건넨다. 사실 육안으로 보기에도 이불이 더러웠고 트렁크에서 오래 있었는지 냄새도 많이 났는데 그 당시에는 그 이불이 생명줄 같아서 우진이와 지프 뒷자리에 앉아 이불을 머리까지 뒤집어 쓰고 눈만 빼꼼히 내밀어 주변 경치를 봤다. 어제까지만 해도 부드럽고 따스했던 달빛이 이곳에서는 어찌나 차가워 보이는지, 보고만 있어도 손발이 시렸다.

  그 와중에도 비포장 도로를 사륜구동으로 달리는 체험은 정말 즐거웠다. 우진이는 덜덜 떨면서도 재밌다며 환호성을 질렀고, 나도 비포장길에 엉덩이가 아팠지만 그것 마저도 흥겨웠다. 우리는 추운 날씨에 냄새나는 이불을 뒤집어 쓰고도 한껏 기분이 좋아진 상태로 일출 장소에 도착했다. 나는 바투르산을 등반하는 코스

그대로 지프로 올라가는 줄 알았는데, 지프를 타고 가는 일출 장소는 바투르산 정상보다 한참 아래인 나지막한 언덕이었다. 손님들을 태우고 달려온 지프들이 한 줄로 차를 세웠다. 알록달록 비비드한 지프들이 일렬로 줄 맞춰 서 있는 모습이 한 폭의 그림 같았다. 다행히 비는 오지 않았지만 하늘이 구름으로 뒤덮여 있어 일출이 보일 것 같지 않았다. 날씨는 여전히 쌀쌀했지만 그래도 정차해 있으니 칼바람은 피할 수 있어 이제야 좀 살 것 같았다.

투어에 참여한 사람들은 다들 지프 루프에 올라가 경치를 구경하거나 차를 마시며 각자의 시간을 보내고 있었다. 그때 누군가가 지프 루프에서 기타 연주를 시작했는데 부드러운 음악이 쌀쌀한 공기조차도 감미롭게 만들어줬다. 보온병에 준비해 온 따뜻한 물로 우진이에게 핫초코를 한 잔 타주고 일출을 기다리고 있는데 한참이 지나도 우리 기사가 보이지 않는다. 날이 밝아지고 있어서 지금쯤 사진을 찍어야 하는데 우리 기사 아구스는 도착 직후부터 여기저기에 불려 다니느라 정신이 없다. 다른 가이드들에게 아구스 씨를 찾아달라고 부탁하자 한참 뒤에야 우리 쪽으로 달려온 아구스는 잠깐만 기다리라고만 얘기하고 또 어디론가 사라졌다.

사실 아구스는 지프 투어의 '인싸'였다. 아구스의 설명에 의하면 지프 투어는 여러 업체에서 신청을 받지만 현장에서 지프를 운영하는 회사는 단 하나여서 지금 여기에 있는 수십 개의 지프와 기사들이 모두 한 회사 소속이라고 한다. 그중에서 아구스는 가장 사진을 잘 찍기로 소문난 직원이라 모든 동료가 자신에게 도와달라며 부르는데 그걸 외면할 수가 없어 바쁘다는 것이었다. '포토그래퍼가 동행하는 지프 투어'라며 다른 곳보다 더 비싸게 주고 예약한 투어인데 결국 지프 투어에 참여한 모든 사람을 아구스가 찍어주고 있는 셈이라니.. 회사의 요청이라 어쩔 수 없다고 하니 다른 방도가 없었지만 뭔가 기분이 언짢아졌다. 그래도 '우리 담당이니 사진은 많이 찍어주겠지', '그렇게 사진을 잘 찍는 사람이라는 반증이기도 하잖아!'라고 생각하며 최대한 긍정적으로 마음을 먹었지만 결정적인 순간에 결국 폭발해 버리고 말았다.

사실 나는 '프로 컴플레이너'였음을 고백한다. 부당하다고 생각하는 일을 그냥 넘어가는 유순한 성격도 아니고, 10년이 넘는 회사 생활에서 지사들의 잘못을 찾아 시비를 가려 컴플레인 하는 것이 주요 업무여서 대면, 비대면, 한국어, 영어의 모든 컴플레인에 능숙하다. 하지만 일단 컴플레인을 시작하면 그 상황에 너무 집중하는 바람에 기운이 빠져버리고, 특히 여행에서라면 하루 종일 부정적인 기분을 떨쳐내지 못해 그것에 사로잡혀 아무것도 즐기지 못하는 상황이 된다. 그렇기 때문에 여행에서는, 특히 아이 앞에서는 되도록 '좋은 게 좋은 거지' 스타일로 넘어가려고 노력하는데 이번에는 참지 못하고 폭풍 컴플레인을 해버리고 말았다.

해가 구름 속에서도 아주 희미하게 빛을 내기 시작했고 투어에 참여한 모든 사람이 사진을 찍느라 분주해졌다. 모두 지금이 사진을 찍어야 하는 최적의 순간이라고 생각했을 때조차 아구스는 우리 옆 차의 중국 아가씨들을 찍어주느라 정신이 없었다. 그녀들은 이 추운 날씨에도 반바지에 크롭탑을 입어 보는 사람들까지도 춥게 만들고 있었는데, 아구스는 어느새 그들의 전담 사진사가 되어 지프에 올라가 춤을 추는 모습을 촬영해 주고 있었다. 해는 이미 구름 속으로 들어가서 사진 한 장 못 남기고 그렇게 일출이 끝났건만 아구스는 춤추는 아가씨들 사이에서 나올 생각을 하지 않는다. 화가 목구멍까지 올라왔지만 우리의 기분이 망치지 않기 위해, 우리의 여행이 컴플레인으로 기억되지 않기 위해 최선을 다해 참았다. 그래.. 아줌마와 아이보다 젊은 아가씨들을 찍고 싶은 건 당연하겠지.. 생각하면서.

날이 훤해져서야 우리 지프로 온 아구스는 내 핸드폰을 달라더니 우리 사진을 다섯 장 정도 찍어주고 내려오란다. 단 1분만에 스냅 사진을 다 찍은 아구스는 촬영이 끝났으니 지프에서 내려오라더니 토스트와 삶은 달걀로 구성된 간단한 조식을 가져다 주었다. 지프 뒷좌석에 앉아 조식을 먹으려고 차에 타니 아구스가 난데없이 차에서 내리라며 우리 뒷차의 보닛에 조식을 내려놓고 여기서 먹으란다. 그러더니 아까 열심히 촬영을 해주던 중국 아가씨들을 우리 지프 루프에 올라오게 해서 포즈까지 연출해주며 다시 댄스 촬영을 시작한다.

뒷차 보닛에 놓인 차갑게 식어버린 조식과 추워서 덜덜 떠는 우진이를 보니 화가 끓어 올라 한순간에 임계점을 넘었다. 촬영에 빠져 있는 아구스는 내가 잠시 얘기 하자고 불러도 듣는 둥 마는 둥 '잠깐만 기다려'를 반복했고 참다못해 '당장' 얘기하지 않으면 너의 보스에게 가겠다고 말하자 그제야 핸드폰을 내려놓는다.

나는 약속된 DSLR 카메라는커녕 고작 내 핸드폰으로 사진 몇 장을 찍어준 것이 포토그래퍼 동행 특전이 맞는지에 대해 의문을 제기했고, 우리를 차에서 내리게 하고 남의 차 보닛 앞에 서서 밥을 먹게 하는 것에 대해 나는 정식으로 컴플레인 을 하겠다고 보스를 불러 달라고 요청했다.

내가 홧김에 불만을 얘기한 게 아니라 대차게 컴플레인을 할 여자라는 포스가 감지되었는지 아구스는 그제서야 여태껏 우리 지프 위에서 댄스 삼매경에 빠져 있는 중국 여자들을 내려오게 하고 우진이를 차에 타게 해줬다. 보스를 불러주겠 다며 간 아구스는 잠시 후에 보스 대신 DSRL 카메라와 함께 오더니 다시 한번 촬 영을 해주겠다며 루프 위로 올라가라고 한다. 시간을 벌어 화를 가라앉히려는 속 셈을 모르는 건 아니었지만, 나도 아구스가 나머지 투어 일정을 성실하게 임해줬 으면 하는 마음이지, 보스에게 항의해서 아구스를 난감하게 만들 의도는 없었기 에 지켜보기로 했다.

내가 더 이상 웃으며 사진을 찍고 싶은 기분이 아니라고 말하자 아구스는 우진 이에게 다가가 비몽사몽 정신없는 아이를 이리 앉히고 저리 앉혀가며 사진을 찍 었다. 그러더니 이제는 DSLR로도 모자라 다른 기사의 아이폰을 가져오더니 세 상 성의 있게 온갖 사진을 찍어줬다. 그러고는 DSLR과 아이폰으로 찍은 사진을 각각 보여주며, 자신들이 소유한 DSLR이 성능이 좋은 편이 아니라 고객 만족을 위해 일부러 핸드폰으로 찍어준 거라고 열심히 해명을 한다. 그리고 손님의 니즈 와 보스의 요구 사이에서 자신이 얼마나 난감한 처지인지 볼멘소리로 호소했다. 예전에는 상대방의 컴플레인에 감정적으로 호소하는 것을 정말 싫어했었는데, 내 아이를 키우다 보니 마음이 많이 약해졌음을 느낀다. 누군가의 금쪽같은 자식 에게 상처를 주고 싶지는 않기 때문이다. 우진이도 앞으로 살면서 크고 작은 실수 를 하거나 본인도 어쩔 수 없는 상황에서 누군가의 분노를 마주할 때가 있을 것이다. 이럴 때 조금이나마 관대한 어른을 만나 실수를 한 번쯤 넘어가 줬으면 좋겠다. 그런 마음으로 얼굴 근육을 풀고 앞으로는 신경 좀 써달라며 마무리했다.

컴플레인 덕분인지 나머지 일정은 아구스의 세심한 케어 하에 순조롭게 진행되었다. 기대했던 일출은 보지 못했지만 '블랙 라바(Black Lava)'라고 불리는 용암 지대에서의 시간이 예상외로 좋았다. 검은 현무암들이 쌓여 작은 언덕을 이루고 있는 지형에서 우진이는 마치 우주에 온 것 같다며 신기해 했다. 평소에도 돌을 좋아해서 바깥 놀이만 나가면 예쁜 돌들을 주머니 가득 주워 오는 우진이에게 이곳은 신세계였다. 블랙 라바에서 신나게 돌 구경을 하고 처음 지프를 탔던 휴게소로 돌아오니 우리 기사 데와타 씨가 기다리고 있다. 빌려준 이불 덕에 살아 돌아왔다고 너스레를 떨며 차에 올라타자 데와타 씨가 어디 가고 싶은 곳은 없는지 물어본다. 사실 온천에 가고 싶었는데 상품 옵션에 없어서 신청을 못했다고 말하자 데와타 씨는 곧장 우리를 데리고 온천으로 향했다. 원래 일정에 없는 코스를 요청했을 때 바가지를 쓰는 경우가 종종 있어서 가격을 먼저 물어봤는데, 이 정도는 추가 요금 없이 해줄 수 있다며 재미있게 놀고 오라고 한다. 이렇게 스윗한 서비스를 받고 나니 하나라도 더 챙겨주고 싶어서 지갑이 스르르 열린다.

    2~3분 정도 거리에 있는 '토야 온천(Toya Devasya)'에 도착해서 식사가 포함된 입장권 패키지를 구매하고 안으로 들어가니 정면으로 보이는 산 전망이 장관이다. 그리고 온천 풀장에는 튜브와 슬라이드가 있어서 우진이는 들어가자마자 신이 났다. 우리가 입장했을 때 9시도 안 된 이른 시간이어서 아직 날씨가 쌀쌀했는데 빨리 온천에 몸을 담글 생각에 마음이 분주했다. 얼른 수영복으로 갈아입고 온천에 들어갔는데... 어랏? 물이 미지근하다. 해가 쨍쨍 내리쬐는 한낮이었다면 이 정도 수온이 적당했을 것 같은데 지금 날씨는 10도 정도에다가 새벽부터 칼바람에 덜덜 떨고 온 상태라 뜨거운 물에 몸을 녹이는 것이 간절했는데 실망이 이만저만이 아니었다.

    결국 한 시간도 채 되지 않아 다시 옷을 갈아입고 레스토랑에 갔는데 패키지로 포함된 햄버거를 따라 파리 수십 마리가 달라 붙어서 내 식사인지 파리 식사인지 헷갈릴 정도였다. 나중에 알고 보니 주변에 망고밭이 많아 이 주변에는 항상 파리떼로 골머리를 앓고 있다고 한다. 결국 입맛이 달아나 버려 식사도 거의 못하고 온천을 마무리했다. 산과 호수가 시원하게 보이는 뷰에 아이들을 위한 놀이시설도 워터파크만큼 잘 되어 있어서 따뜻한 낮 시간에 왔다면 잘 즐길 수 있었을 것 같았다. 특히 이곳은 발리 중심 지역에서 떨어진 곳이라 다시 올 수 없을 것 같아 아쉬운 마음이었다.

다시 사누르로 돌아가는 길에 패키지에 포함된 '커피 농장(Coffee Plantation)'에 들렀다. 이곳은 발리에서 우붓이나 동부 투어에 갈 때 주로 가는 곳으로, 커피 농장을 구경한 후에 손님이 샵에서 구매한 금액에 따라 기사나 가이드에게 커미션이 배당되기 때문에 어느 투어든지 약방의 감초처럼 끼워져 있다. 나는 서너 번 와봐서 별다른 감흥이 없었지만, 루왁 고양이를 처음 본 우진이는 고양이 똥을 왜 먹냐며 신기해한다. 간단한 농장 투어가 끝나면 이곳에서 판매하는 갖가지 커피와 차를 시식하게 해주는데 한국에서는 볼 수 없었던 코코넛 커피나 인삼 커피도 맛볼 수 있었다. 우진이가 다양한 샘플러들이 테이블에 늘어져 있는 걸 보고 어떤 맛인지 소개하는 유튜브를 찍어보자고 한다. 어디에 올릴 데도 없지만 사회자처럼 진행을 하고 있는 우진이 모습이 귀여워서 나도 열심히 맛보고 대답을 해주었다. 이 많은 차와 커피 중에 뭐 하나라도 사보려고 노력했지만 너무 이국적인 맛이라 입맛에 맞는 것이 하나도 없었다. 그나마 가장 괜찮았던 커피를 살까 하니 한국 돈으로 5만 원 정도이다. 샵에서 한참 고민하고 있으니 데와타 씨가 안 사도 된다며 우리를 출구로 안내한다. 나 역시 이런 가격으로 필요 없는 걸 사느니 차라리 팁을 넉넉하게 주는 게 나을 거 같아서 데와타 씨를 따라 나왔다.

　발리에서 우진이와 둘이 간 유일한 투어였는데, 흐린 날씨와 순조롭지 않은 일정에 당시에는 괜히 갔다며 후회를 좀 했었다. 하지만 숙소에서 쉬고 난 후 아구스가 보내준 사진을 받았을 때 역시 가길 잘했다는 생각이 들었다. 역시 기억보단 기록이다. 🪶

TIP!

바투르 지역의 온천 소개

바투르산 근처에는 온천이 두 개 있다. 하나는 '바투르 자연 온천(Batur Natural Hot Spring)'이고 다른 하나는 '토야 온천(Toya Devasya)'이다. 두 온천은 옆에 나란히 위치하고 있어 두 곳에서 모두 산과 호수를 바라보며 노천욕을 즐길 수 있지만 각각 장단점이 있다.

바투르 자연 온천은 수온이 우리나라 온천 정도로 뜨끈뜨끈하고 가격이 저렴한 장점이 있지만 어린이를 위한 놀이 시설이 없고 그룹 손님이 많은 편이라 사람이 많다. 또한 라커룸과 샤워실이 불편하다는 리뷰가 많다.

토야 온천은 바투르 자연온천보다 비싸지만 다양한 사이즈의 온천 풀장과 놀이 시설이 있다. 락커룸과 샤워 시설이 깨끗한 편이고 온천 내 시설도 위생적이지만, '온천'하면 뜨끈한 물을 생각하는 한국 사람들에게는 너무 미지근할 수 있다. 하지만 아이들은 물속에서도 끊임없이 돌아다니기 때문에 뜨거운 물보다 오히려 미지근한 온도가 더 적합할 수 있어 아이 동반 시에는 토야 온천을 추천하고 싶다. 두 곳 모두 산간 지역이라 한낮에도 날씨가 서늘할 때가 많으니 꼭 후드 타월을 준비해 가도록 하자. 토야 온천은 내부에 숙박 시설도 운영하고 있고 숙박객 전용 온천 풀장도 있으니 온천을 좋아하는 가족이라면 1박으로 예약하여 방문하는 것도 추천한다.

EP. 32 로비나, 돌고래를 만나러 가는 길

바투르산 투어에 아쉬운 점이 많았던 지라 다시 한번 근교 투어를 하고 싶었다. 특히 우진이가 길리에서 첫 스노클링에 도전한 후에 다시 한번 스노클링을 하고 싶다는 말을 자주 했기 때문에 경치가 아름답기로 소문난 '누사페니다(Nusa Penida)'에 투어를 가고 싶었다.

누사 페니다는 2017년부터 관광지로 유명해진 섬이어서 발리에 여러 번 왔던 나조차도 가본 적이 없는 곳이었다. 사실 사누르항에서 배를 타면 쉽게 갈 수 있는 곳이라 굳이 투어로 가야 하나 싶었지만, 누사 페니다는 섬 내의 관광 스폿이 서로 멀리 떨어져 있고 섬에 도착해서 차를 대여하게 되면 오히려 더 비싸지기 때문에 호텔 픽업과 배, 전용 차량과 가이드, 스노클링까지 모두 포함된 투어를 신청하는 것이 비용면에서도 더 이득이었다.

주말에 누사페니다에 가기 위해 투어 상품을 알아보고 있던 도중, 여행 카페에서 누사페니다에서 인명 사고가 났다는 글이 올라왔다. 스노클링 투어에 참가했던 한 서양인이 구명조끼 없이 스노클링을 하다가 조류에 휩쓸려 사망했다는 소식이었다. 사실 구명조끼만 잘 입었어도 막을 수 있었던 사고였기 때문에 듣는 마음이 더욱 안타까웠다. 그리고 댓글에는 누사페니다에서 스노클링을 했던 사람들의 경험담이 있었는데, 구명 조끼를 입었음에도 아찔한 순간들이 많았다는 글부터, 인명 사고가 났다는 게 이해가 될 정도로 위험한 구간이라고 말하는 글들이 있었다. 이런 글까지 보고 나자 도저히 엄두가 나지 않아 누사페니다 투어 계획을 살포시 접었다.

그러던 중 예전에 발리에 왔을 때 가려다가 너무 멀어서 다음을 기약했던 투어가 생각났다. 바로 돌고래 떼를 눈앞에서 볼 수 있는 '로비나(Lovina)' 투어였다. 로비나는 발리의 최북단에 위치한 해안 지역으로 전통 보트를 타고 돌고래 떼를 쫓아다니는 돌핀 투어로 유명하다. 하지만 사누르에서 편도로 약 3시간이나 소요되고 꼬불꼬불 산간 지역을 지나가야 하는지라 예전에는 아이를 데리고 갈 엄두가 나지 않아 포기했던 곳이다.

아이들을 학교에 보내고 SIS 학부모인 삼 남매 가족과 커피를 마시던 중 로비나 투어를 생각하고 있다고 말하자 흔쾌히 동행하겠다고 한다. 우진이와 둘이 가면 안전에 취약할 수 있고 우진이도 오고 가는 길에 심심해할 수 있어서 걱정했는데, 삼 남매 가족과 함께 가게 되어 정말 다행이었다. 게다가 삼 남매 아빠는 여행 구력 만랩에 실행력이 초특급인 분이셨고, 발리 여행도 많이 해보셔서 지역에 대한 정보도 많았다. 상냥한 삼 남매 엄마는 아이 셋을 키우면서도 우아함을 잃지 않는 내공의 소유자로 육아나 성품 면에서 배울 점이 많은 동갑내기 친구였다. 게다가 우진이는 삼 남매와 유독 사이가 좋아서 형들과 동생 사이에서 함께 노는 시간을 좋아했기 때문에 삼 남매 가족과 함께 가는 여행은 우리에게 더 없는 행운이었다.

보통 로비나에서 돌고래 투어가 일출 시간인 7시경에 시작하기 때문에 단체 투어를 신청한다면 새벽 3시에 숙소에서 출발해야 한다. 하지만 굳이 일출 시간에 맞출 필요가 없었고 프라이빗 보트를 빌리기로 했기 때문에 우리는 조금 늦은 새벽 5시에 사누르에서 출발했다. 로비나로 향하는 길은 발리의 중심인 우붓 지역을 지나 북부 산간 지역으로 굽이굽이 이어졌다. 발리 사람들은 보통 5시에 아침을 시작한다고 들었는데 정말 마을마다 벌써 장이 들어서고 사람들이 바쁘게 움직이고 있었다. 조금은 생소한 북부 산간 지역에 들어서자 산등성이마다 구름이 걸려 있다. 특히 호수가 있는 지역에 들어서자 산 위에서 바라보는 호수와 마을의 풍경이 마치 스위스의 시골 마을 같다. 가는 길에는 나무에 매달려 노는 원숭이들과 딸기 농장, 캠핑장, 사원들이 있었고, 여자들은 이른 아침 신성하게 만든 짜낭을 들고 사원으로 향하고 있었다. 모든 것이 때 묻지 않은 발리 그대로의 모습이어서 언젠가 북부 지역에서 머물러 보고 싶다는 생각이 들었다.

아이들이 멀미를 해서 중간에 쉬어 가느라 로비나까지 거의 4시간이 걸렸다. 우리는 예약한 보트를 타고 돌고래 왓칭에 나섰다. 선장님은 능숙한 솜씨로 돌고래의 흔적을 쫓아 배를 몰았고 한참을 달리니 몇몇 보트가 모여 있는 곳에서 돌고래 떼들이 활기차게 놀고 있는 모습이 보였다. 돌고래 떼가 갑자기 여기서 튀어나왔다가, 저기서 튀어나왔다가 넓은 바다를 종횡무진하고 있어서 마치 두더지 게임을 하는 기분이었다. 어른들과 삼 남매의 첫째 아이는 전통 보트의 양 끝에 매달려 스노클링 마스크를 쓰고 물속에서 돌고래를 관찰했는데, 물 밖에서 보이는 개구쟁이 같은 모습과는 달리 매우 평화로워 보였고 물속에는 훨씬 많은 돌고래가 있었다. 그렇게 돌고래를 실컷 본 후에 수심이 얕고 물이 깨끗한 연안으로 이동하여 스노클링을 즐겼다. 우진이는 한번 경험해봤다고 스스로 장비도 착용하고 겁내지 않고 바다에 들어가며 스노클링을 즐겼다. 점심이 되어 해안가에 자리 잡고 식사를 주문하니 여기저기에서 상인들이 몰려들었다. 나는 아이들에게 기념이 될 만한 목각 돌고래 인형을 하나씩 선물해 주었다.

로비나에서 돌아오는 길에는 지난번 바투르산 지프 투어 때 방문했던 토야 온천에 다시 방문했다. 로비나에 갈 때는 서쪽 방향으로 올라갔고 이번에는 동쪽 방향으로 내려왔으니 하룻동안 발리섬을 둥글게 일주한 셈이었다. 토야 온천에 도착하기 전에 낀따마니(Kintaman) 산 전망을 볼 수 있는 멋진 카페에 들러 사진도 찍고 커피를 수혈했다. 탁 트인 전경이 얼마나 멋진지, 아이들만 아니었으면 하루 종일 빈백에 드러누워 산을 보며 힐링하고 싶었다. 하지만 이미 머릿속이 워터파크로 가득 찬 아이들은 발걸음을 재촉했다.

지난주에 방문해서 '다시 못 올 것 같은 장소라 아쉽다'고 생각했던 토야 온천에 열흘 만에 다시 왔다. 우진이는 엄마와 둘이 왔을 때와 다르게 신나게 워터파크를 즐겼다. 형들과 함께 높은 슬라이드도 도전해보고 동생과 튜브 놀이도 하면서 '엄마' 한번 안 찾고 노는 걸 보니 흐뭇하면서도 한편으로 형제를 만들어주지 않은 미안함이 몰려온다. 우진이는 친척들과 시끌벅적한 시간을 보내고 헤어지는 길에 늘 눈물이 그렁그렁 맺히곤 하는데, 그걸 볼 때마다 맘이 짠했다. 예전에는 그 빈자리를 엄마 아빠가 채워줄 수 있었지만 이제 7살이 되어 제법 또래끼리의 유대감이 생기고 나니 부모가 해줄 수 있는 것이 점점 줄어드는 기분이다. 그래서인지 이렇게 다른 가족과 함께 보내는 시간이 우리에겐 정말 소중하다.

토야 온천에서 즐거운 시간을 보내고 다시 사누르로 돌아오는 길에 아이들은 짜장라면이 먹고 싶다고 노래를 부른다. 16시간이나 걸린 대장정 투어였고 쌀쌀한 날씨에 몇 시간 동안이나 물놀이를 해서 지쳤을 법도 한데 아이들의 에너지는 식을 줄 모른다. 결국 숙소에 와서 9시가 넘어서야 짜장라면을 끓여줬는데 처음에는 며칠 굶은 애처럼 빠르게 흡입하더니 허기가 채워지자 스르르 잠이 오나 보다. 마지막 면발을 입에 문 채로 식탁에 엎드려 그대로 자기 시작한다. 쓰러질 만큼 놀았다는 게 이런 거구나. 아이를 침대에 옮겨 놓고 나 역시 옷도 안 갈아입고 그대로 쓰러졌다. 우리 진짜 잘 놀았구나. 기분 좋은 기절이었다. ✒️

TIP!

발리의 인기 일일 투어 소개

현재 발리에서 가장 인기 있는 일일 투어는 단연 '동부'와 '누사페니다' 투어이다. 동부 투어는 사진 찍을만한 포인트가 많아서 인스타그래머들이 선호하는 곳이고, 누사페니다는 아름다운 자연경관과 만타 가오리를 볼 수 있는 스노클링 포인트가 있어서 발리에 방문하는 수많은 여행객이 이 두 곳을 일일 투어로 찾고 있다. 두 곳 모두 개별적으로 가기에는 교통편이 좋지 않고 번거롭기 때문에 클룩이나 현지 에이전시를 통해 투어를 신청하거나 개별적으로 가이드를 찾아서 나만의 코스를 짜는 방법을 추천한다.

1) 동부 투어

동부 투어는 보통 름뿌양 사원(Lempuyang Temple), 띠르따 강가(Tirta Gangga), 따만우중 (Ujung Water Palace)를 묶어서 관광하는 일일 코스로, 인스타그래머들이 인생 사진을 찍기 위해 방문하는 곳으로도 유명하다.

특히 름뿌양 사원은 '천국의 문'으로 불리는 게이트에서 반영 사진을 찍는 곳으로 새벽 6시에 도착해서 줄을 서도 1시간 이상 기다리고 조금이라도 늦어지면 4시간까지 기다릴 수 있다고 하니 그 인기를 실감할 수 있다. 입장료는 50k이지만 주차장에서 셔틀버스를 이용하면 55k를 추가로 지불해야 한다.

[름뿌양 사원]   [띠르따 강가]   [따만우중]

아이 동반 시에는 이른 출발 시간과 긴 대기 시간으로 다소 힘든 여정이 될 수 있으니 시간을 보낼 수 있는 아이템을 잘 챙겨가도록 하자.

'물의 정원'이라 불리는 띠르띠 강가는 발리의 옛 왕족이 만든 아름다운 수상 정원으로, 커다란 잉어에게 피딩하는 모습을 아름답게 담을 수 있는 촬영지로 유명하다. 입장료는 50k이며 내부의 온천에 들어가려면 20k를 추가해야 한다.

마지막으로 '물의 궁전'이라 불리는 따만 우중은 왕족이 휴양을 즐기던 수상 궁전으로 현재는 웨딩사진과 SNS 사진 촬영으로 유명한 장소이다. 이곳의 입장료는 인당 75k이며 경치가 매우 아름다우나 앉을만한 곳이나 그늘이 없어 작은 돗자리나 양산 등을 준비해 가는 것이 좋다.

2) 누사페니다 투어 (Nusa Penida Island)

누사페니다는 발리섬에서 가까워서 사누르항에서 스피드보트를 타면 약 50분 만에 도착한다. 누사페니다는 꽤 큰 섬이라서 하루에 다 돌아보기에는 시간이 부족하여 보통 서부 투어, 동부 투어로 나누어 진행한다.

서부 투어는 비교적 관광이 쉬운 편이고 이동도 수월한 편이라 스노클링 옵션을 선택하여 함께 즐길 수 있고, 동부 투어는 오르고 내리는 길이 다소 불편하고 주요 관광지 간 거리도 멀어 보통 단독 코스로 진행 된다. 누사페니다 투어를 신청할 때는 그 지역에 경험이 많은 가이드를 선택하는 것이 좋고, 프라이빗 투어라 해도 보통 스노클링은 현지 업체에 맡겨져 그룹으로 진행되고 있으니 이 점을 먼저 확인해 보도록 하자. 그리고 시간 여유가 있다면 누사페니다의 비치 클럽인 '그린쿠부 페니다(Green Kubu Penida)'에 방문해보자. 름뿌양 사원의 '천국의 문'과 비슷한 조형물이 있어서 기다리지 않고도 아름다운 반영 사진을 찍을 수 있다.

EP. 33 나만의 추억이 담긴 작품 만들기, 바틱 공예

빠떼 씨를 비롯한 한국어 가이드들과 대화하면서 이들이 어떻게 이런 수준 높은 한국어를 구사하는지 정말 궁금했었다. 한국어를 얼마 동안 배웠냐고 물어보면 다들 6개월에서 1년 정도라고 하니 '한국어가 이렇게 쉬운 언어인가?' 라는 생각마저 들었다. 빠떼 씨에 의하면, 지금 활발하게 활동하고 있는 한국어 가이드들은 거의 우붓 남부에 위치한 '연세 학원(Yonsei Hagwon)'에서 함께 한국어를 배워 서로 인맥도 쌓고 정보도 공유해 왔다고 한다. 수업 방식이나 교재가 궁금하다고 말하자 빠떼 씨가 바로 연세 학원 원장인 아구스 씨에게 전화를 걸어 수화기를 넘겨준다. 갑작스러운 통화에 당황했지만, 수화기 넘어로 들려오는 매우 정확한 한국어를 듣는 순간 한국 사람과 전화하는 느낌이 들어 편안하게 질문을 주고받을 수 있었다. 몇 가지 질문과 대답 끝에 아구스 씨는 교실과 교재를 보여주겠다며 언제든 학원에 방문하라고 하며 통화를 마쳤다.

가보고 싶은 마음은 굴뚝같았지만 발리에 있는 날이 얼마 안 남은 데다가 그곳만 단독으로 가기엔 이동 시간 다소 길어서 고민했다. 그러다 삼 남매 엄마와 우붓에 바틱 공예를 하러 가기로 계획을 세우게 되어, 가는 김에 연세 학원까지 들렀다 오는 코스로 일정을 짰다. 이날은 일찍 출발해야 해서 우진이는 삼 남매 아빠가 등원을 시켜주기로 했다. 아이를 맡길 수 있는 이웃이 있다는 사실이 얼마나 든든한 일인지 아이를 키워본 사람이라면 누구나 알 것이다.

차가 막혀 조금 늦었더니 스튜디오에는 이미 도착한 사람들이 각자의 도안을 고르고 있었다. 간혹 그림 솜씨가 좋은 사람들은 스스로 도안을 그리기도 했는데 그런 금손들의 손놀림을 보고 있으면 정말 감탄이 절로 나왔다. 나는 발리에서의 추억을 기념하고 싶어 '거북이', '돌고래' 도안을 고르고 그 사이에 '일출'을 그려 넣어 빈틈없이 빼곡한 도안을 완성했다. 바틱 공예는 도안을 고르고 연필로 밑그림을 그린 후에, 비즈 왁스를 녹인 액체를 밑그림 선을 따라 얇게 바르는 순서로 진행이 되었다. 그런 후에 여러 가지 컬러로 채색을 하고 햇볕에 말린 후에 약품에 삶아서 염색을 잘 고정시키면 완성이 된다.

그런데 내가 그린 밑그림을 보고 바틱 강사가 다소 난감한 표정을 지었는데 작업을 하다 보니 그 표정의 의미를 알 것 같았다. 처음 하얀 천에 밑그림을 그릴 때까지는 쉽게 작업할 수 있었는데 두 번째 과정인 비즈 왁스를 바르는 작업이 문제였다. 빨리 굳어버리는 비즈 왁스의 특성상 짧은 시간 안에 일정한 두께로 선을 그어야 했는데, 적당한 힘을 주고 일정한 속도로 긋는 작업이 꽤나 내공이 필요했다. 결국 내 왁스 작업은 강사가 다시 작업을 해줘야 했다. 바틱 강사인 구스티는 느긋한 표정으로 나에게 삶의 속도가 너무 빠른 것이 아니냐고 묻는다. 말도 빨리하고 그림도 빨리 그리는 사람들은 왁스 작업도 빨리해서 제대로 스며들 시간이 없는 거라고. 발리에 왔으면 빠른 속도를 좀 내려놓고 천천히 생각하고 여유 있게 둘러보라고 말한다. 그렇게 말하며 구스티는 내가 망친 왁스 작업을 보완해 주고 있었는데, 빠르지도 느리지도 않은 정확한 속도로 딱 적당한 양의 왁스를 내보내고 있었다.

우붓에서는 누구나 '아티스트' 같았다. 바틱 공예 스튜디오에서 가족 일을 돕는 구스티의 그림도 수준급이었고, 길에서 만나는 아저씨들이 뚝딱뚝딱 만드는 조각품이나 가게 앞에서 아주머니들이 수다 떨며 만들어내는 왕골 공예품만 봐도 정말 놀라웠다. 뽈랑이 스쿨에 다닐 때 등굣길에 가구 제작소가 있었는데 상의를 탈의한 남자 두 명이 책장이며, 비치 베드며 의자 등을 별다른 기계 없이 뚝딱뚝딱 만들어내는 모습을 보며 이케아가 발리에서는 명함도 못 내밀겠구나 싶었다. (실제로 발리 이케아에서는 가구보다 생활용품 위주로 판매를 하고 있다.)

나는 발리 사람을 만날 때마다 이 점에 대해 질문하곤 했는데, 대체로 하는 대답들이 '어릴 때부터 가족들에게 많이 보고 배워서' 또는 '발리 고유 문자가 매우 복잡해서 그걸 쓰는 과정에서 소근육이 발달해서'였다. 또한 책에서는 '역사적으로 발리는 힌두교 왕족, 사제와 예술인들이 터전을 찾아 모인 섬이기 때문에 예술적 DNA가 다분하다'는 설명도 있었다. 나에게 있어 발리의 공예품은, 전 세계적으로 인정받는 발리니스 공예품은 소수의 천재가 만드는 작품이 아닌, 온 국민이, 심지어 글을 배우기도 전인 어린아이들조차 배우고 만들어내는 생활 속의 작품이라는 점에서 큰 의미로 다가왔다.

구스티는 망쳐버린 내 바틱을 심폐소생술을 해서 살려냈고 이제 채색이 시작되었다. 비즈 왁스 작업이 잘 되어 있으면 물감이 퍼지지 않게 선을 지켜 주기 때문에 채색은 생각보다 빠르게 작업할 수 있었다. 문제는 색을 고르는 일이었는데 바다, 돌고래, 거북이 모두 푸른 계열이었기 때문에 처음에는 너무 비슷한 종류의 색을 고르게 되었고, 나중에는 의식적으로 좀 다른 색을 배치해봤더니 너무 조화롭지 않게 되어 버렸다. 바틱 공예에서는 단순한 도안과 색의 조화, 이 두 가지가 가장 중요한 것 같았다. 내가 조금 아쉬워하는 모습을 보고서 구스티는 다음에 다시 와서 제대로 만들어 보라며 격려를 해줬다.

TIP!

발리에서 즐길 수 있는 아트 체험 소개

우붓은 예전부터 예술적으로 영감을 주는 지역으로 유명해서 전 세계의 아티스트들이 이곳에 거주하며 걸출한 작품들을 만들어내고 있다. 뿐만 아니라 발리 사람들은 전통적으로 예술 감각이 뛰어나다고 하니 이곳에서 여러 가지 아트 체험에 참여해서 나만의 작품을 만들어 보는 건 어떨까?

일반적으로 많이 체험하는 그림, 바틱, 목공예, 금속공예 등의 아트 체험들은 주로 우붓 지역에서 많이 운영하고 있고, 발리 곳곳의 미술관이나 박물관에서도 체험 프로그램을 신청할 수 있다. 예약은 일반적으로 에어비엔비(Airbnb)나 클룩(Klook)을 통해 할 수 있고, 해당 업체의 왓츠앱으로 직접 연락하여 예약을 진행할 수도 있다.

그림 체험은 발리 고유의 자연환경이나 힌두 신화를 배경으로 그리는 경우가 많으며 밑그림에 시간이 오래 걸리기 때문에 보통 강사가 작업해 놓은 밑그림을 선택하여 채색을 하는 체험이 많다. 바틱은 비즈 왁스 작업에 시간이 많이 소요되기 때문에 되도록 단순한 밑그림을 선택하는 것이 좋고, 채색 또한 너무 많은 색을 사용하지 않고 3~4개 정도의 색을 선택하는 것이 아름답다고 한다. 목공예는 실용적인 작품보다는 발리 전통 문양의 장식이나 가면 등을 만드는 경우가 많고 금속 공예는 반지나, 펜던트 등을 만드는 클래스가 많다. 이 점을 참고하여 자신에게 맞는 체험을 선택하여 나만의 작품을 만들어보도록 하자.

EP. 34 한국어 가이드 양성소, 연세 학당에 가다

　어려운 도안을 선택하는 바람에 바틱 공예가 생각보다 오래 걸려 점심 먹을 시간도 없이 연세 학원으로 달려갔다. 연세 학원은 우붓 남쪽에 위치하고 있었는데 작은 학원과 게스트 하우스, 카페를 함께 운영하고 있었다. 학원에 들어서자 기다리고 있던 원장 아구스 씨가 한국적인 인사로 우리를 맞아 주었다.

　아구스 씨는 2002년부터 3년 동안 연세대학교 어학당에서 한국어를 공부한 후 발리로 돌아와 17년 동안 한국어 가이드로 일을 해 왔다. 그는 유창한 한국어 실력과 오랜 가이드 경력을 토대로 연세 학원을 설립하여 한국어 가이드를 꿈꾸는 후진을 양성하고 있었다. 아구스 씨와 대화하면서 왜 그의 제자들 발음이 그렇게 유창하고 정확한 딕션을 구사하는지 알 것 같았다. 특히 그의 발음에는 모국어에서 따온 성조가 거의 없었고 외국인들에게 어려운 발음인 된소리, 모음 'ㅕ', 'ㄹ' 받침 등이 매우 자연스러웠다.

　현재 연세 학교의 학생은 약 40명 정도로 일주일에 두 번 한국어를 배우러 이곳에 오고 있고, 학생 중 70% 정도는 가이드나 호텔리어를 목표로 공부한다고 했다. 또한 발리의 한국인 관광객이 증가함에 따라 유명 호텔에서 아구스 씨를 불러 직원들에게 기초 한국어에 대한 강의를 부탁하기도 한다고.

　하지만 발리는 전 세계의 관광객들이 몰려오는 곳인데 왜 하필이면 '한국어'를 선택하게 되었는지 궁금했다. 이번에는 함께 듣고 있던 빠떼 씨가 대답해 줬는데, 대부분의 서양인은 모국어가 아니더라도 영어를 구사할 수 있어서 특정 언어를 배울 필요가 없고, 일본인들은 점점 줄어드는 추세이며, 중국인들은 화교 출신의 가이드나 화교 자본의 에이전시만 선택하기 때문에 현지인 가이드 수요가 없다고 한다. 반면 한국인 관광객은 점점 늘어나는 추세인데다 완전한 자유여행보다는 현지인 가이드를 동행한 반-자유여행 형태를 선호하고 있어 한국어를 배우려는 학생들이 늘어나는 추세라고 한다.

아구스 씨에게 '한국어를 가르치면서 가장 강조하는 것'이 무엇인지 물어보니 한국의 '문화'와 '존대어'라고 한다. 언어뿐만 아니라 한국인들이 소통하는 방식과 문화, 예절, 트랜드까지 가르치고 있어서 이곳에서 공부한 가이드들은 한국적인 예절과 소통 방법에 매우 능숙한 것 같았다.

사실 나는 아구스 씨가 직접 만들었다는 교재가 가장 궁금했다. 보통 외국에 있는 한국어 학원에서는 한국의 대학 기관이나 세종학당에서 출판한 교재를 사용하는데, 이 교재들은 단계가 세분화 되어 있고 단계별 따른 내용도 많은 편이라 일주일에 두 번 수업으로 소화하기에는 다소 어렵기 때문이다. 게다가 비교적 짧은 시간에 이렇게 유창한 한국어를 구사할 수 있게 만들어준다니, 도대체 어떻게 구성된 교재인지 정말 궁금했다.

아구스 씨가 직접 제작했다는 교재는 총 2권으로 구성되었는데, 첫 교재는 입문부터 중급까지 9개월 동안 배울 수 있는 책이었다. 대부분의 학생이 이 교재까지 마치고 현장으로 나가고 있는데, 처음에는 좀 미숙하다가도 한국인과 자주 대화하면서 어휘와 표현이 확장된다고 한다. 이 교재에서는 문법을 중심으로 설명하면서도 관광에 필요한 수많은 문장을 예시로 들어 설명하고 있어 학생들이 달달 외워가며 실전을 연습할 수 있도록 구성했다. 두 번째 교재는 중고급 단계인데 여기서부터 본격적으로 가이드를 위한 고급 한국어를 가르치고 있었다.

마지막으로 학생들이 공부하는 교실을 둘러보았다. 한국의 옛 시골 학교를 연상케 하는 작은 교실에는 반들반들 닳은 책상들이 놓여져 있었는데, 이곳에서 학생들이 열정적으로 공부를 하고 있을 모습이 상상이 되었다. 교실 뒤편 책장에 한국어책들이 꽂혀 있었는데 다소 어려워 보이는 사전부터 어린이 도서까지 다양한 서적이 있었다. 한국의 몇몇 기관이나 종교 단체에서 후원을 해주거나 관광객들이 놓고 간 책들이라고 한다. 나 역시 가지고 온 책을 몇 권 주겠다고 하니, 학생들 수준을 고려해서 일반 책 보다는 어린이책이 더 필요한 실정이라고 했다.

아구스 씨는 가끔 도움이 필요한 지역 아이들을 후원하는 일도 하는데, 경제적 지원이 필요할 때는 연락하고 지내는 몇몇 한국 단체에 도움을 요청한다고 한다. 이러한 도움으로 어려움을 극복하고 자립한 아이들도 있다고 하니 마치 아구스 씨가 한국과 발리 간의 가교 역할을 하는 것 같았다.

반가운 아구스 씨와의 만남을 뒤로하고 아이들의 하원을 위해 다시 사누르로 향했다. 이곳에서 꿈을 키운 학생들이 또다시 빠떼 씨처럼 전문적이고 친절한 가이드가 되고, 그런 가이드와의 인연으로 더 많은 한국인이 발리에서 잊을 수 없는 추억을 만들고 가기를 바란다.

혹시 한국에서 가져온 어린이책을 기부하고 싶거나, 도움이 필요한 지역 아이들을 후원하고 싶다면 아래 연락처로 아구스 씨에게 연락을 해보자. 유창한 한국어로 반갑게 맞아줄 것이다. 🖋

Agus Abdi Putra
전화번호 : +62 813 3797 7517
카카오톡 ID : Agushaibali

EP. 35 발리에서의 마지막 주, 먹고 쇼핑하고 여행하라!

발리에서의 마지막 주에는 말로만 듣던 지진을 직접 느꼈다. 사실 우리가 발리에 머무는 동안 총 3번 지진이 났었는데, 우붓에 있었을 때는 스미냑에 지진이 나서 직접 느끼진 못했고, 스미냑에 있었을 때는 우붓에 지진이 났다. 이번에는 거의 발리 전역에서 느낄 수 있을 정도로 매우 강했는데 나중에 뉴스에서 보니 강도 5.8이라고 한다. 5.8 정도면 '거의 모든 사람이 진동을 느끼고 그릇, 창문 등이 깨지기도 하며 불안정한 물체는 넘어진다'라고 하는데, 실제로 여행 카페에 올라온 글 중에는 테이블 위에 있던 컵이 떨어졌다거나 건물이 휘청휘청했다는 경험담도 볼 수 있었다. 우리나라에서 역대 가장 큰 규모로 알려진 2016년 경주 지진이 강도 5.8이었다고 하니, 이번 지진이 얼마나 강한 정도인지 알 수 있었다.

그날 우진이는 숙소 수영장에서 만난 호주 가족들과 신나게 다이빙을 하고 있었고, 나는 선베드에 앉아 한국에 가서 할 일들을 정리하며 틈틈이 우진이에게 관심의 표시를 해주고 있었다. 그때 갑자기 땅이 흔들리기 시작하는데 처음에는 내가 두통이 있나, 근처에서 공사를 하나 생각하다가 다시 강하게 흔들렸을 때는 일말의 의심 없이 지진임을 알아차렸다. 호텔 직원들은 지진이 났다며 모두 수영장에서 나오라며 소리쳤고 나 역시 처음 겪어보는 자연재해에 패닉이 되어 물속에 뛰어들어 우진이를 끌고 나왔다. 하지만 명확한 대피 지침을 몰라 직원들에게 어떻게 해야 하냐고 물어보니, 직원은 매우 침착하게 이제 괜찮은 거 같다며 방에 들어가지 말고 밖에서 좀 기다려 보라고 말했다. 나중에 알아보니 발리에서는 건물들이 내진설계가 되어 있는 경우가 드물어 최대한 건물이 없는 넓은 공터로 나가야 하고, 바닷가는 쓰나미가 올 수 있어 내륙 쪽으로 대피해야 안전을 확보할 수 있다고 한다.

여진이 올까봐 무서워서 아이의 옷을 입히고 상황을 살피고 있었는데, 긴장한 투숙객들과는 달리 호텔 직원들은 모두 태연하다. 그들은 다시 주문을 받고 음식을 서빙하며 평상시와 다름 없이 행동을 했다. 나중에 알고보니 작년에 발리에서 지진이 291번 났다고 하니 직원들의 아무렇지 않은 행동들이 이해가 갔다. 그래도 이런 자연 재해가 났을 때 우진이와 함께 있어서 정말 다행이었다. 만약 아이가 학교에 있었더라면 너무 불안했을 것 같다. 발리에서 가장 멋진 일출과 일몰, 별과 달을 봤다고 좋아했더니 지진마저 보여주고 있었다. 자연의 다채로운 모습을 느꼈다고 하기엔 너무 무서운 경험이었다.

마지막 주에는 가족과 지인들을 위한 선물을 사느라 분주했다. 평소에는 지인들 선물을 개별적으로 챙기진 않았는데, 오랜만에 떠나 온 여행이어서인지 뭔가 선물을 사야겠다는 생각이 마지막 주가 되어서야 밀려들어 갑자기 쇼핑을 하기 시작한 것이다. 우선 나와 가족을 위한 선물로 대나무 풍경과 인테리어 소품을 사고, 약국에서 고함량 트레노인(Trenoin) 연고를 구매했다. 이 연고는 한국에서 처방으로만 구매가 가능한 제품이기 때문에 나 혼자 실험 정신을 발휘해서 써보는 거라면 모를까, 지인에게는 되도록 선물하지 않는 것이 좋을 것 같았다.

또한 현지인이 소개해준 인도네시아 만병통치약 '똘락앙인(Tolakangin)'도 몇 개 샀는데, 이것은 생강, 박하, 백두구 등의 자연 성분으로 만든 약으로 인도네시아 사람들은 복통, 두통, 몸살, 감기, 멀미 등 모든 증상에 이 약을 복용한다고 한다. 하지만 건강에 영향을 끼칠 수 있는 제품은 지인에게 선물할 때 신중해야 하므로 우리 가족을 위한 비상약품으로만 구매했다.

[트레노인 연고] [똘락앙인]

TIP!

선물용 쇼핑 리스트

1) 원목 나무 도마

발리산 티크 원목으로 만든 나무 도마는 한국에서도 인기가 많고 플레이트, 장식 등으로 다양하게 쓰일 수도 있어 지인들에게 선물 주기에 적합하다. 하지만 전문 매장에서 구입하지 않으면 퀄리티가 떨어질 수 있어 꼭 원목 제품을 전문적으로 취급하는 매장이나 브랜드에서 구매해야 한다.

발리산 티크 원목으로 만든 주방 제품을 판매하는 브랜드로는 우붓에 3개의 매장이 있는 발리 티키(Bali Teaky)가 대표적이다. 모든 제품을 정찰제로 판매하고 있어 흥정이 필요 없어 편리하고 도마 가격은 사이즈에 따라 75k부터 200k까지 다양하다. 도마가 너무 무거워서 망설여진다면 원목 접시나 커트러리 종류로 구매할 수도 있다.

우붓에는 발리 티키 외에도 우디인발리(Ubdy in Bali)에서 원목 키친 웨어를 구매할 수 있으며, 흥정에 자신이 있다면 우붓 시장 내에서도 구매할 수 있다. 만약 우붓을 방문할 기회가 없다면 쿠타에서 가까운 까르푸(Carrefour)나 스미냑 아시바타(Ashibata) 매장에서도 구매할 수 있다. 원목 도마는 납작해서 수납은 용이해도 무게가 좀 나가는 편이라 수하물 허용 무게를 꼭 확인하고 구매해야 한다.

2) 드림 캐처

발리에서 거리를 걷다 보면 누구나 예쁜 인테리어 소품들에 눈을 떼지 못한 경험이 있을 것이다. 하지만 이 소품들은 주로 라탄, 밤부, 조개 등을 소재로 만들어 가게에서 볼 때는 너무 예쁘지만 막상 한국의 평범한 가정 집에 들여놓는 순간 이질적인 물건이 되어 버리기도 한다. 그래서 인테리어 소품을 살 때는 어떤 공간에 놓아도 이질적이지 않고 부피나 무게도 부담이 없는 사이즈로 선택해야 할 것이다. 드림 캐쳐는 요즘 한국에서도 인테리어 용도로 많이 구매하고 있어 꼭 발리에 대한 추억이 없더라도 장식용으로 선물하기에 좋다. 한꺼번에 많이 사면 흥정할 수 있어서 가격도 저렴한 편이고 무게나 부피도 부담이 없어 평소에 감사한 분들과 아이 친구들에게 나눠 주기 좋다.

발리에서는 여러 사이즈의 드림 캐쳐를 판매하고 있지만 어디를 가든 기본 제품의 디자인은 같았고 가게마다 특색있는 상품들을 몇 가지 더 판매하는 구조였다. 경험상 우붓 시장 근처 가게들이 다양한 디자인을 비교적 저렴하게 판매하고 있었고, 흥정이 피곤하다면 대형 마트에서도 쉽게 찾아볼 수 있다.

3) 헤어 캡슐 에센스

말 그대로 캡슐 안에 헤어 에센스가 들어 있는 제품으로 우리나라에서는 쉽게 찾아볼 수 없는 제품이고 얼굴이나 몸에 바르는 제품이 아니라 지인들에게 선물하기에 좋다. 나는 모발 윤기가 필요한 양가 어머님들을 위해 이 제품을 구매했는데 톡톡 뜯어 쓰는 재미도 있고 머리도 윤기 나게 해 줘서 모두 만족해 하셨다.

인도네시아는 햇빛이 강하고 수질이 나쁜 곳도 많아 다양한 헤어 제품들을 판매하고 있는데 여러 브랜드 중 엘립스(Ellips)와 미란다(Miranda) 제품이 인기가 많다. 헤어 제품들은 마트나 약국에서 쉽게 구매할 수 있지만 매장에 갈 시간이 없다면 그랩 쇼핑을 이용해 호텔에서 편하게 받아볼 수도 있다.

마지막 날에는 이웃들에게 작별 인사를 하러 다녔다. 우진이를 등원시키고 요가 수업에 가서 선생님과 작별 인사를 하고, 단골 마사지샵에 가서 직원들에게 한국에서 가져온 화장품들을 나눠주며 그동안의 고마움을 표현했다. 세탁소 아주머니와 숙소 직원들과도 작별 인사를 하고 한국인 이웃들에게 레토르트 식품이나 모기 기피제 같은 용품을 나눔했다. 그리고 마지막으로 내가 제일 좋아했던 현지 음식점에 가서 나시 짬뿌르를 음미하며 먹었고, 단골 카페에 가서 큐브 라떼를 시켜 먹으며 마지막 시간을 즐겼다.

우진이를 데리러 SIS에 가니 그동안 친하게 지냈던 선생님이 준비한 게 있다며 작은 포장지를 내미신다. 선생님이 주신 조그만 포장지 안에는 핑크색 헤어밴드가 들어 있었다. 오고 가는 많은 학생 중에 우리를 기억해 주시고 이렇게 선물까지 준비해주신 성의가 너무나도 감사했다. 다음에 오면 꼭 한국어를 가르쳐 달라고 얘기하는 선생님과 연락처를 주고받고 우진이 교실로 향하니 아이들도 함께 사진을 찍으며 작별 인사를 나누고 있었다. 그동안 가장 친하게 지냈던 릴리가 조퇴를 하는 바람에 우진이가 서운해 했는데 선생님이 릴리가 남긴 쪽지를 건내주셨다. 작은 쪽지에는 '우리 엄마 전화번호야! 전화해'라는 사랑스러운 글씨가 적혀 있었다. 나에게도 우진이에게도 선물 같은 인연이 있었음에 감사했다.

선생님들과 삼 남매 가족과 인사를 하고 나오자 빤떼 씨가 마지막 투어를 위해 기다리고 있었다. 보통 한국으로 가는 직항이 늦은 저녁이라서 체크아웃 후에 10시간 정도의 일일 투어를 가곤 하는데, 우리는 하원 시간에 맞춰 다소 늦게 출발하는지라 울루와뚜 사원에 갔다가 공항에 가기로 했다. 울루와뚜 사원에는 숙소에서 만난 호주 가족이 동행하게 되어 마지막까지 외롭지 않게 함께 여행할 수 있었다.

발리섬의 남단에 위치한 울루와뚜 사원까지는 생각보다 길이 막혀 1시간이 넘게 걸렸다. 게다가 6시에 보려고 했던 께짝(Kecak) 댄스가 이미 매진되어서 7시

타임을 관람하게 되어 생각보다 시간이 더 지체되었다.

울루와뚜 사원은 예전에 몇 번 와본 적이 있었는데 오늘은 바다와 절벽을 배경으로 석양을 감상할 수 있어 또 다른 느낌이었다. 아름다운 석양빛은 절벽 아래 굽이치는 거센 파도마저 부드럽게 만들어 주었다. 석양을 감상하며 사원을 도는 중에 커다란 원숭이 한 마리가 관광객의 안경을 가로채 도망가는 것을 목격했다. 몽키 포레스트와 마찬가지로 이곳 원숭이들은 종종 관광객의 물건을 훔쳐 달아나 음식이나 다른 물건으로 교환을 원하곤 했는데, 우리는 빤떼 씨가 옆에서 나무막대기를 들고 보호해 주고 있어 안심이 되었다.

께짝 댄스는 힌두교 신화 스토리를 바탕으로 펼쳐지는 전통춤인데, 인공적인 악기나 배경을 사용하지 않고 중앙에 있는 횃불과 남자들의 육성으로만 극이 전개된다는 점이 흥미로웠다. 원숭이 군단의 역할을 하는 50명 정도의 남자들은 극 중 내내 독특한 몸동작과 함께 '케짝,케짝'이라는 소리를 반복하는데, 단순한 의성어를 강하고 약하게, 빠르고 느리게, 높고 낮게 반복하며 극 중 상황을 이끌어가는 모습이 인상적이었다. 다만 신화 스토리에 대해 이해할 수 없는 부분이 많아 중간에는 아이가 조금 지루해하기도 했는데, 한국어로 된 설명서를 보며 '이 중에서 원숭이를 찾아봐', '원숭이가 구하러 온 사람이 누구야?' 등의 퀴즈를 내어 아이가 계속 관심을 가질 수 있도록 유도했다. 사실 입구에서 나눠주는 한국어 설명서를 보더라도 힌두교 신화에 대한 기본적인 지식이 없으면 이해하기 힘든 내용이었다. 하지만 스토리를 이해하려는 것보다 무대나 댄스 등 공연 요소에 더 집중한다면 더 재미있게 관람할 수 있을 것 같았다.

TIP!

귀국 날 즐길 수 있는 반일 투어 소개

발리에서 출발하는 한국행 직항 비행기는 보통 저녁 11시 이후에 출발하기 때문에 호텔 체크아웃 시간인 낮 12시 이후에 택시를 대절하거나 가이드를 동행하여 반일 투어를 즐기기에 충분하다. 이때 공항에 가는 시간까지 고려해야 하므로 최대 10시간 투어를 하거나, 6시간 투어를 한 후 공항 픽업 서비스를 제공하는 마사지샵에서 여독을 풀고 샤워를 한 후 공항에 갈 수도 있다. 마지막 날 고급 호텔에서 투숙했다면 체크아웃 후 부대시설과 샤워룸을 사용할 수 있는지 문의해보고 마지막까지 호캉스를 즐기다가 공항에 갈 수도 있을 것이다. 여기에서는 보통 10시간 투어로 많이 가는 남부와 우붓 근교 투어를 소개하려고 한다.

1) 남부 투어

발리섬의 남쪽에 위치하는 슬루반 비치(Suluban Beach), 멜라스티 비치(Melasti Beach), 빠당빠당 비치(Padang-Padang Beach)와 울루와뚜 절벽 사원을 투어하는 일정으로 비치는 1개만 방문하고 울루와뚜 사원에서 공연을 보거나 비치 클럽에서 시간을 보낼 수도 있다.

슬루반 비치는 가파른 계단을 따라 내려가는 길이 다소 험난하지만 천연 암석이 깎여져 만든 천혜의 경관을 볼 수 있는 곳으로, 커다란 암석 사이사이로 보이는 해변의 모습이 정말 아름답다. 그리고 이곳에는 관광객들에게 유명한 비치클럽 싱글핀이 있어 슬루반 비치를 내려다보며 여유로운 시간을 보낼 수도 있다.

멜라스티 비치는 바다에 들어가 수영을 즐겨도 좋고 해변에 있는 화이트락 비치클럽에서 바다를 보며 수영을 즐겨도 좋다.

마지막으로 빠당빠당 비치는 영화 '먹고 기도하고 사랑하라 (Eat, Pray, Love)에서 줄리아 로버츠가 해변 파티에 가는 장면으로 유명한 장소이다.

세 개의 비치 중 한 개를 선택해 해변에서 여유롭게 시간을 보내고, 울루와뚜 절벽 사원에서 석양과 께짝 댄스를 구경하고 저녁 식사 후 공항에 가면 10시간 정도가 걸린다. 께짝 댄스는 요즘 관광객이 많아지면서 미리 예약하지 않으면 원하는 시간에 관람할 수 없는 경우가 많으니 클룩에서 미리 예매하고 방문하는 것이 좋다.

2) 우붓 근교 투어

우붓에서도 체크아웃 후에 풀바에서 여유롭게 마지막 날을 즐길 수도 있다. 하지만 날씨가 좋지 않다면 우붓 근교 관광지로 투어를 가는 것을 추천한다. 우붓에서 공항에 가는 택시를 대절할 때 공항으로 바로 가는 요금과 6시간 투어 후 공항에 내려주는 요금에 큰 차이가 없기 때문에 이 기회를 이용해 평소에 교통편이 불편해 가보지 못했던 관광지를 구경해 보자. 보통 우붓에서 많이 가는 뜨랑갈랑 논이나 발리 스윙은 우붓에 머무는 동안 고젝으로도 충분히 갈 수 있기 때문에 조금 거리가 있는 투카드 폭포(Tukad Cepung Waterfall)와 뻥리부란 전통 마을(Penglipuran Village)를 방문하는 것을 추천한다.

우붓 북쪽에는 폭포가 여러 개 있는데 그중에서도 투카드 폭포는 동굴 천장을 뚫고 들어오는 신비로운 햇빛으로 유명한 곳이다. 입구에서 계단을 따라 15분 정도 내려가야 하는데 꽤나 가파르고 미끄러워서 어린아이들을 동반한 가족들에게는 추천하지 않는다. 예전에 아이가 4살 때 투카드 폭포에 방문한 적이 있는데 계단을 오르내리기 너무 위험해서 나중에는 거의 네발로 기어갔던 기억이 난다.

뻥리부란 전통 마을은 지금도 사람들이 거주하고 있는 마을로 발리의 전통 가옥과 민속을 그대로 볼 수 있으며, 세계에서 가장 깨끗한 마을로 선정된 곳이기도 하다. 입장료를 내고 들어가면 문이 열려 있는 집에 자유롭게 들어가 구경을 할 수 있는데, 하루에도 몇백명의 관광객들이 우리 집을 구경하러 들어오는데도 이곳 주민들은 특별히 관광객을 위한 행동을 한다거나 눈길을 주지 않고 사원에 짜낭을 올리고 채소를 다듬고 각가지 공예품을 만들며 생활을 이어가는 모습이 인상적이었다.

울루와뚜에서 시간이 많이 지연되어서 허둥지둥 저녁을 먹고 공항으로 향했다. 우리를 공항에 데려다준 빠떼 씨는 한참이나 그 자리를 떠나지 않고 있었다. 혹시라도 잊은 일이 있어 다시 나올 수도 있다며 계속 그 자리를 지키고 있는 모습에 마지막까지도 발리의 감동이 잔잔하게 밀려왔다.

수속을 마치고 공항으로 들어오니 아쉽고 허전하고 외로운 기분이 들었다. 여태껏 우진이와 둘이 다니면서도 좋은 이웃들과 함께했었는데 이제야 오롯이 둘이 된 느낌이었다. 평소에는 엄청나게 까불고 반항도 많이 하던 미운 7살 우진이도 이런 순간만큼은 그 어느 때보다 친구 같다.

너는 나밖에 없고, 나도 너밖에 없는 강한 연대감, 우리는 손을 꼭 잡고 비행기에 올라타 잠들기 전까지 발리에서의 추억을 조잘거렸다.

서로가 있어서,
친구가 있어서,
이웃이 있어서,
그게 발리여서 참 좋았다. 🖋

아이와 함께여서 더 행복한

Bali 두 달 살기

발 행 | 2022.12.12
저 자 | 송윤경
펴낸이 | 한건희
펴낸곳 | 주식회사 부크크
출판사등록 | 2014.07.15(제2014-16호)
주 소 | 서울특별시 금천구 가산디지털1로 119 SK트윈타워 A동 305호
전 화 | 1670-8316
이메일 | info@bookk.co.kr

ISBN | 979-11-410-0408-8

www.bookk.co.kr